パラソルで
パラシュート

一穂ミチ ichiho michi

パラソルでパラシュート

【目次】

写真／下村しのぶ

装幀／bookwall

第1章
聴こえない歌

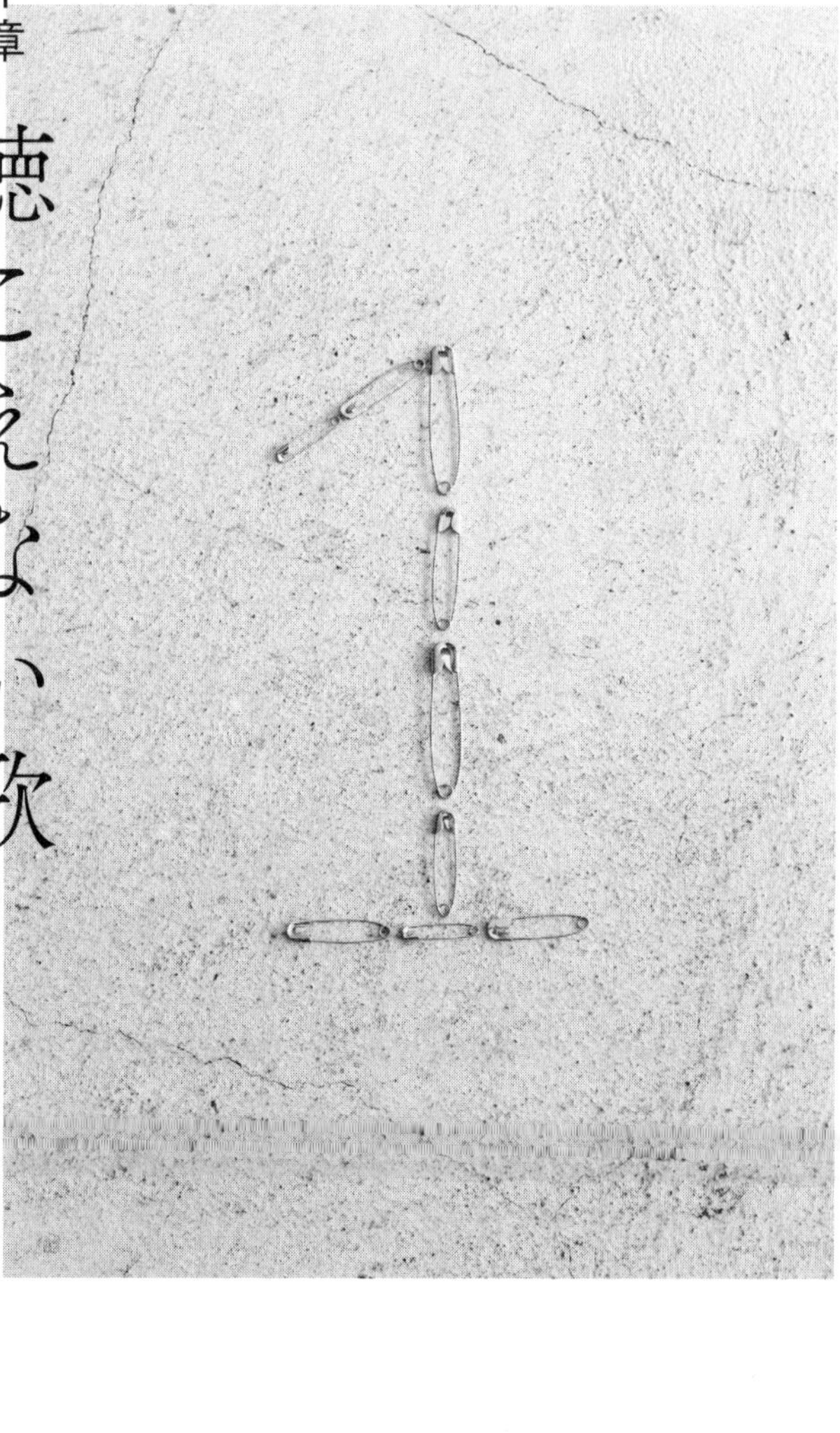

わたしたちの間にあった美しいことといえば、きっと出会いくらい。

わたしは大阪城ホールのアリーナ最前列で人知れず流血していた。肉眼で確かめてはいないけれど、絶対そう。右足の、かかとのちょっと上。アキレス腱《けん》が収納された、乾燥したら地層みたいになる名前のわからない部位、そこがさっきからずきずき痛む。ストッキングに赤黒く広がるしみを想像しながら、目の前の柵《さく》に両手をかけてなすすべもなく突っ立っていた。ステージ上では本日の主役がアップテンポなナンバーを奏《かな》で、わたしの周りはそのリズムに合わせて勤勉に手拍子を送っているというのに。

やっぱり、開演に間に合わなくてもいったん家に寄って靴を履《は》き替えてくるべきだった。まだ馴染《なじ》んでいない慣らし中のパンプスを履いている日に限ってコンサートのチケットが舞い込んでくるなんて。せめて二階席なら座ってゆっくり観られたのに、ファンクラブ先行で当たったというまさかの一列目、腰を下ろしている場合じゃない。こんな特等席でひとりだけ座っていたらバンドの面々からも丸見えだし、ＤＶＤ収録のためと思われるカメラも場内のあちこちで稼働している。最前列着席女として記録と記憶の両方に残るのは恥ずかしいし、チケットを譲《ゆず》ってくれた千冬《ちふゆ》ちゃんに申し訳なかった。座席を特定されて次からブラックリストに載る可能性もなくはない。だから靴ずれの痛みに耐え手を振り、手を叩《たた》き、一生懸命リアクションしてきた。音楽を聴きにきたのか、エキストラのひとりとしてこの場を盛り上げにきたのかわからない。

人気バンドにふさわしく初心者でも聞き覚えのあるヒット曲を織り交ぜた親切な構成に感謝しつつ、わたしは正直に言うと開始一時間でうっすらと飽きていた。もちろん、間近で生の音を浴びるとテンションが上がるし、ボーカルの声は機械で濾過されたものよりずっとつやっぽくて素敵だった。なのに、間奏が長いなと思ったり曲終わりのドラム連打は必要なのかと考えたり、周りと手拍子のリズムがずれないか気にしたり、ちっとも演奏に入り込めていない。好きな曲だけ好きな順番でつまめるサブスクのプレイリストに慣れすぎたせい？　それとも、持って生まれたこのぼんやりと散漫な性格のせい？

そんなことを考えているうちにもセットリストは順調に進行し、テンション高めの曲が続く。会場は中華鍋で煽《あお》られるチャーハンみたいに沸き続け、わたしは次のMCでは座ろうと決意した。軽く身体《からだ》を揺するだけでもかかと上部の地層（仮称）は神経を直接軽石で擦《こす》られたようにひりつき、なぜか耳の裏に小さな稲妻が走って寒気がする。こんな上《うわ》の空《そら》で聴いているくらいなら、いっそ退出すべきかもしれない。着席よりは空席のほうがましな気がする。でもふんぎりがつかない、わたしの空けたちいさな穴が、この大きなホール全体の空気を乱してしまうのでは、という懸念《けねん》を拭《ぬぐ》えない。でも足が痛い。合皮《ごうひ》のパンプスが地層をごりごり削って骨まで出土しているんじゃ、と危ぶむほどの激痛に、わたしはとうとうリズムを取るふりをしながら右足だけそろりとパンプスを脱ぎ、かかとのところを踏んづけた。バランスが取りにくいし型崩れしてもう履けないかもしれないけれど、このまま皮膚をすり減らし続けるよりはいい。ひとまず痛みが和らいだのでほっとして演奏に意識を向けることができた。

　ステージ上の大型モニターに映し出されるメンバーの姿、色やパターンをくるくる変えるスポットライトの演出にもちゃんと目がいく。加えて、わたしが唯一そらで歌える曲が流れ始めたのでイントロの一秒目でばんざいをしたくなった。十年以上前のアルバム収録曲で、たまたま観たマイナーな映画のエンドロールに使われていた。映画の内容はもう覚えていないけれど、その歌は気に入ってダウンロードし、繰り返し聴いた。まさか、数あるレパートリーの中からコンサートのセトリに選抜されるなんて。わたしのテンションと裏腹に観客の盛り上がりはさほどでもなく「えっと、知らないわけじゃないんだけど何だったっけ」という戸惑《とまど》いが超満員の会場に一瞬漂《ただよ》うのを感じた。でも、キャリアの長いバンドの、何百とある持ち歌の中でわたしにはこれがトップヒット。何時間も延々とリピートした曲を生で披露してもらえるなんて、この負傷と引き換えのご褒美《ほうび》だろうか、だったら許す。

　わたしがひとり納得し頷《うなず》いている間に聴衆は曲調を把握《はあく》して手拍子をしたりゆるく拳《こぶし》を振り上げたりしていたが、この曲に関しては空気を読んで合わせるのがいやで、両手を柵に預けたままステージを見上げていた。平日の会社帰りに急いで来てよかった、と素直に思えた。真っ白な照明が舞台に立つ彼らを漂白するように照らし、その光の空間に浮遊するかすかなちりっぽいものや、メンバーの髪の毛が光に透けて銀色に見えるようすもここからだと鮮明にわかる。さっきまで全然乗り気じゃなかったくせに、急に神々しいものを拝んでいる気分になり、何だか畏《おそ》れ多くて目線を下げた。昔の言い伝えで、神さまを見たら目がつぶれる、というのは、きっとこんな気持ちからだろう。自分の眼差《まなざ》しがこの完璧《かんぺき》な光景を汚してしまうんじゃないかと不安になる。

ステージと柵の間のスペースには、メンバーの動きや表情を逐一《ちくいち》押さえるべく五、六台のカメラが設置され、カメラマンと、アシスタントみたいな人たちが止まったり動いたりを繰り返している。わたしのちょうど目の前にもツアーTシャツを着た男の人がひとりいて、照明のおこぼれを浴びた横顔がはっきり見えた。

唇《くちびる》が、小さく動いている。

薄い唇だった。やや鷲鼻《わしばな》だった。長い前髪でよく見えないけど、たぶん二重まぶただった。黒いTシャツはぶかぶかで、特に袖口《そでぐち》なんか余裕がありすぎてわたしの腕を突っ込んでも問題なさそうだった。そして何のためにそこにいるのかわからなかった。両手をぶらんと下げ、ステージにもカメラワークにも全然注意を払っていないように見えるけれど、わたしが存在に気づく前は何らかの仕事をしていたのだろうか。

唇が「ハニー」と動いた。サビのフレーズ。

あ、今流れてる歌を口ずさんでるんだ。わたしの頭の中の歌詞と完全に一致した唇の動きに気づいた瞬間、彼の歌が聴きたいと思った。どうしてかはわからない、ただその、わたしだけしか気づいていない無音の歌に耳を澄ましたくなった。ホールの隅々《すみずみ》にまで甘いビブラートを響かせるプロの声ではなく、この知らない人の声が知りたい。十秒でいい。すべての音を止めて、この内緒話みたいな歌をわたしに聴かせて。かかとの痛みがかき消えるほど、その一瞬、強く願った。

次の瞬間、横顔が唐突《とうとつ》にわたしのほうを向いた。一メートル足らずの距離でがっつり目が合う。あっ、と焦ったものの、すぐさま逸《そ》らすのも却《かえ》ってわざとらしいから何の反応もできなかった。薄い唇がすうっと引き結ばれる。逆光で真っ黒に見える瞳《ひとみ》は訝《いぶか》しげというわけでもなく、その冷静さで、偶然こっちを向いたわけじゃないのがわかった。ステージそっちのけで凝視していたのが完全にばれている。気まずさと恥ずかしさで指一本動かせず立ち尽くすわたしの目の前で、その人は口を開いた。ゆっくり、大きく。

ふ、ん、す、い。

歌詞とは違う言葉が、音もなく、でも確かにわたしに向けられていた。思わず身を乗り出すと彼はくるっと背を向け、床にうねうね這《は》うカメラのケーブルを持ち上げて魚の仕分けでもするようにびたんびたんと捌《さば》いていく。それが今、本当に必要な動きなのか、わたしにはやっぱりわからないでいるうちに、また次の曲へと、コンサートは終わらない。

ふんすい、噴水。

心当たりはひとつしかない。城ホールを出て、石垣を横目に階段を降りたらすぐそこにある。アンコール二曲を含めた公演が終わると、わたしは物販のテントをスルーし、環状線の駅に向かって流れていく人波からも離脱して丸い噴水のへりに腰を下ろした。信じられないことに、足の出血はほんのすこしだった。皮がずるっと剝《む》けてはいたけれど、量にするとせいぜい一ccくらい。靴の中が真っ赤になっていてもおかしくないと思ったのに。

そして皮膚が傷ついたのにストッキングが無傷なのはどういうこと。釈然としないまま座り込むわたしに見向きもせず、人々はコンサートの感想を熱っぽく語り合い、あるいはこの噴水を目印に落ち合い、それぞれの場所に散っていく。さっきまで、同じ箱の中で同じ歌を聴いていたのに、何て呆気《あっけ》ない解散だろう。じょばじょばと細い水の柱が上がると風向きによってはしぶきがかかって寒かった。三月末の夜はまだまだ凍《こご》えるし、お尻《しり》の下は硬い石だからどんどん冷えてくる。わたしはコートの前をかき合わせて腕組みし、身を縮めた。あの人がツアースタッフだとしたら、作業が終わって身体が空くのは何時頃だろう。公演はあしたもあるから、そんなに大掛かりな撤収はなさそうだけど。

「お姉さん飲みに行かへん？」とコンサート帰りの何人かから声をかけられたが「人を待っているので」と断った。「マッチングアプリの子？」とコンサートとは関係なさそうなスーツのおじさんにも尋《たず》ねられたが「違います」と答えた。

「あの、ドＳのご主人さま募集っていう……」

「違います」

最初の段階で否定しているのに、なぜさらに過激な質問を重ねるんだろう。おかしいなあ、と首を捻《ひね》りながらおじさんは大阪城公園のほうに消えていった。

　おかしいですよねえ、と返したかった。あの人の名前も知らないのに、本当にわたしに向けて「噴水」と言ったのか、それがここにいろという意味なのか、ひとつも確かなことはないのに、あしたも仕事なのに、わたしはすでに一時間以上待っている。目と鼻の先にあるコンビニに走ってばんそうこうを買うことも、自販機で温かい飲み物を買うこともしなかった。自分がちょっとでもこの場を離れ、その間にあの人が来たら、探しも待ちもせずすぐどこかへ行ってしまう、そんな気がしたから。背中にツアーロゴとスケジュールがプリントされた、黒いTシャツのまま。あれ、わたしも欲しかったな。物販ももう片づけられてしまった。

　噴水の中心には塔みたいな高い照明が立っていて、十二角形（暇だから数えた）の傘の中では十二個のライトがまばゆく夜の広場を照らしていた。その下にいるのはわたしだけなので、わたしのためのステージと言えないこともない、かもしれない。すぐ側《そば》の川べりでは桜が早々に満開近くなっていて、ここに来る時乗った環状線からも大川《おおかわ》に沿って続く桜を見たのを思い出した。ほんの数時間前なのに、すごく昔の出来事みたい。電車が天満《てんま》を過ぎて大川を渡ると、雑多な下町の景色が急にぱあっとひらけて垢抜《あかぬ》ける。窓越しに帝《てい》国《こく》ホテルを眺《なが》め、アフタヌーンティーがしたいね、と千冬ちゃんとしょっちゅう言い合っているのにまだ行けていないなと思った。おやつにするには量が多すぎ、ごはんにするには甘味が勝ちすぎているあれを、いったい何時に食べればいいのかわからない。でも今なお腹《なか》がぺこぺこだから完食できそうだった。

わたしは座ったまま大きく伸びをし、照明を見上げる。光の花みたいだった。空腹のせいかすこしくらっとする。せめて何時まで粘《ねば》るか決めておかなくては、わたしのことだから寒さにふるえつつぼんやりと夜明かししかねない。

あくびを宙に放って姿勢を戻すと、あの人がゆっくり階段を降りてくるところだった。Tシャツの上に、これもツアーグッズのウインドブレーカーを羽織《はお》って両手をぶらぶらさせながら、ちょっと散歩に出ただけ、とでもいうように目的を感じさせないだらっとした足取りだった。

来た、と思った途端不安になる。待ち合わせしたつもりはなく、本当にぶらついているだけなのかも。「噴水」なんて言わなかったのかも。ひとりでそわそわするわたしのところにじれったいほどのんびりと歩み寄ってきた、かと思うと一メートル手前でふいっと斜めに逸れ、噴水のへりに誰かが忘れていった（もしくは置いていった）眼鏡《めがね》を拾い上げる。きちんと折りたたまれた真っ赤なフレームがやけに目を引き、わたしもちょっと気にはなっていた。その人はおもむろに眼鏡のつるを広げ、装着して「きっつ」と顔をしかめた。度が強かったらしい。そしてようやく存在に気づいたようにぐりっと首をねじってわたしに話しかけてきた。

「似合う？」

そんな都市伝説があったような、と考えながら「何とも言えないです」と答えた。

「何でや」

「それ、女物じゃないのかなって」

「そんなんどうでもええやろ」

言われてみれば眼鏡にまで性差をつけるのは意味がなさそう、時代の流れにも逆らっている。わたしはフラットな目線でもう一度考え、改めて「さほど」と結論づけた。

「似合てへんのかい」

その人は眼鏡を外し、ウインドブレーカーの袖でレンズを拭《ふ》いてからまた折りたたんで元の場所に戻した。

「ほいで、お嬢はんはどないしましてん、その足」

わざとらしいほどこてこての大阪弁なのに、なぜかとても自然に聞こえる。

「新品の靴で来ちゃって、靴ずれがひどくて」

「ほお」

しゃがみ込み、パンプスの上に投げ出した右足をしげしげ眺めるものだから、恥ずかしくなって左足の後ろに隠した。

「靴って、どんだけ店頭でもええ感じでも、いざ本番で履くと絶対どっか痛いよな」

「そうですね」

「何やろ、車の教習所と路上みたいな。いつもとちゃうとこでどんだけリハしてもリハはリハでしかないんよなあ」

「わかります」

試し履きどころか、ZOZOTOWNのセールで買いました、とは言えなかった。

「免許取るの、苦労しましたか」

「教習所行ったこともないわ」

「そうなんですか」

今のしみじみとした語りは何だったんだろう。

「最初の痛みを乗り越えて無事一軍に昇格できるか、下駄箱《げたばこ》で死蔵されるか……けど、ええ感じにこなれてきたなと思った時点で下り坂、もう新品とちゃうんよな、買うた時のときめきはないねんな。俺の足に合うてきたいうんは靴が己を諦《あきら》めてくたびれてきたいうことやからね、諸行無常、栄枯盛衰」

「はあ」

この人、こんな話をしに来たんだろうか。わたしはこんな話を聞くために待っていたんだろうか。腑《ふ》に落ちないものの、話の内容自体は納得いくものだったので頷くと、その人は満足そうににかっと笑った。わたしと同じアラサーだと思うけれど、笑うと子どもっぽく見え、お行儀よく整った歯並びは却って似合わなかった。もうすこし乱れているほうが「らしい」のに、と、名前も知らない男の人に思った。

「ほな行きまひょか」とその人は立ち上がる。

「えっ」

「うちにええ薬がありまんねんわ」

グレーゾーンのな、と今度はさっきよりすこし悪い顔でひひっと笑った。薬どうこうより、こんな時間に怪しい人間の家にのこのことついていくという選択が完全にブラックなのは、鈍《にぶ》いわたしにもわかる。でも理解と行動はまた別の問題、とその晩身をもって知ってしまった。このおかしな人についていってみたい、という好奇心に勝てなかった。ううん、そんな能動的な動機ではなく、あの会場で聴こえない歌に耳を澄ました時からふらふら心が吸い寄せられて抗《あらが》えないだけなのかもしれない。誰かのことを知りたい、と強く思ったのはたぶん生まれて初めてだった。人間に興味がないわけじゃなく、相手が自分に見せようと思って見せてくれている面だけでわたしには十分だから。

わたしの反応も確かめずに歩き出す背中を、ひょこひょこ右足を引きずりながら追いかけた。大阪ビジネスパークへとつながる橋の欄干《らんかん》の手前には「水上バスのりば」と書かれた看板が立っていた。川の駅、というのが近いらしい。水の流れを辿ってどこまで行けるんだろう。雲が一部だけほんのり明るく、その向こうに月がいることを教えてくれる。わたしに気を遣っているわけでもなさそうなてれてれした歩みの足元は、固い新品の時代をはるか昔に通り過ぎたと思《おぼ》しきコンバースだった。「己を諦めて」というフレーズを思い出してちょっとおかしくなる。

橋を渡りきる直前で振り返れば対岸の桜と、平たい昆虫みたいな城ホールと、それからもっと遠くに大阪城の天守閣が見えた。今ならまだ間に合う、とわたしの中の何かがささやく。理性よりもっと淡い予感というかお告げというか、そんな感じのもの。でもわたしは川を越え、あっさり向こう岸に到達した。前を行く背中は信号を渡り、ホテルニューオータニの前に停《と》まっていたタクシーに乗り込み、わたしもそれに続いた。

「汐見橋《しおみばし》線の木津川《きづがわ》のあたりまで」

うっすら聞き覚えはあるけれどよく知らない地名を告げ、運転手さんは「はい」とぶっきらぼうに答えて車を発進させる。後部座席のシートベルトをうまくつけられずにまごついていると、右側からさっと伸びてきた手が金具をかちりと挿し込んでくれた。

「ありがとうございます」

男の人にしてはしっとり冷えた指先は、桜の花びらを連想させた。触り心地がいい、なじむようなよそよそしいような、あのつめたさ。

「さっきのスイッチャー、あかんかったな」

不意にその人が言う。

「スイッチャー?」

「あの、ステージの後ろのモニターに映像出とったやろ。アリーナ前のカメラがいろんな画押さえとるんやけど、どれを抜くか決めるんがスイッチャー」

こう、と宙でボタンを押す仕草《しぐさ》をしてみせた。スイッチャー、ときょう新しく仕入れた単語をつぶやいてみる。

「ボイジャーみたいでかっこいいですね」

「そんなん何でもありやないかい。チャレンジャーでもゴレンジャーでも炊飯ジャーでも」

「そういえばそうですね」

そこで会話が途切れたが、肝心の、何が「あかんかった」のかを聞いていなかったので「失敗したんですか？」と訊《き》いてみた。

「失敗いうか、ださかったやろ。何で寄りの顔の後にまた寄りの横顔抜くねん。緩急がないわ、風情《ふぜい》がない」

「難しいんですね」

「せや」

そんなことより名前くらい教えてもらわないと。でも、どうでもいい話を挟んだ後で何となく訊きづらい。そしていったいどこへ向かっているんだろう。ふだん車に乗らないし、この辺りの土地勘もないので窓の外に目を凝《こ》らしてみても見当もつかなかった。

「あ」

信号待ちの停車中、細い脇道の奥に桜の木を見つけた。ちいさな公園があるっぽい。

「どないしましてん」

「あそこに、桜が」

ぽつんと白く光って見える木を指差すと、覗《のぞ》き込んで「しょぼ」と顔をしかめた。顔を寄せてきた拍子《ひょうし》に、煙草《たばこ》と、どこか懐《なつ》かしい匂《にお》いがふわりと漂う。おばあちゃんの家みたい、と思った。

「桜やったら、城公園になんぼでも咲いとったがな」

遠いほうがいいんです、とわたしは言った。

「遠くにあるのを、あ、あんなところにって気づくのが好き。桜って圧が強いからそのくらいでちょうどいい」

「嫌いなん」

「満開のたび、きれいだなあって思います。でも、毎年毎年、同じ感じできれいだなあって思うの、怖くないですか。飽きなさが。桜に記憶消されてるんじゃないかってほど新鮮で、ずっと見てると全部忘れそうだから、遠くのをそっと見るのが安全です」

「けったいなやっちゃのう」

その人はわたしの持論を持て余すように口元を軽くゆがめて笑った。いろんな笑顔がある人だと感心した。わたしなんて仕事中とそれ以外の二パターン、しかも大差なさそう。お花見が好きじゃない、と打ち明けると、大抵の人から「変わってる」と言われた。好きじゃない理由を自分なりに論理だてて説明しても「へえ……？」と半笑いで流されて、最悪のケースだと「みんながいいと思うものにケチをつけたい目立ちたがり屋」か「ふしぎちゃん」のレッテルを貼《は》られてしまう。わたしは常に集団に溶け込んでいたいタイプの人間なのに。だから、言わなきゃよかったと軽く後悔しているところへ「名前つけよか」と言われたので面食《めんく》らった。

「何ですか？」

「せやからその、遠くの桜を見つけて愛《め》でる、ちゅう行為に。それは『花見』とちゃうやろ」

「うーん……『花見つけ』？　『花探し』？　ですか？」

「まんまやないか」

「花見もまんまですし」

「それやと花見に負けてまう、もっと何かあるやろ」

何の勝ち負けかさっぱりわからない。わたしはしばらく考え「遠花見」と提案した。

「まだまんまやけど、まあええわ。ちなみに俺は『稚《ち》ガニ』やと思う」

スイッチャーより耳慣れない言葉だった。

「ち……何ですか？」

「稚ガニや、ちっさいカニ」

「何で海のものが出てくるんですか？」

猿カニ合戦？　花咲かじいさん？

「ちりめんじゃこ食うてたらたまーにおるやろ、ちっさいカニとかエビとか」

こんくらいの、と親指と人差し指でわずかな隙間《すきま》を作って示す。

「あいつらがようさんおったらきしょいし食いたないけど、じゃこの中に混ざっとんの見つけたら嬉《うれ》しいやろ、そういう感じ」

　そういう感じ、なのかな。とりあえず「なるほど」と受け止めてみた。

「でも、『遠花見』のほうがいいと思います」

「何やと」

「ちがに、って言いにくいし、わかりにくいです」

「ほな、オーディエンスに決めてもらお。おっちゃんはどっちがええと思う？」

「え、わたしですか」

　突然話を振られた運転手さんは驚きつつ「『遠花見』ですかねえ」とあっさり答えた。話を聞いていないようでちゃんと聞いているらしい。

「季語みたいで、情緒があってええやないですか。遠花火、いう言葉ありますよ。遠花見、よろしやん」

「何やパクリかい」

「違います」

　想定以上の変人だと思った。こんな人にけったいなやつ呼ばわりされる筋合いはない。

「すみません、お名前なんて言うんですか」

「どのタイミングで訊いとんねん」

　ひとしきりけらけら笑ってから、その人はようやく「矢《や》沢《ざわ》亨《とおる》」と名乗った。

「ナベブタに口に、了」

「ありがとうございます」

人の名前を覚えるのが苦手なので、やざわとおる、やざわとおる、と繰り返し心に刻んでいると「ほんで自分は名乗れへんのかい」とまた笑われた。

「柳《やな》生《い》美《み》雨《う》です」

「美しい雨？」

「はい」

「本名？」

「芸名ぽいって言われますけど、本名です」

「芸名ちゅうか」

亨はフロントガラスを顎《あご》でしゃくった。

「今考えた偽名かな、て」

暗い窓に、ぱらぱらと水滴が落ちてきていた。ワイパーを動かすほどでもない、まばらでいびつな水玉模様が街灯の明かりにふち取られる。何てことのない光景が、やけに鮮やかに見えた。青に変わった信号がにじんでガラスに溶け出しそうだった。

「保険証、見ます？」

「いや、ええよ」

首を横に振る。

「どっちゃでもええ」

そういえば、さっきのコンサートの歌にも「恋の雨」というフレーズがあった。

「あの歌、好きなんですか」

「うん？」

「仕事中に歌ってたから」

「あれしか知らんねん。誰の歌かも知らんかったから、流れてきた時びっくりしたわ」

あれ一曲しか知らないなんて、逆に珍しい。でも、いちいち言動がおかしいから嘘《うそ》かもしれない。二十分ほど走ったところでタクシーが大きな道路から細い道にすっと入ると、亨が「このへんで」と停めた。そして運転手さんが「三千四百円です」と言うと、とても自然な口調で「やて」と請求をパスしてきた。え、と思ったが、あまりにも「払ってもらって当然」みたいな顔をしているので何も言わず財布を出して精算し、レシートも「くれ」と言われるまま渡した。わたしが足を痛めていなかったら電車で帰ったのかもしれないし、と自分を納得させた。雨は強まりも弱まりもせず、きちんと締めなかった蛇口《じゃぐち》みたいにぽつ、ぽつ、と一定のペースで滴《したた》ってくる。

亨はせっかく渡したレシートをくしゃっと上着のポケットに突っ込み、侘《わび》しい住宅街の中にある一軒家の敷地《しきち》に入っていった。デニムのポケットから鍵《かぎ》を取り出し、引き戸をがらがらと開ける。家の中も外も真っ暗だった。今度こそ引き返さなければ、タクシー代どころじゃないトラブルが待ち受けているかもしれない。もし事件に発展したとして、誰もわたしに同情しないだろう。行きずりの男についていって被害に遭った考えなしのバカな女、でおしまい。行方不明、監禁、殺人といった物騒《ぶっそう》な単語が頭の中にちらついたが、わたしの危機感はそれでもエンジンがかからなかった。亨という人間の目の中に、わたしへのどんな欲望も感じられないせいかもしれない。性欲も支配欲も、反面でやさしさも温かみも。だから変な人だと思うし、こちらから知りたくなる。なぜ、どうして、と。

亨が玄関の電灯をつけると、わたしも中に入って「お邪魔します」と声をかけてみたものの静まり返っている。

「今は誰もおらへんみたい」

玄関には十足近い靴が並んでいて、中には女物もあった。ヒールのブーツを見てすこしほっとする。

「ご実家なんですか？」

「いや」

二階へ続く階段の先は黒々として見えない。わたしは一階の茶の間に通された。ちゃぶ台とテレビと戸棚と座椅子《ざいす》がある、昔ながらという感じの「いかにも」な空間だった。壁には標語っぽいものが書かれた六曜《ろくよう》のカレンダー、隅っこにどこかの理容室の名前があるので、もらいものだろう。細かい書き込みは、プライバシーに配慮してあまり見ないようにした。わかったのは、亨から感じた懐かしい匂いはこの家からきているということ。

「足、見してみ」

亨が棚から救急箱を出してきた。ストッキングどうしよう、と束《つか》の間《ま》ためらったが、もうここまできたのだからと腹を決め、いったん部屋の外に出てストッキングを脱いだ。素足で踏む板張りの廊下はつめたく、ぞくっと身ぶるいをしたけどよく磨《みが》かれていて気持ちよかった。でも、この患部をいったいどういう体勢で見せたらいいのやら。とりあえず座布団に座って足をまっすぐに投げ出すと、いきなり右のかかとを持ち上げられた。わたしは後ろに転げそうになりながら、ミモレ丈《たけ》のスカートの裾《すそ》を必死で押さえる。でも亨はわたしの脚や下着にちらりとも興味を示さず、傷口を無遠慮に覗き込んで「ほう」と洩《も》らした。注射も凝視するタイプかもしれない。

「痛そやな」

「まあまあです」

「今楽にしたろ」

「それはとどめを刺す時の台詞《せりふ》です」

「悪いようにはせんから」

「それもアウトです」

「地球語は難しいのう」

わたしの足を放り出して救急箱から取り出したのは、小指くらいの長さのプラスチック容器だった。

「マーキュロクロム液や」

聞き覚えのない単語だったけれど、赤いキャップの外見には見覚えがある。幼い頃、おばあちゃんの家で見かけたような。

「赤チンじゃないんですか」

「正式名称がマーキュロクロム液やねん」

「グレーゾーンな薬ってそれですか」

そ、と亨は短く答え、ちゃぶ台のティッシュ箱から一枚引き抜いて中の液体を染《し》み込ませた。懐かしい、インクみたいに鮮やかな赤。血だ、とはしゃいだ古い記憶がよみがえってくる。今はもう、本物の血がもっと濃く淀《よど》んだ色だと知っている。

「全然普通の薬だと思いますけど」

「ちゃうねんなあ」

もう一度わたしのかかとを持ち上げ、赤く染まったティッシュを押しつけた。虫刺されの時のキンカンくらいしみるんじゃないかと一瞬身構えたものの、傷に触れられた以上の痛みはなかった。亨はぽんぽんと軽く患部を叩き「これもう売ってへんねんわ」と言った。

「何でやと思う？」

「効き目がないから」

「ほな塗る意味ないやないか」

「でも、赤チンの意味って考えたことなかったです」

「確かにな、単なる戒《いまし》めのための赤かもしれんな、目立つもん」

それから、水銀が出んねんて、と教えてくれた。

「環境に優しないから製造中止になってん。せやからこれは、環境破壊の悪の手先や」

「知りませんでした」

「せやろ」

地球環境と天秤《てんびん》にかけるほど、赤チンことマーキュロ何とかがすばらしい薬品だとは思えないので、もう造らないというのはきっと正しい。亨はうっすら赤くなったところに、てろんとしたマットなテクスチャーのばんそうこうを貼ってくれた。

「キズパワーパッドは優秀やで」と言いながら、薄紙をくしゃっと握り込む。

「高級品やからな、十枚で八百円ぐらいしよんねん、末端価格にしたら八十円や。ダイコクドラッグでもそない安ならんからな」

「これはグレーじゃないんですね」

「純白ですわ」

「ありがとうございます」

「いやいや」

軽く手を振って「ほな」と言った。

「え？」

ほな、ほな、と脳内で何度リピートしても、ほなさいなら、の「ほな」以外には考えられない。これで終わり？　わたしは黙りこくり、亨も何も言わなかった。ここにいていい、とも、出て行け、とも。そして一切気まずそうなようすもなく、犬猫みたいに平然と沈黙している。本当に、何なんだろうこの人は。有言実行、ただ靴ずれの手当てを（特に斬新《ざんしん》でもない方法で）するためだけにわざわざ家に連れてきたんだろうか。いっそ襲われたほうが動機としては納得がいく。不可解極まりないけれど、わたしは何を予感、もしくは期待してここに来たんだっけ、と自問すればこれといって明確なビジョンがあったわけでもなく、亨が何をするつもりなのか見届けたかっただけだった。そして今、それは終わった。これ以上はないものねだりかもしれない、と思えてきたので廊下でもそもそストッキングを穿《は》き直して茶の間に声をかけた。

「帰ります」

「はいはい」

　至って軽い返事があった。

「あの、駅ってここから」

「十分ぐらい歩いたとこにあるけど、めちゃ本数少ないし、もう終電出てもうたと思うで。タクシーのほうが確実やわ」

「わかりました」

　玄関でおそるおそるパンプスに足をお邪魔させると、あの鮮烈な痛覚の悲鳴は上がらず、ほっとした。ぽそぽそした雨音ももう聞こえてこない。

「ちょお待ち」

　亨が近づいてきて、わたしにうすっぺらい茶封筒を差し出した。

「え、そんな」

「ええのや」

仏《ほとけ》さまみたいに慈悲《じひ》深い表情で頷く。

「とっとき」

「あ、じゃあ……ありがとうございます。お邪魔しました」

家を出てから、門の前でそっと中身を覗くと、ライブのチケットらしきものが二枚入っているだけだった。タクシー代を返してくれたわけでは、ない。

わたしは大きな通りに出て、アプリでタクシーを呼んだ。雨はもう上がり、GPSのおかげで現在地が西成《にしなり》区の一画で、目の前の道は国道43号線だということが判明した。タクシーで梅田《うめだ》まで三千円くらいだということも。

梅田からは阪急《はんきゅう》京都線に乗って茨木《いばらき》の自宅に帰り着いたのが午前0時過ぎ、両親はもう寝た後だった。物音を立てないようにキッチンの明かりだけをつける。冷蔵庫におかずが残してあったけれど、無性にカップヌードルが食べたくてお湯を沸かした。深夜、健康と美容の観点からよくないとわかりきっていても、靴ずれがきっかけでおかしな方向に転がっていったこの夜を締めくくるには、お母さんの煮物じゃなくカップヌードルがふさわしい気がした。

ふやけた麺《めん》が好きだから、いつも五分くらい置いてしまう。蓋《ふた》をめくると、たっぷり湯を吸って膨《ふく》らんだ麺がもわっと具を押し上げていて胸が高鳴る。猛烈にお腹が空いていたので、コンロの横で立ったまま食べた。箸《はし》で湯気をかき分けると顔面にスチームを浴びられるし、ずるる、と豪快に音を立ててすすり込めばカロリー以上の多幸感が得られたので、カップヌードルはむしろヘルシーな食べ物だということにする。ふやふやの細い麺、平べったい海老《えび》、噛《か》むと甘みがしみ出すミモザ色の卵、クリスピーなやつに当たると嬉しいあの肉、パーフェクトな食べ物だと思った。はふはふとずるずるを交互に繰り返し、鼻水もすすりながら、あの人は、亨は、どんなふうにこれを食べるんだろうと想像してみた。十分以上待つ、逆に一分もしないうちにバリカタで食べる、お湯以外の液体をそそぐ(牛乳、ビール、みそ汁)……あれこれ思い描いてみたけれど、どれもありそうでなさそうで、自分が亨について何も知らない、ということしかわからなかった。残った具が浮いたスープを呷《あお》ると一瞬でくたびれた身体の隅々にまで塩気が行き渡り、おいしさで脳が痺《しび》れた。

日清《にっしん》の人に見せてあげたいほどきれいに平らげ、ようやくほうっと息をついた。お母さんがきれいに磨いたシンクの光に、タクシーの中から見た雨上がりの路面がつやつや輝いていたことを思い出した。

「え、こわ、ありえへん」

会社の昼休み、ゆうべの一部始終を報告すると、千冬ちゃんはものすごく引いていた。

「何ですかその人、ていうかマッチングアプリ男もやばいし」

「ちゃんとＭの女の子に会えたかな？」

「そこじゃないです、雨ちゃん先輩やばすぎ。まじで頭おかしい男やったら今頃殺されてて、わたしにも会えなくなるんですよ、そんなん悲しいでしょ？」

　この子のこういうところがかわいい。

「それはね、わたしも考えたんだけど」

「考えたんならついてっちゃだめですよ」

　千冬ちゃんはわたしより三つ下だけどしっかり者で、いつもわたしを諭《さと》してくれる。

「うん、同じことがもう一回あっても行かないね」

「そんな変なナンパはもう一回もないんですよ」

「ナンパかなあ？　何もされなかったし」

「でも最初に声かけてきたんは向こうでしょ、雨ちゃん先輩があまりにも考えなしやから、相手もやばい女って思ったんか、かわいそうになって無傷で帰してくれたんとちゃいます？」

　しっかり者の反面、若干口が悪い。きょうはすっかり快晴で、ブラインド越しの明るい日差しが会議室の長机にストライプの模様をつくっている。社員食堂は今いちおいしくないし、社員さんばかりで何となく気後れするから、わたしたちはいつも空き会議室で昼食をとる。千冬ちゃんしかいないから、ちるちる音を立ててはるさめをすすった。服にスープ飛びますよ、とすかさず教育的指導が入る。

「それ、何味ですか？」

「鶏白湯《とりパイタン》」

「ほんま、スープはるさめ好きですね」

「うん、いろんな味あるし」

そう言う千冬ちゃんだって、いつもコンビニのおにぎりをふたつ持ってくるだけで変わり映《ば》えしない。たまにサラダやヨーグルトが追加されるくらいだ。

「それで、コンサートは楽しかったんですか？」

「うん、すごくよかったよ。ほんとにお金払わなくていいの？」

「いいですよ、誕生日プレゼントってことで。きのうでしたよね」

「覚えててくれたの？　すごいね、わたし、自分以外の誕生日なんか親とキリストと天皇陛下しか知らないのに」

「親以外はただの祝日じゃないですか」

「千冬ちゃんはどうだったの？」

きのう、気になっている男の人から急なデートの誘いがあり、悩んだあげくわたしにチケットを譲ってくれたのだった。

「あーもーぜんっぜんだめ、時間の無駄でした」

コンパクトの鏡で歯に海苔《のり》がついていないかチェックしながら千冬ちゃんは答えた。昼休み、女子トイレの洗面台は争奪戦になるので、わたしたちはここで化粧直しまですませてしまう。

「会った瞬間からやりたいモード全開で、食事中も『この後わかってるやろ？』的な圧かけてくるんですよね」

今度はコンタクトの具合が気になるのか、下まぶたをぴっと押し下げて眼球をぎょろぎょろさせる。

「それでどうしたの？」

「店出たあと『生理でお腹痛いから帰るね』ってしれっと嘘言いましたよ。めっちゃテンション下がっててウケる、下心見抜かれてたことに対する羞恥心《しゅうちしん》ってないんですかね、男は」

「ガッカリが上回ったんだね」

「雨ちゃん先輩、また合コン行きましょうね」

千冬ちゃんはしっかりと念を押す口調で言う。

「雨ちゃん先輩のほうが焦らな駄目ですよ、きのうからカウントダウン始まってんねんから」

わたしはきのうで二十九歳になった。「三十歳まであと三百六十四日」の電光掲示板が、オリンピックや万博のそれのように点《とも》る。もちろん、そんな待ち遠しいものじゃないけれど。

「いつにします？　ちょうど、大学時代の知り合いがセッティング進めてんのありますけど」

「きょう以外なら」

「何かあるんですか？」

「その、きのう知り合った人に、ライブのチケットもらって。二枚あるから千冬ちゃんもどう？」

「え、そいつバンドマンなんですか？」

千冬ちゃんはぱちぱち瞬《まばた》きをしてから「やめといたほうがいいですよ」と真顔になる。

「バンドマン、美容師、バーテンダー、女途切れへん３Ｂ」

「なら美容師も英語にしないと」

「そんなんどうでもいいんですよ、とにかく、お金もなさそうやし、時間の無駄」

「バンドマンかな、裏方かも。スイッチャーがどうとかこだわりありそうなこと言ってたし。千冬ちゃんはスイッチャー知ってる？」

「知らないですけど。雨ちゃん先輩、もしかしてその不審者を好きになったんですか？惚《ほ》れてもうたんですか？」

「うーん、どうだろ。でも今まで会ったことないタイプだったのは確か」

「会わなくていいタイプなんですよそれは。北浜《きたはま》のタワマン住めるような稼《かせ》ぎのＯＬならともかく、野良のヒモ飼う余裕なんかないでしょ、元おったところに戻してきてください」

　亭の人権すら認める気がなさそうだった。そうだねえ、と曖昧《あいまい》な相槌を打つと「他人事《ひとごと》みたいに」と呆《あき》れられた。

「心配しなくても、わたしを好きになる気配が全然なかったから大丈夫だと思う」

「そんなんわかりませんよ、雨ちゃん先輩マイペースすぎてあてにならへんから。心配やし、ライブは一緒に行きますよ。わたしきょう遅番ですけど、間に合います？　いっか、多少遅れても」

「ありがとう」

「その代わり、次は合コンですからね」

ゆうべ亭からもらったチケットを、わたしはちゃんと確認していなかった。「ＬＩＶＥ」の四文字だけ見て、小規模な音楽の集《つど》いだとばかり思っていたけれど、仕事が終わってから更衣室で確かめたところ、予想と違った。遅番を終えた千冬ちゃんと近くのコンビニのイートインスペースで落ち合った時に「ごめん、早とちりだった」と申告した。

「バンドじゃなくてお笑いのライブっぽいの」

「全然違いますやん。何て書いてあるんですか？」

「『セックス・アンド・ザ・なんばシティ』」

ぐっと笑いをこらえた千冬ちゃんは、わたしが「シーズン12」まで読み上げると吹き出した。

「本家より多いやん！　悔《くや》しい、笑ってもた」

不意打ちで笑ってしまうと悔しい、という感覚がわたしにはよくわからない。ネイティブ大阪人ならではかもしれない。

「興味出てきました。会場は？」

「道頓堀《どうとんぼり》の『ＤＡＤＡ』っていうとこ、だって」

「道頓堀！　コテコテじゃないですか、売れてない芸人も売れてないバンドマン並みにやばい気しますよ」

「わたしが知らないだけで、売れてるかも」

「そんな人はコンサート会場でスタッフしないでしょ。まあ、一応行ってみましょか。わたし、生でお笑い見たことないんです」

「わたしも」

修学旅行で大阪来ると新喜劇《しんきげき》見るコースとかあるらしいよ、それって楽しいんですかね、などと言い合いながら、わたしたちは地下鉄の御堂筋《みどうすじ》線に乗り込んだ。会社の最寄りの淀屋橋《よどやばし》からなんばまでは夕方のラッシュに揉《も》まれてたったの三駅、歩いて行ける距離にありながら、ミナミはなじみが薄い。千冬ちゃんは梅田のすぐ近所の中津《なかつ》で生まれ育ったし、茨木に住んでいるわたしも大抵の用事は駅前でこと足り、足を伸ばすとしてももっぱら梅田・大阪駅周辺だった。

「『ウラなんば』とか言いますけど、わたしにとってはミナミ自体が『ウラ大阪』って感じなんですよね」

「でも、よその人が連想する大阪って、通天閣《つうてんかく》とかグリコの看板でしょ、あっちがむしろ表なんじゃない？　わたしもそういう認識だったし」

「そう、あれが納得いかへんわあって感じ。ＨＥＰの観覧車とか大阪駅やったらランドマークとしては弱いんかなあ」

「観覧車は横浜《よこはま》のイメージかな」

　なんばで降りて改札を出ればそこはもうわたしたちのテリトリー外、右も左もわからない地下街が広がっていて、キタとは違う人混みにもたついてしまう。梅田なら人がひしめいていてもすいすいかき分けて進めるのに、何だか意地悪をされているように歩みがつっかえてストレスが溜《た》まる、これはわたしだけじゃなく、千冬ちゃんも「ああ、テンポが合えへん」と顔をしかめていた。地下街はルートを把握している熟練者のためのもので、まごつく人間は排除されそうな険《けわ》しい雰囲気がある。

　千冬ちゃんがスマホの地図を見て先導してくれたので、地上に出て御堂筋沿いを歩き、道頓堀の商店街までスムーズに辿《たど》り着くことができた。ミナミのどろっとした濃度がいちばん高いエリア、ここはとにかく情報量が多い。看板やネオンがこれでもかと天井知らずの自己主張で競《せ》り合い、目に映るすべてが色鮮やかに輝いているのに、すこしもうっとりしないのがすごい。美しさなど求めていない、とにかく目立ったもん勝ちのＰＲ合戦は、色彩や電飾に凝るだけでは飽き足らず、３Ｄの世界に突入していた。かに道楽《どうらく》のかにだけじゃなく、通り全体が立体看板のショールームみたい。ツルハドラッグからは鶴《つる》が、たこ焼き屋からはまん丸いたこ焼きが、回転ずし店からはすしを握《にぎ》った手が、こっちにおいでとでっかく飛び出している。ミナミは「雑」が似合う街だと思う。雑踏、雑然、雑多、混雑、あらゆる「雑」が凝縮されている。

「雨ちゃん先輩、よそ見せんと行きますよ」

「はい」

自撮りに励《はげ》む観光客の楽しげな雰囲気をよそに、千冬ちゃんが表情を引き締める。ここはナンパやキャッチや怪しいスカウトもひしめいているので、油断するとすぐに行く手を阻《はば》まれてしまう。わたしはどんなに険しい顔（のつもり）で歩いていてもその手の人に見つかりがちだけど、きょうは千冬ちゃんの引率のおかげか、誰にも声をかけられなかった。

「あ、ここですよ」

目的のビルの入り口ではくいだおれの人形が間の抜けたテンポで眉《まゆ》と口を動かして太鼓を叩いている。こんなベタでこてこての「大阪」にわざわざ足を運ぶことになるなんて思わなかった。エスカレーターで地下に降りると、案外シックな、ミニシアターのような受付があり、様々なチラシが置かれた長机の前はお客さんでにぎわっていた。男女比は半々くらいで、若い子もいれば中年の人もいる。場内には椅子がなく千冬ちゃんが「うわ、オールスタンディング」とこぼす。

「雨ちゃん先輩きのうも立ちっぱやったんちゃいます？　大丈夫ですか？」

「うん、きょうは楽な靴履いてるから」

ステージは予想より狭く、きのうの城ホールがホールケーキなら、この舞台の規模はたぶんパイの実ひとつぶんもない。

「予想外に狭いですね」と千冬ちゃんが耳打ちする。

「うん、学祭って感じ？」

「いや、もっと小規模。学芸会でしょ」

ひそひそ言い合っているうちにどんどんお客さんは増え、前へ前へと圧縮されてさっきの御堂筋線以上の人口密度になった。

「めっちゃ混むやん、もっと広いとこでやったらええのに」

千冬ちゃんのぼやきに、隣に立っていた女の人が「初めてですか」と反応する。

「あっ、はい、チケットいただいたので正直よくわかってなくて」

「そうなんですか。いつもはもっと大きいハコでやってるんですけど今回はスケジュール調整とかの事情があったみたいで、やから瞬殺やったんですよ」

「へえ、誰か有名な人出てはります？」

「わたしの推《お》しは『安全《あんぜん》ピン』ですね」

深夜番組にもちょこちょこ出てますよ、と教えてもらったが、わたしも千冬ちゃんも知らなかった。

「お笑いに限ったことじゃないと思うんですけど」

女の人はやさしい口調で言った。

「やっぱり生で観るのがいちばんなんで、よかったら推しの芸人見つけてくださいね」

「ありがとうございます」

そうこうしているうちに出入り口の扉が閉まり、しばらくして舞台上にぱっと照明が点った。Tシャツにジーンズ姿の男の子ふたり組がその下に出てきて「どーもー！」と明るい声を出すと、全体的にはそこそこの拍手が起こる。全体的には、というのは、熱心に手を叩く人とそうでない人の温度差がかなりあったからだ。きっと隣のお姉さんみたいに彼らを推している人がいるのだろう。

「あ、あの人らのどっちかですか」

「うん」

あんなに若くないし、一生懸命でもない。名前も知らない（冒頭でコンビ名を名乗っていたが、一瞬で忘れてしまった）コンビが鑑賞時の注意事項をハイテンションで語り合い、わたしには正直おもしろさはわからなかったけれど、ポイントポイントで温かいニュアンスの笑い声が聞こえてきたのでほのぼのとした気持ちにはなった。

「それでは間もなく始まりますんでね、みなさん楽しんでってくださーい！」

ふたりが袖に引っ込むとまた舞台は暗転し、あちこちでひそやかな私語が交《か》わされる。開演直前のこの空気は、中身に興味があってもなくてもわくわくするものだと知った。感情は空気感染するのかもしれない。闇《やみ》の後にくる光は、ひときわまばゆい。

「どーもー！」

今度はさっきより実のあるニュアンスの拍手が起こる。色違いの、だぼだぼのラガーシヤツを着た男性コンビはどっちも亨じゃなかった。

——こないだね、一年前に振られた元カノから連絡あったんですよ。

——へえ、そうなんや。別れた時、自分めちゃめちゃへこんどったもんなあ。

——そうですね、カラオケで先輩が鳥《と》羽《ば》一郎《いちろう》の『兄弟船《きょうだいぶね》』歌うの聴いても思い出して泣けてくるぐらいで。

——兄弟船でどんな感情移入したんですか？

——いや、元カノもお兄ちゃんと弟おったなーって。

——うっす！　ほいで、どんな用件やったん？

——んふふ、それがねえ。

——うわ、笑顔きっしょ。

——元カノはしょっちゅう褒《ほ》めてくれましたよ、あなたが笑うたびに絶滅危惧種《きぐしゅ》がひとつこの世から消えるって。

——嫌われてるやん。

——ちゃいますうー。あのね、今も僕のこと絶対好きですわ。せやから口実《こうじつ》作ってでも連絡取りたかったんかなあって、健気《けなげ》やわぁ。

——そうそう、その内容教えてーな、もったいぶらんと。

——えー、ちょっと恥ずいなあ。内緒やで？

——わかったわかった。

——南《みなみ》くんって腎臓《じんぞう》ふたつ残ってたよね？　って。

——こわ！

——肺って片方あればいいよね？　って。

——怖い怖い、あかんあかん、内緒とか言うてんとすぐ警察行き！

——あと、乳首の使い道ないよね？　って。

——なになに、乳首カツアゲして何する気なん？　活用法が見えへんのがいっちゃん怖い！

　彼らの後にも何組かの漫才やひとり芝居みたいなコントが続き、すべてが恋愛絡みのネタだった。元彼から段ボールで送り返された「自分が贈ったプレゼント」の中身が、元号を編み込んだレインボーカラーのセーターやシーモンキーだったりするセンスのない女の人のピンネタは千冬ちゃんが大ウケしていた。

「セックス・アンド・ザ・なんばシティ」って、こういう恋愛縛りのライブらしい。わたしはお笑い芸人といえば新喜劇や、年末年始の、セットと衣装がやたらめでたくて誰もがやけくそみたいに長時間騒いでいる特番に大挙して出てくるイメージしかなかった。わんこそば方式で次々と何かをしては引っ込んでいく彼らを好きでも嫌いでもないけれど、与えられた時間、芸をして埋めることを命じられた犬みたいに感じて笑っていいのかわからない時があった。でも今舞台にいる人たちからは「好きなことをのびのびやっている」雰囲気を感じる。観客がよく笑うせいもあるのかもしれない。きのうに引き続き足はだるいけど楽しいかも、と思っていると、暗転のタイミングで千冬ちゃんがこそっとささやいた。

「例の男、まだ出てませんか？」

「あ、そういえばずっといないね」

「そういえばって」

「ほんとに裏方だったらわかるわけないし」

そもそも、自分が関係している、と言われたわけじゃない。亨も誰かからもらって、いらないからわたしにくれた可能性もある。それならそれでいい。でももう一度くらい亨に会ってみたかった。千冬ちゃんの評価も気になるし、あのおかしな「お嬢けん」を言われてみたい。そんなことを考えていると、もう五、六組目の芸人さんが現れた。きょう聞いた中でいちばん大きな、というか内包するカロリーが高そうな拍手と歓声。

「あっ」

わたしのちいさなつぶやきを千冬ちゃんは聞き逃さず「もしかしてあれですか？」と服の袖を軽く引っ張った。

「うん、たぶん」

「どっち？　男？　女？」

「女……役のほう」

そこにいるのは男の人ふたりで、向かって右側にいる背の高いほうがゆうべ会った亨に違いなかったけれど、茶色いセミロングのウィッグをつけてメイクもしていた。三メートルくらい離れているせいか、すごく美人に見える。「コントの女装」って、もっと、わかりやすく笑えるようどぎつい仕上がりにするものだと思っていた。

そしてなぜかふたりとも、首から下は全身白タイツだった。舞台のいちばん奥にはスクリーンが下ろされていて、海の中のイラストが映し出される。小学生が「海の絵コンクール」みたいなのに出したらいい線いきそうな、まあ、味のある画風だった。

——あのう、僕、アノマロカリスと言います。

男役の男の人が言うと、亨は「ウミユリと言います」と答えた。高く作った声じゃないけど、やわらかくておしとやかな標準語のイントネーション。ゆうべの無造作な声とは別人のようだった。

——そうですか、じゃあ、ちょっと無理ですね。

——そうですね。残念ですけど……。

——何かすごく、ひと目見た瞬間に運命感じたんですけど、駄目ですね。

——わたしもです。また会いましょう。

スクリーンの背景がマンモスのいる平原に変わる。

——あ、ネアンデルタールです。

——クロマニヨンです。

——また駄目ですね。でもだいぶ近づきましたね。

——そうですね、プテラノドンとモササウルスの時と比べたら。

——肺とエラじゃ厳しいですもんね。

——次はきっと。

——はい、また会いましょう。

見ているうちにわかってきた。彼らは運命の恋人同士で、何度も転生《てんせい》しては巡り会う。なのに互いの境遇がどうしても噛み合わずに出会っては離れる。そしてまた生まれ変わる。唐《とう》に渡っていく遣唐使《けんとうし》と、唐から渡ってきた留学生として海上で一瞬すれ違ったり、織田信長《おだのぶなが》軍と今川義元《いまがわよしもと》軍として戦場で遭遇したりする。サーカスの象とライオン使いの時もあった。亨は別れるたび「また会いましょう」と、やわらかい口調で繰り返した。そして時代は現代に追いつき、ふたりはホテルのロビーっぽい背景の前でうつむきつつ向き合っていた。

——やっとですね。あ、ぼく、弓彦《ゆみひこ》と言います。

——ええ、今度こそ何の障害もないですよね。わたし、夏子《なつこ》です。

——じゃあ……。

——はい。

亨が差し出した左手の薬指に、男の人が指輪をはめる仕草《しぐさ》をした、その時
——あの、すいません、念のため。

——はい？

——わたし、ドMです。

――えっ。お好きなプレイは？

――ヨーロピアンポニースタイルを少々……。

――ほんとですか、僕もそれ大好きで……。

――えっ。

――……されるほうが。

ふたりとも黙り込んだ。ヨーロピアンポニースタイルという謎の単語と、それを彼らだけが真剣に受け止めている静けさに、客席からくすくすと忍び笑いが洩れる。

――ああ、まいったなー、ちょっと一致しすぎちゃいましたね。

――そうですね、そうきたかみたいな、ぴったりの方向性が……。

――どうしましょう？

男が尋ねる。

――これまで、一億年くらいかけてきましたよね。種の違い、宗教、国境、戦争も身分差も推し球団の違いもようやく全てクリアしてここまでたどりつきました。

――はい、それはわかります。でもわたし……。

髪の毛をもてあそびながらためらう亨の横顔は、伏せた瞳が揺れていた。美しい、と素直に思った。

――ヨーロピアンポニースタイルはどうしても妥協したくありません。

――僕もです。こんなところも、ぴったりですね。

——運命の人ですもんね。

——じゃあ、仕方ないですね。この指輪はメルカリで売って、そのお金でオキニの女王さまにご奉仕してきます。

——ええ。次こそは、来世こそは、きっと。

——じゃあ、また。

——また会いましょうね。

ふたりは手を振って別れ、舞台の両袖にそれぞれ消えていった。スクリーンは真っ黒になり、白く「２０ＸＸ年Ｘ月Ｘ日」という文字が出て、大きなきのこ雲が浮かび上がる。

——核戦争により地球は滅亡し、地上のすべての生き物は死に絶えた。

男の声でナレーションが流れると、かすかにエコーがかかった、亨の言葉。

——また会いましょうね。

幕が下りて、さざ波のような拍手。

「けっこうブラックですね」と話しかけてきた千冬ちゃんがわたしを見て「えっ」と絶句する。

「雨ちゃん先輩、どないしたんですか？」

「え？　あ、うん」

わたしは、いつのまにか泣いていた。慌《あわ》てて頬《ほお》をこする。泣ける、と謳《うた》う映画やドラマを見てもさほど心動かされないタイプなのに、どうしてだろう。亨のやさしい声、何百年後か何千年後かわからないけど、運命の人との再会を信じて疑わない、希望に満ちた「また会いましょう」が苦しくてたまらなかった。また会いましょう、と言うためには、別れなくてはいけない。

　しばらくして幕が開くときょうの出演者が全員集合していて、わたしは初めて亨ともうひとりの男の人が「安全ピン」というコンビだと知った。ゆうべはぱちっとつながった視線がきょうはちっとも合わず、それぞれにツッコミを入れ合いながら近況をトークしている間、亨は一度もわたしを見ることはなかった。終演後、「何か食べて帰る？」と誘うと千冬ちゃんは「何言うてるんですか」とわたしを肘《ひじ》でつついた。

「ロビーで待っとったらそのうち出てくるでしょ、あいさつくらいして帰らんと」

「出待ちなんかしたことないよ」

「大丈夫ですって、チケットのお礼するだけ。言うてそんな大人気の人じゃないでしょ、向こうも悪い気しないですよ」

　そうかなあ、と自信が持てないまま人の流れに乗ってロビーに出ると、さっきまで舞台にいた芸人さんたちが早くもチラシを配ったりお客さんと一緒に写真を撮ったりしていた。

「あ、安全ピン、列できてますよ。トリやったし、きょうのメンバーの中では人気あるんですかね。芸人もやっぱ顔なんかな？　あの人しゅっとしてましたもんね。女装似合ってたし」

もう来ることがないと思っているからか、千冬ちゃんはなかなか言いたい放題だった。ファン（半分以上は女の子だった）と握手をしていた亨がその声に反応したかのようにぱっとわたしたちの方を向き、そしてようやくわたしの存在に気づいたのか、「おう」と声をかけてきた。コントで演じていたのとは違う、きのうわたしが聞いた、無愛想《ぶあいそう》な亨の声だった。ウィッグも外しているしメイクも落としてしまって、Ｔシャツにジーンズ姿の、一歩外に出ると五秒にひとりは出会いそうな「ただの男」に見える。

「ミス靴ずれ、城公園代表やないか」

「お前何言うとんねん」

相方の男の人がけげんな顔をする。

「きのう助けたお嬢はんや」

「何の話やねん」

助けてもらったっけ？　亨がいなければいないでどうにか家には帰り着いていたはずなのでわたしが口ごもっていると、横からまた別の男の人が「困ってはるやん」と口を挟んだ。

「いえ、あの、困ってるというか、チケットをいただいたので……」

「ああ、はいはい」

その人はにこやかにわたしたちを受付の奥のスペースまで誘導した。

「ごめんね、出待ちの子らがちょお、ぴりっとしたから」

ああ、と千冬ちゃんが頷く。

「雨ちゃん先輩気づいてました？　開演前にうちらに話しかけてきた女の人、並んでましたよ」

「え、気づかなかった」

「何かすっごい目でにらんでました」

チケットをもらったなんて、あんなところでうかつに口走るんじゃなかった。

「じゃあ、やっぱりまっすぐ帰ったほうがよかったのかも」

「そんなん関係ないでしょ、もらったんはほんまやし、向こうから話しかけてきたんやから」

男の人は千冬ちゃんの強気さが気に入ったのか、「佐野《さの》と言います」と名乗って名刺をくれた。『放送作家』と書いてあった。

「放送作家さんって何してはるんですか？」と千冬ちゃんが訊く。

「きょうみたいなコントや漫才の台本書いたり、ラジオの台本書いたり、まあいろいろ……何や、自分らほんまに何も知らんと来たん？」

「はい」

「へえ、楽しかった？」

「まあまあですね」

「はは、厳し。これから打ち上げすんねんけど、よかったら一緒にどお？」

「えっ」

わたしたちは顔を見合わせた。

「まあ、ただの飲み会。口実が欲しいだけやから」

「ご迷惑じゃないんでしょうか」

写真や握手に並んでる子たちを差し置いて、そんな抜け駆けみたいなまねをしていいんだろうか。わたしの懸念を佐野さんは「大丈夫大丈夫」と軽くいなす。

「かわいい子きたらみんな喜ぶし、珍しいことに亭から声かけたんやろ？　あ、でも女の子もちゃんとおるし、安心して」

「じゃあ行きます」

千冬ちゃんが片手を上げてＯＫしてから「いいですよね？」とわたしに確認した。

「ほな、先店行っとこか」

おかしなもので、ゆうべ亭に対してはまったく警戒心がわかなかったのに、この佐野さんがとんでもない悪人で、肩書きも名刺も嘘でのこのこついていったら危険な目に遭うのでは、と怯《ひる》んだ。でも千冬ちゃんがさっさとついて行ったので、頭の中でスマホの緊急ＳＯＳの方法をおさらいしながら後に続いた。人通りと騒がしさは入る前より激しくなっていて、なりふり構わないノリの呼び込みやネオンの点滅で目と耳がストレスにさらされる。ドラッグストアの軒先《のきさき》にはみ出した山積みの雪肌精《せっきせい》につまずきそうになりながら、すぐ近くのチェーン居酒屋に入った。悪人というのはクラブのＶＩＰ席で高いお酒を飲んでいるもので、店員が「はい喜んでー！」を連発するお店の座敷にはいないだろうからすこしほっとした。

「芸人さんて、ああいうアイドルのファンみたいなガチ恋がいてるんですか？」

おしぼりで手を拭きながら千冬ちゃんが質問する。

「うん、まあ、そのコンビの見た目とかネタの傾向にもよるけど。『安全ピン』は多いね、リアコが」

「リアコ？」

「リアル恋ってことでは」

わたしの疑問に千冬ちゃんが答えてくれる。

「ガチ恋と同じ意味ですよ」

「ああそうか、ごめん、ユニクロのあれかと思ってた」

「え、ひょっとしてリラコのこと言うてます？」

「うん」

「ステテコが多いって何ですか」

佐野さんは壁際にもたれ、わたしたちの会話をおかしそうに眺めていた。

「でもあそこはふたりともあんまりワーキャーと馴れ合わへんからね、もちろんお客さんとしては感謝してるけど、最近はタレ志望みたいな子も増えて、何かもう怖いわ……タレってわかる？」

「焼き鳥じゃないことは確かなので……タレントですか？」

「タレント志望やったらもっと権力ありそうな人に寄ってくでしょ」

千冬ちゃんが冷静に突っ込んだ。

「タレいうんは、まあ、あんまええ言葉ちゃうけど、女の子の意味で、カキタレいうたら、その、そういう遊び相手」

「セフレってことですか？」と千冬ちゃん。

「いや、もっと、まあ都合のいい女」

「ふーん、さっきの人たちはそういうことはしてないわけですね？」

「僕の知る限りでは」

「よかったですね、雨ちゃん先輩。見る目あるじゃないですか」

昼間は軽率さを叱《しか》られたのに、評価が百八十度変わった。佐野さんによると「ワーキャー」の人たち（おもに十〜三十代の女の子）は、まめだしグッズなんかもよく買ってくれるけれど、劇場で推しの出番が終わったらすぐ席を立ったり、推しが何を言っても爆笑したりでほかの客や芸人仲間の不興を買う場合もあるし、新しく出てきた若手にあっさり乗り換えてしまう恐れもあり、なかなか難しいものらしい。

「自分を好きになってくれる人って、選べないですもんね」

わたしの言葉に佐野さんはうんうんと頷いた。

「めっちゃ下ネタとかゲスいことばっか言うとったらワーキャーもつかへんけど、そのためにやりたくないネタするんは本末転倒やから」

メニューを眺めながら雑談していると、打ち上げのメンバーが次々に入ってきた。劇場のスタッフや芸人さんたちで、合わせて二十人いないくらい。「安全ピン」がいちばん最後で、亨は座敷に上がる前に首だけ前にひょこっと突き出し、鳩《はと》のような会釈をした。

「亨、こっち来いや」と佐野さんが手招きする。

「雨ちゃんおるで」

ちゃっかり千冬ちゃんの呼び方をまねて、馴れ馴れしい人ではあるが、いやな感じはしなかった。そういうノリの業界なのだろうし、こっちはお邪魔している立場だから。亨は「またそのうち」とへらっと笑って反対側の端《はし》に腰を下ろした。全員の目の前に生ビールが行き渡ると、いちばん年上っぽい男の人が「お疲れさまでした」と音頭《おんど》を取って飲み放題付きのコースが始まった。わたしと千冬ちゃんの目の前にはさっきトップバッターで漫才をしていたふたり組がいて、やたら前のめりに食いついてきた。

「自分ら何の仕事してんの？」

「受付です」

「受付嬢！」

どこに驚く要素があるんだろうか。

「それでかあ、ふたりともかわいいもんなあ」

「ありがとうございまーす」

千冬ちゃんが具のない天ぷらみたいにすかすかの返事をする。男の人たちの視線は、卓上のフライドポテトの油を吸ったようにべたっと感じられた。わたしはこの〝無遠慮に値踏みしてくる目つきにいつまで経《た》っても慣れない。女から男へ、あるいは女同士でももちろんあるけれど、男から女へのそれは大体「やれそうかどうか」に集約していくから居心地が悪い。でもわたしはもう二十九歳だから、次第に勝手な値札をつけられる機会も減るだろう。

「どこの会社？」

すこしためらって正直に社名を答えると彼らは「S繊維！　知ってる！」と手を叩いてから「受付嬢って全員契約社員なんやろ？」と言った。

「ほんで、三十になったら絶対更新されへんらしいやん」

「やからめっちゃ合コン熱心やって聞いたことあるわ」

すると、すかさず隣にいた女の人がおしぼりを頭に振り抜いた。

「いたっ」

「何を失礼なこと言うとんねん、自分ら合コンで相手にされへんからってダル絡みすな」

ライブで元彼のピンネタを披露していたお姉さんだった。見た感じ三十代後半で、ゆるいウェーブがかかった明るい栗色《くりいろ》の髪とややきつい切れ長の目は「姐《ねえ》さん」と呼びたくなるような風格があった。

「ごめんね、気ぃ悪くしたやろ」

「いえ、よく知ってるなあと思いました」

お姉さんは切れ長の目を丸くしてから笑い、「朝永郁子《ともながいくこ》です、芸名はトモナガでやらしてもらってます」と名乗った。

「柳生美雨です、こっちは同じ職場の後輩で斉藤《さいとう》千冬ちゃん」

郁子さんはすぐに千冬ちゃんと意気投合し、話が弾んでいた。千冬ちゃんは歯に衣《きぬ》を着せないから同タイプの女の人とはぶつかる時もあるけれど、郁子さんが年上だからうまくいくのかもしれない。佐野さんが千冬ちゃんを取られてつまらなそうなのには、気づかないふりをした。

「雨ちゃんは東京の子なん？」

「高二まで東京にいて、父親の転勤で大阪に」

訛《なま》るまい、と意識していたわけじゃないのに、何となくわたしの骨身に大阪弁は染み込まなかった。

「高校でよかったね、小中のうちやと『東京弁』ってからかわれたかも」

「そうそう、子どものうちって標準語恥ずかしいですよね。『ナントカだわ』とか」

「わかる、わたしなんか南大阪のコテコテのとこやったから、テレビとか見とってもそんなしゃべり方するやつおるんか？　って信じられへんかった」

　飲み食いの合間に、あちこちでアンケート用紙が回し読みされている。わたしたちも入る時にもらっていたけれど、ろくに項目も見ずたたんでバッグにしまい込んだままだった。ちょっと覗かせてもらうと、「おもんな」とか「よかった」とか雑な走り書きのものもあれば、細かい文字でびっちり書き連ねてあるものもあり、ラブレターのように熱烈だったり上司や先生のように駄目出しばかりだったりとバリエーションに富んでいる。「結婚して！」とプリクラを貼りつけ、ＬＩＮＥのＩＤを添えている女の子は「リアコ」なんだろう。ただで入って、感想も書かずちゃっかり打ち上げにまざっている自分がずるをしたようで心苦しい。アンケートに見入っていると郁子さんは「何がそんなおもろいの？」と尋ねた。

「生の字、こんなに見ることないからすごい迫力だなって。お笑いのライブっていつもアンケートあるんですか？」

「大体は。何や、初めてなん？」

「はい、チケットをいただいて……あの、矢沢さんに」

指差そうと思ったら、亨の姿がいつのまにか消えている。

「きのう行った音楽のほうのライブで出会って、わたしが靴ずれしてたので矢沢さんが家まで連れて行って手当てしてくれて……」

「えっ」

郁子さんが目を瞠《みは》ったのはわたしの軽々しさに引いたのかと思ったら、違った。

「雨ちゃん、ゆうべうち来たん？」

「え、郁子さんちなんですか？」

「ルームシェアしてんねん。わたしと矢沢とあと男ふたり」

ああ、じゃあ玄関にあった女物の靴は郁子さんのだったんだ。

「夜更けにお邪魔してすいませんでした」

「いや、みんなバイトとか仕事でおらへんかったけど、スムーズに来れた？」

「タクシーに乗ったので」

「ふうん……」

何が引っかかっているのかまったくわからなかったけれど、郁子さんはすこし考え込んで「また近々遊びにおいで」と誘ってくれた。

「ほかの同居人も紹介するし」

残りのふたりも、きょうのライブには出ていないけれど芸人らしい。

「男三人と女ひとりっていろいろ肩身狭くないですか？」

千冬ちゃんの質問に郁子さんは「別に」とあっさり返した。

「唯一のルールはサニタリーボックス覗くな、そんだけ。生理イジられたらシャレならんくらいむかつくから」

わたしは父親以外の男の人と暮らした経験がないけれど、何かひとつルールを設けるとしたらサニタリーボックスではない気がする。店の中は熱気がこもって暑かったのでトイレに立ったついでにちょっと頭を冷やそうと外に出たら、店先で亨が煙草を吸っていた。きのうと同じ薄っぺらいウインドブレーカーを着て、寒そうに肩を縮めながら。

「どうえ、傷の具合は」

わたしに気づくと謎の京都弁を発した。

「キズパワーパッドのおかげで快適です」

「赤チンは」

「特に効果感じないです」

「そうか」

亨が指に挟んだ煙草の先から煙がゆるりと漂い出て路上ではしゃぐ酔っ払いにグレーのフィルターをかける。受付嬢、と亨が言った。

「はい」

「日本三大嬢のひとつやな」

「そうなんですか？」

「あとふたつは何や」

訊くんだ。頭の中でじょう、じょう、と考える。

「宍《しし》戸《ど》錠《じょう》、ポール&ジョー」

「海越えとるがな」

「あ、ほんとだ」

「とんまなお嬢はんやで」

とんま、というクラシックな言葉でディスられたけれど、本当のことなので腹は立たなかった。

「ライブのチケット、ありがとうございました」

「おもろかったか？」

「はい」

頷くと、亨は初めて心から嬉しそうに笑った。

「自分、泣いてへんかった？」

「見えてたんですか？」

「板《いた》の上って案外いろんなもんが見えんのよ」

そうか、舞台のことを『板』って言うんだ。

「感動してました」

「何に？」

「壮大な恋と、あと音楽もよかったです」

きっと昔もふたりは恋に落ち……というようなバラードの歌詞で、ややハスキーな女の人の歌声がぴったりだった。ＢＧＭなんかも自分たちで決めてお客さんを前に演《や》るのは楽しいだろうなと思う。

「プリンセスプリンセス」亨は言った。

「の、『ムーンライトストーリー』」

「その曲名は知ってるんですね」

「知らんとかけられへんやろ」

話しているうちに短くなった煙草を吸い殻入れに落としました一本取り出す。先に戻ったほうがいいのかなと迷ったが、亨のほうから「受付嬢って何してるん」と話を振ってきた。

「来客対応とか会議室の調整とか……郵便や荷物の仕分けもします。お花の世話も。二週間に一回、業者の人が取り替えにくるんですけど、昔いた新人ちゃんがお水の代わりに栄養ドリンクあげてマッハで枯らして怒られた時があったので要注意です」

萎れかけてたから元気にしてあげようと思って。植物によくないものを人間が飲んでいいなんて思わないじゃないですか。真剣にそう主張した女の子は営業部の男性と結婚し、社内報によると去年男の子が生まれた。「男は結局ああいう子が好きやからな」と、営業部の課長はなぜかわたしに諭すように言った。でも、わたしまで栄養ドリンクを与えていたら花代がかかって仕方ない。

「大変やな」

「そうでもないです」

手取り十八万、ボーナスはなし。昇給もなし。交通費と社会保険はあり。何の資格も技能もない独身アラサー女の待遇としては悪くない、と人は言う。わたしが知っている特定の誰かじゃなく、漠然と聞こえてくる世間の声、格差社会の下のほうの悲鳴に比べたら嘆《なげ》くような身分じゃない。来年には首を切られる未来が見えていたとしても。

「三十になったら辞めなあかんのやて？」

まさにわたしが考えていた問題を亨がずばりと突っ込んだ。

「はい」

「ご無体《むたい》やのう」

妙に濃い大阪弁といい、この人の言葉遣いはおもしろい。本気でわたしに同情しているわけでもなさそうなのが却って好ましかった。何もかもふざけているみたい、でも芸人なんだからそれが正しいのかも。

「お嬢はんは何歳なん」

「つい先日二十九歳になりました」

「ほな来年でサイナラか」

「そういうことになりますね」

「受付嬢の次は何嬢になるんや」

「特に決まってないですね、何嬢がおすすめですか」

「西《にし》九《く》条《じょう》」

何も考えていないのが丸わかりの返答だったけれど、キャバ嬢とかもっとどぎつい下ネタ系じゃなくてほっとした。がらっと引き戸が開いておじさんの三人組がもつれるようにべたべたじゃれ合いながら出てくるとわたしたちを見て「けんかすんなよお、仲よくなあ」と冷やかした。

「お前らもな」と亨が言い返すとげらげら笑って同じような酔っ払いの群れに紛《まぎ》れ、すぐに判別できなくなる。みんな正規雇用かな、とつい考えてしまう。

「お嬢はんは何がしたいん」

「机の周りをぐるぐる回ってホッチキスで冊子を作りたいです」

「は？」

「うちの母が言ってたんです」

　お母さんは、短大を出てちょっとだけ包装資材の会社でOLをやっていた。そこでやっていた仕事といえば日々お茶を汲《く》み（重役や来客にはいい茶葉とふた・茶托《ちゃたく》つきの湯呑《ゆの》みを使う）会議資料のコピーを取って綴《と》じることだったらしい。会議室の机に一枚ずつ紙を並べ、みんなでぐるぐる回遊しながらまとめてホッチキスで綴じる、のどかでかわいらしい光景に憧《あこが》れたけれど、今の時代そういう望みは向上心のない負け組の発想なんだろうし、第一コピー機がソートもホッチキスもパンチの穴あけもやってくれる。だからわたしは人間として人間にしかできないことを見つけなければならなかった。受付嬢も『AIに取って代わられる職業ランキング』のかなり上位にきている。自力でやりがいや目標を設定し、そこに向かって正しく努力をしなければ、世間はやさしくしてくれない。

　会議に出て何かを決める側に回りたい人はどんどんお給料をもらってほしいし、逆にわたしは三食スープはるさめを買える程度の収入で机の周りを回っていたい、意欲がない人間にはないなりのポジションというのもあっていいのに。そんなふうに思っていたら新卒で就職してから瞬《またた》く間に七年経ってしまった。先輩や同期や後輩は結婚したり、秘書検定なんかの資格を取って条件のいいところに転職したり、海外に飛び出していったり、三十歳までの猶予《ゆうよ》期間にちゃんと次の道を見つけていた。

――きみみたいにおっとり構えて三十まで勤める子は珍しいね。

この前、人事の人に言われた。三十過ぎてもここに居座れると思うなよ、という警告だとは、鈍いわたしにもわかる。七年間、不真面目《ふまじめ》に働いてきたわけじゃない。無遅刻無欠勤だし、与えられた仕事はその都度一生懸命こなしてきたつもりだった。でも、わたしみたいな人間は世間から見れば能無しの部類に入る。

「ぐるぐるしたいんやったらマイムマイムでも踊ったらどないや」

「ひとりでですか？」

「俺も行けたら行くわ」

どうしてだろう、この人の適当さにひどく安心するのは。安心している場合じゃないのに、気持ちが楽になる。

「お願いします」

「ちゅうか、何で三十なんや」

「もう若くないからです」

「なわけないやろ、俺三十やけど若手で通ってんで。劇場来てみいや、八十代の師匠も漫才やってんぞ」

「そうなんですか？」

話しているうちにまた短くなってしまった煙草を、こぼれそうなビールに口をつけるような仕草で慌てて一回吸ってから捨てる。

「袖ではヨボヨボでプルプルやねん、息吹きかけたフルーチェみたいな質感やで、せやけどセンターマイクの前に立った途端にシャキッてなんねん、フルーチェが一瞬にしてあずきバーや、めちゃめちゃかっこええぞ」

亨の口調はすこし熱を帯び、「ええぞ」が「ええど」に聞こえた。ああ、この人はちゃんと「人間にしかできないこと」をやっている。

「コントだけじゃなくて漫才もするんですか」

「たしなむ程度やな」

お茶やお花みたいに言う。

「カタギの皆さんの人生は見切りが早いのう、余命一年か」

「え？」

「受付嬢として」

「はい、崖《がけ》っぷちぎりぎりですね」

ふだん、千冬ちゃんにもここまでぶちまけない。言えば心配して各所の合コンや婚活パーティに連れ出してくれるに決まっている。それはとてもありがたいのだけれど、二十代前半の頃、あちこち誘われて頑張った結果、ただただ疲れてしまった。公務員、医者、弁護士、手当たり次第の友人から最終的に「ヒップホップ合コン」という謎なくくりの集まりに呼ばれ、待ち合わせのお店にキャップと腰パン姿の男の子がずらっと座っているのを見た瞬間「何なんだろうか」と思い、生まれて初めて仮病を使って帰った。ヒップホップは悪くない。考えもせずお義理でのこのこ行くわたしが悪い。だから、資格や目標というパラシュートもなく崖っぷちでぼんやりしているのもわたしが悪い。ドラマみたいに刑事さんが駆けつけてきたらもうわたしが犯人でいい。背中には扉一枚隔《へだ》てた居酒屋の喧騒《けんそう》が聞こえてくる。

「生中」

「お水ください」

「割り箸落としたんですけどぉー」

そのいちいちに店員さんは「はい喜んでー！」と声を張り上げていた。たまに「はい仕方なくー！」と本音を混ぜても誰も気づかないのに、忠実に繰り返す。きっとこの店の中でひとつも有意義な会話など交わされていない、そのくだらなさがアルコールより人を慰《なぐさ》めていると思う。

亨は言った。

「ほな、余命一年、首の皮一枚つながっとる間に、俺らとおもろいことして遊ぼや」

今のうちに次の仕事を見つけろとも、養ってくれる男を見つけろとも言われなかった。それを言われたら亨にがっかりしてしまっただろうから、嬉しかった。子どもの頃、よく知らない子から公園で遊びの輪に誘ってもらった時の、無邪気に胸が弾む気持ちを思い出した。何が始まるんだろう、とわくわくしたものだった。

「うん」

わたしは頷いた。亨はニコチンを払い落とすようにぱんぱんと軽く手を叩き「お嬢はんはおもろいな」と言った。亨が芸人であることとは関係なく光栄な気持ちになった。この人の目はわたしを値踏みしない。初めて会った時もそうだった。容姿は、スタイルは、胸の大きさは、やれそうか、遊び相手で終わりそうか、料理はできそうか、それらを探ってこない。人に話せば繊細すぎるとか甘えていると言われそうだけれど、男女の間だけじゃなく、仕事でも友人関係でも、時には家族の間でさえ、自分の値打ちを絶えず示し続けていなければ酸素を摂取する権利さえ分不相応であるような、世の中の空気が苦手だった。亨の眼差しはニュートラルだった。何でもないわたしを、何でもない人間として、可も不可もなく見ている。わたしに興味がないだけかもしれない。それでもいい。

店に戻る前、わたしはずっと気になっていたことを尋ねた。

「ヨーロピアンポニースタイルってなに？」

「そんなん言うてもたらおもんないやんけ」

亨はにやっとしただけで教えてくれなかった。確かに「何それ」と戸惑うからおもしろいのかもしれない。そんなものが本当に存在するのかどうかもわからない。座敷ではすっかり酔っ払った人たちがわたしと亨を見てどこへ消えとったんや怪しい、と学生みたいに囃《はや》し立てた。

「ちょっと春を探しに」

亨はまた出まかせを答える。

「もうとっくに春じゃ」

「あちゃー、行き違いになってもたか」

千冬ちゃんが首尾をうかがうような目配せをしていたので何となく親指を立てると郁子さんが「ターミネーター2やん」と赤い顔で笑う。


その週の土曜、郁子さんに誘われて千冬ちゃんと一緒にシェアハウスにお邪魔するはずだったのに、待ち合わせの二時間前に「すいません、きょうはパスさせてください」と電話がかかってきた。

『頭痛くて。熱はないんですけど』

「大丈夫？　わかった、無理しないでね」

ひょっとすると気を利かせてわたしひとりで行かせようとしているんじゃや、と考えたけれど、千冬ちゃんの声は本当につらそうだった。なのでわたしはひとりでなんばまで出て、髙島屋《たかしまや》で手土産にワインとゼリーを買った。亨たちの住む家は、南海高野《なんかいこうや》線、通称汐見橋線の木津川駅の近くにある。路線図を見るとなんば駅から五つめの「岸里玉出《きしのさとたまで》」からぴょこっと飛び出て、西天下茶屋《にしてんがちゃや》、津守《つもり》、木津川、芦原町《あしはらちょう》、汐見橋と川の支流のように枝分かれしている。たぶんこのへんはウラというより『ディープ大阪』と呼ばれているエリアだろう。ミナミに疎《うと》い、非ネイティブのわたしでも見当がつく。

岸里玉出で降りて乗り換えのホームに移り、時刻表を見たら一時間に二本しか走っていなかった。時間帯によっては一本で、もちろん快速とか急行という表記は見当たらない。なんばからそう遠くないのに、大阪の真ん中でこんなすかすかの時刻表に出会うとは思わなかった。でも、覚えやすくていいのかも。すっかり日が落ちたホームに一両編成の電車がやってくると、生まれる前にタイムスリップした気分になる。たった二両なのに満員になることはなさそうで、乗り込む人はまばらだった。

青とオレンジのラインが入った電車がどこどことわたしの知らない街並みを抜けていく。木津川駅のホームには一応屋根があるものの、アスファルトはひび割れまくって雑草が顔を出し、ベンチもなかなかお目にかかれない木製の、仕切りも手すりもないシンプルに長いタイプだった。無人の改札を抜けても駅前には駅ビルどころかロータリーもコンビニもない、もっと言うと舗装すらされていない砂利道が延びていて、見えるのはフェンスに囲まれた草ぼうぼうの空き地と、落書きだらけのブロック塀。幸い、わたしのほかにも降りた人がいたので現実に存在する駅なのかと疑わずにすんだ。振り返れば「木津川駅」と看板のかかった駅舎はおもちゃの家みたいにこぢんまりしている。物陰《ものかげ》から変質者や強盗……よりは、ゾンビがぬっと出てくるほうが似合う、と想像しながら歩いていると、目の前に現れたのはそのどれでもなく郁子さんだった。

「あ、よかった。会えたね」

髙島屋の紙袋をひょいと持ってくれて「駅、びっくりしたやろ」と言う。

「はい」

「ふたりやから平気かなと思ったけど一応迎えに行こかなって……千冬ちゃんは？」

「ちょっと体調悪いみたいで」

「ああ、そうなんや」

残念やね、という口ぶりには、どこか諦めというか、予想していたかのようなニュアンスがあった。

「ほな迎えに来て正解やな。ちょっと寂《さび》れてるだけで、実害いうか、別に怖い目に遭うようなことはないねんけど」

寂れているだけでそこそこ怖いのでは、と思いつつ、「見た目で判断しちゃ駄目ですね」と相槌を打った。

「郁子さんは、何で芸人になろうと思ったんですか？」

タクシーを拾った国道沿いに出ると、さすがに人通りがあった。大きな道路を見ると肩の力がふっと抜けたので、やっぱりちょっとは緊張していたらしい。

「えっとねえ、普通に大学行ってて、普通に就職するつもりやってんよ。憧れの企業があってさあ。でも、就活の時に、どきどきしながら面接待っとったら、社員の女の人がこそっと『自分、ひとり暮らし？』って訊くねん。そうですって答えたら、ああー、みたいな顔で『期待せんほうがええよ』やて。『ここ、女子は実家暮らしの子しか取らへんから』

って」

「えっ……でも、本当かどうかわからないですよね」

「どうやろ。ひとり暮らしが原因かは謎やけど実際落ちたし、他のとこでも『君たちはお嫁さん候補です』とか言う男おったからな。二十一世紀の就活でそんなん言われると思わへんやん」

二十世紀のOLにはごく普通の流れだったのだと思う。実際、うちのお母さんはお茶汲みや各種雑用をしながらお父さんと社内恋愛を育《はぐく》み、結婚とともに寿退社をした。その結果生まれた自分も、似たようなルートを辿るんじゃないかと心のどこかで思っていた。受付嬢は社内外の男性社員から「見初《みそ》められる」立場で、三十というタイムリミットは、多くの男の人にとっての『賞味期限』。わたしはそれを特に屈辱《くつじょく》的だとは思わなかったし、二十九になった今も抗ったり異を唱えたりする気にはなれない。郁子さんの憤《いきどお》りようを見ていると、自分のぼんくらさが申し訳なくなった。郁子さんは続ける。

「ほんで、地下鉄乗っとったらお笑い養成所の広告見つけて、むしゃくしゃしとったから願書出してもうたわ。どうせ四年生なんか卒論出すだけやから余裕で両立できたし」

わたしの『むしゃくしゃしたからやってしまった』リストには載っていない行動力に感動した。

「ご家族とか、反対されなかったですか」

「されたされた」

郁子さんはけろっと答えた。

「大学まで出して何で芸人、て母親泣いたわ。でも親が泣いて子どもが笑って暮らすんとその逆やったら、前者のほうがまだええやろ。自分はこのままどこに就職しても笑って生きてかれへんって思ってもうてん」

「芸人になったら笑えてますか」

「ギャン泣きすることも多いけどな」

猛スピードで通り抜けた車がすこしぱさついた髪をなびかせる。

「賞レースで落ちた、ネタ見せでボロクソ言われた、ツイッターでディスられる……それでも、笑える時はアホみたいに笑てんねん。芸人の世界の男女不平等なんかすさまじいけど、こっちもそういう世界って入る前からわかってるやん。ミックスジュースのふりしたゲロより、素直なゲロのほうがまだ潔え《いさぎえ》わ」

絶妙にリアルでいやなたとえをしてくれた。見覚えのある路地に入ると、一度だけお邪魔した一軒家が見えてくる。前回とは打って変わって明るく、にぎやかな話し声も聞こえてきて、わたしは「いいですね」と言った。

「いいって、何が？」

「この、あったかーい家の感じが。もっと真新しくて雪の中に建ってたらハウスのシチューのＣＭに採用です」

「問題は中身やからな」

それは、内装の話（暖炉《だんろ》がないとか）なのか、それとも住人の話なのか。確かに、亨が薪《まき》を割ったり白いニットを着てほほ笑んだりするところは想像もつかないけれど。

「ただいま」

施錠されていない引き戸を開けると、玄関の一直線上にある台所から男の人がふたり小走りに駆け寄ってくる。ひとりは丸坊主《まるぼうず》で、でこぼこの頭のかたちが丸わかりのまさに「じゃがいも」という感じの風貌《ふうぼう》だった。そしてもうひとりは指通りのよさそうななめらかな金髪のマッシュルームヘアーで、眉毛《まゆげ》だけ黒々と太いのが若干間抜けではあるものの、「リアコ」がたくさんつきそうな男前だった。

「おかえりなさい」

「ただいま。この子な、前言うた雨ちゃん。こないだのライブの打ち上げで仲よなってん」

「お邪魔します。柳生美雨です」

おじぎをすると、ふたりともぴしっと頭を下げた。彼らは郁子さんの後輩で亨とは同期、じゃがいもくんは浜島誠《はましままこと》、『寝汗《ねあせ》』というコンビのボケで通称マコ。マッシュルームさんは『ニャンドゥティ』というコンビのツッコミで宇佐美《うさみ》無限、無限と書いて『ネバーエンディングストーリー』なのだそうだ。二回聞き返したので間違いない。

「お父さんとお母さんどっちのセンスですか？」と思わず尋ねるとすかさず郁子さんが「芸名や」と言った。

「そんな親おらんて」

「長寿を願ったのかなって」

「不老不死やん。本名は太一郎《たいちろう》やねん」

「宇佐美太一郎って漢字六文字でだらっと長いでしょ」

ネバーエンディングストーリーさんが涼しい顔で言った。亨といい、芸人は平然とどうかしていないと務まらないのだろうか。

「まあ、大体みんなネバーって呼んでます。よかったら手紙ください」

「手紙？」

「ここの住所にね、ネバーエンディングストーリー様で手紙出してほしいんです。ぼく、まじで改名したいんで、裁判所に申し立てする時、新しい名前で生活してる実績があったら考慮されるみたいなんですよ」

「改名したらどうなるんですか？」

「戸籍上の名前も公的な書類も無限と書いてネバーエンディングストーリーになります」

「なったらどうなるんですか」

「おもろいでしょ」

それだけ？

「ちょっとコスパ悪くないですか？」

ネバーくんの柔和な語り口についぶしつけな質問をしてしまった。ネバーくんは軽く肩をすくめ、郁子さんに向かって「ねえさん、この人ちょっと変わってますね」とひそひそ言う。どれだけ自分を棚に上げる気だろう。でも一応「すいません」と謝って手紙を書くことを約束した。

「縦書きの封筒やで」とネバーくんが念を押す。

「そっちのほうがちゃんとしてる感じするやろ」

目的がちゃんとしていないのに、手段には求めるんだなと思った。やりとりを黙って聞いていたマコちゃんがおずおずと「きょう、もうひとりくるって聞いてたんですけど」と切り出す。

「ごめんなさい、急な体調不良で」

すると、さっきの郁子さんと同じくマコちゃんもネバーくんも半《なか》ば予想していたように「ああ」と頷いた。

「ひとりすくないんやったら、肉買いすぎたかもしれません」

「どんだけ買うたん？」

郁子さんの問いにマコちゃんは「五キロです」と答えた。あほかっ、と郁子さんの叱声《しっせい》が飛ぶ。

「女の子やで？　どんだけ食う想定しとんねん、野球チームもてなす気か」

「安かったんでつい……」

「いや多いて」

郁子さんはため息をつき、わたしに「茶の間でゆっくりしとって」と言った。

「何かお手伝いしたほうがいいですか？」

「ホットプレートで肉とか海鮮焼くだけやから……マコちゃん、シメの焼きそば買うといてくれた？」

「あ、はい」

「どんだけ？」

「ひと袋です」

「すくな！　何でやねん！」

「もうみなさんお腹いっぱいかなって……」

「五人で割ったらひとり何本？　ひとすすりで終わるやん、何なんそのアンバランスは」

マコちゃんはしょんぼり肩を落としていたが、郁子さんの口調は本気で怒っているわけではなさそうで、コントで大げさに怒る人みたいなおかしみがあった。一応「肉が一パックで焼きそばが五キロよりいいと思います」とフォローしてみた。

「そうやわ、そのとおりやで」

ネバーくんが何か奥深い真理に触れたような顔で頷く。郁子さんに勧められるまま茶の間に入ると、亨が畳の上にうつ伏せていた。

「こんばんは」

声をかけても、ｉＰａｄの動画に見入っているらしく返事もしない。わたしは勝手に座ると、ぼんやりするのが得意だからぼんやりしていた。台所からは郁子さんの「マヨネーズちっさ！」という声が聞こえる。

——いや、こないだ使い切らんと持て余したから。

——それは業務用やったからやん。何なん今度は、何で旅行用みたいなサイズ買うてくるん、二泊三日の量やろ。なあ、通常サイズスルーしてＸＳとかＸＬとか買うてくるほうがむずない？

マコちゃんには全然悪気がなく、ただ何事にも不器用なタイプに違いない。空の色を塗ろうとして青い絵の具のチューブを丸々一本搾り出してしまうような。そういう人は「ちゃんとしたところ」では生きていけないかもしれないから、マコちゃんが芸人になってこの家にいることに勝手にほっとした。

「何笑てんねん」

亨の声がした。いつのまにかｉＰａｄの画面ではなくこっちを見ていて、わたしはすこし焦り「マヨネーズがおもしろくて」と言う。

「マヨネーズの何がおもろいねん。笑いのハードル低いのう」

説明しようかなと思ったが、低いと思われても別に困らないので反論しなかった。

「きょうは、もうひとりの綾波《あやなみ》レイみたいなお嬢はんはどないしてん」

確かに千冬ちゃんはショートボブだけど、かなり無理がある。

「体調不良で……って言ったら郁子さんたちも予想どおりみたいな顔してたけど、何で？」

「知らんかったんかいな」

と、わたしの後ろからネバーくんがお盆を持って入ってくる。ビールと柿《かき》ピーが載っていた。

「亨ちゃん、もうすぐめしやで……雨ちゃん、ちゃぶ台の下の畳、見てみ」

言われたとおりにちゃぶ台の下を覗き込むと、一枚だけ畳の色が濃い。ほかはみんな褪《あ》せて麦の色になっているのに、青々として顔を近づけたらいい匂いがしてきそうだった。

「新しいですね」

「何でやと思う？」

「雨漏りですか？」

「漏るんやのうて浮かんでくるんやなあ」

ネバーくんは言った。

「人の形が」

わたしは刑事ドラマで見る、死体を囲んだ白いチョークの線を思い出す。

「事故物件やねんわ」

その連想は当たっていたようだ。

「亡くならはった人がおってな、一年に一回くらい人のかたちがぼわーってあぶり出しみたいに浮かんでくんのよ。そういう時はすぐ不動産屋に電話したらただで畳換えてくれるから別にええねんけどな」

「ほかのところは換えてくれないんですね」

「せや、けちやねん」

ネバーくんは卓の上にビールとおつまみを置いていち早く飲み始めた。

「ほんでな、何や知らんけど、人によってはこの家あかんねん。頭痛いってすぐ帰ってもたり、具合悪くなって来られへんかったり、途中でどうしても道に迷って辿り着かれへんかったり。ぼくも、霊感強い後輩連れて来ようとしたら『あっ、兄さん、ぼくここ駄目です。帰ります』って逃げられたことあったし」

「駄目な人と大丈夫な人の差って何でしょうか」

じゃあ、わたしがのこのこやってきて何ともなかったのはたまたまで、千冬ちゃんみたいに体調を崩したりタクシーが迷子になったりしていた可能性もあった、ということ？

郁子さんが心配していた理由がわかった。

「どういう人なんでしょうね」

「さあ、不動産屋に訊いても詳しく教えてくれへんねん。あんま詮索《せんさく》して、『ほな出てって』とか言われてもいややん」

口の中でぽりぽりといい音をさせながらネバーくんが言う。そこへ郁子さんがホットプレートを運んできた。

「ぐるぐるさんの話してんの？」

「そう」

「ぐるぐるさん？」

「矢沢、コンセント入れて。マコちゃん油いらんて、油なしで焼けるやつやから。紙皿の場所わかる？」

　郁子さんはてきぱきと夕食の準備をしながら「前にＹｏｕＴｕｂｅで紹介してくれって言われたことあって」と説明してくれた。

「どうかなって思ったから、本人に訊いてみてん。コックリさんで」

「コックリさんってそういうものですか？」

「さあ。でもほかにコミュニケーションの手段知らんからさ。四人で十円玉に指置いて、『顔出しオッケーですか？』って訊いたら、『いいえ』のとこでぐるぐるぐる回ってて、あー、めっちゃいやがってはるわあって、お断りした」

「四人のうちの誰かがいたずらで回したんじゃないんですか？」

「そういう勢いではなかった」とネバーくんが口を挟む。その真顔に思わずぞくっとしたけれど亨の「素人さんやから恥ずかしいんやろな」というコメントに寒気でゆるんだ。

　ホットプレートが温まると、じゃんじゃんお肉や海老を焼いて（野菜は一切なかった）、さすがに五キロは食べきれずに焼きそばで締めた。友達の家で遊んでいたら思いがけずそのまま夕食によばれてしまったような、心地いい部外者感があった。わたしの「ホーム」じゃないけど自然に受け容れてもらって、過剰な気遣《きづか》いもなく一緒にいさせてもらえる感じ。ここにいる（かもしれない）ぐるぐるさんも含めて、わたしはこの家を好きになりつつあった。ホットプレートを片づけた後はわたしが持ってきたゼリーをみんなで食べて、マコちゃんのギターを聴いた。わたしは楽器に関しても素人《しろうと》だけど、マコちゃんの指運びは淀みなく、弦のほうが吸いついていくように見えた。お使いも満足にできない人の演奏とはとても思えない。ギャップでよく見えているだけだとしてもそんなのは大した問題じゃなく、今、マコちゃんのメロディが耳に心地よく流れ込んでくる、それで十分だった。

　夜九時頃になって亨が「よし、花火するか」と言い出した。

「今？」

「そう」

「夏でもないのに？」

「夏以外は花火したらあかんの？」

「そういえばそうだね」

　郁子さんがどこからか花火セットを出してきてくれて、縁側からつながったちいさな庭で花火をした。マコちゃんはむりむりと盛り上がるヘビ花火をずっと観察し、ネバーくんは線香花火を三、四本まとめて派手なのか地味なのかわからない束を眺め、郁子さんはそんなふたりにしゅうしゅう燃え盛る花火の先を向けて悲鳴を上げさせていた。花火を提案した亨は縁側で脚を組んで煙草をふかしている。

「お前ら、ドリカムのMVみたいやのう」

そんなええもんか、と郁子さんが言い返す。服装は長袖なのに、鼻をつく酸っぱいような焦《こ》げくさい火薬のにおいは夏の空気で変な感じだった。

「どういうきっかけでこのメンバーで暮らしてるの？」

なりゆき、と亨は答える。

「もともと借りとった先輩らがおって、欠けるたびに新しく入ってくる」

「それでうまくいってるの？」

「それなりにな」

「郁子さんはピンだけど、ほかの人は相方さんと一緒に暮らさないの？」

「相方となんか暮らせへんよ」

「でも相方っていちばん仲のいい人じゃない？」

「んー」

生返事とともに煙を吐《は》き出す。花火が出す煙の、輝くような白さに比べるとずいぶんくすんで見えた。

「雨ちゃんも何かやりーよ」

郁子さんに誘われてわたしは庭に下りた。セットの中から太めの手持ち花火を選んで火をつけてもらうと、しゅわああ、とシャワーのように熱と光が噴《ふ》き出した。どんな火薬が入っているんだろう。ネオンのように次々と色が変わっていく。花火なんていつぶりか覚えていない。

「これ、すごい」

縁側の亨に言うと「さよか」と空に煙草の火を向けた。花火はなかなか衰《おとろ》えない。子どもの頃遊んだ花火はもっと呆気なく消えていった気がするのに。改良されたのか、わたしの感覚の問題なのか。

「雨ちゃん、花火で何か描いてみて」とまだ線香花火に夢中のネバーくんが言う。

「こういうことですか？」

火傷《やけど》しそうでちょっと怖かったけれどへっぴり腰で花火を高い位置に持ち、宙で動かした。

「何て描いたん？」

「4やろ？」と郁子さん。

「方角の北です」

「いやわかれへんわ、ハートとかにせえよ」

「プロの人にツッコんでもらうのっていいですね」

別にボケているつもりはないけれど、ずれた発言をした時のコメントのタイミングが千冬ちゃんとは全然違う。速いとか遅いとかじゃなく、ただただ「絶妙」という感じがした。どこが特別なのか、芸人じゃないわたしにはわからない。でもちいさな的の真ん中に気持ちよく言葉の矢が刺さる、これを自由自在にできるのが漫才やコントなら、とても楽しそうだった。花火がじょじょに縮み、先端が黒い焦げだけになると二本目に火をつけてもらった。さっきとは違う、すこしピンクがかった白い火花が煙とともに吐き出される。桜の花びらを火薬にしたような色合いに嬉しくなった。

　花火を持った手を左右にゆらゆらさせて蛍光色の残像を楽しんでいると、燃焼する花の向こうに人が立っているのが見えた。しぶく光の先に佇《たたず》む人影を、わたしはとっさにこの家で昔死んだ人だ、と思った。ネオンの噴水みたいに幻想的な花火と相まって、この世の存在じゃないような気がした。

「あ、ぐるぐるさん」

「誰がやねん」

　とてもはっきり、プロの間合いでツッコまれた。あ、生きてる。

第2章 騒がしい家

「弓彦《ゆみひこ》やん」

　郁子さんが言った。

「どないしたん、珍しいな」

「マコが肉余ってるってＬＩＮＥしてきたから」

「もう冷凍してんで」

「嘘やん、めっちゃ腹空かしてきてんけど」

　マコちゃんがしゃがんだまま「ごめん」とさらにちいさくなった。

「花火いっぱいあるから」

「腹の足しにならんやろ」

　この人、見たことある。亨と一緒にコントをしていた人だ、だから亨の相方。亨の方を見ると何の反応も示さず退屈そうに夜空を見上げている。

「雨ちゃん、弓彦とちゃんと会うん初めて？」

　郁子さんが尋ねる。

「あ、はい、先日の打ち上げに来られてなかったと思うので」

「弓彦、バイト行っとったんやっけ？」

「そう、急に呼ばれたから」

「それで行くんが弓ちゃんの真面目なとこやで」

糸のような火花を愛でながらネバーくんが苦笑する。

「俺もいきなり休むことあるし」

「弓彦、この子雨ちゃんな。雨ちゃん、これ椿《つばき》弓彦。亨の相方。ライブで見たやろ？」

「はい」

わたしは「柳生美雨です」と名乗ったが、弓彦くんはうさんくさいものを見るような目で軽く頷いただけだった。百七十センチないくらいの身長で、パーカーのもこっとしたフードの中で首を縮めるように佇む姿は、大学生みたいに見えた。実際はわたしとそう変わらない年だと思うけれど、童顔というより、人生のどこかで年齢に置き去りにされてしまったようなふしぎな若さだった。きっと四十になっても五十になっても「変わらない」と言われるタイプ。弓彦くんは縁側でスニーカーを脱ぎ、ダッシュで家の中に上がり込むとまたダッシュで外に出てきた。手には缶ビールをひとつ持っている。郁干さんが「大丈夫？」と訊くとしかめっつらで首を横に振った。

「だんだん頭痛くなってきました」

「ビール飲んでる場合ちゃうやん」

「外おったらまだ大丈夫なんで」

ぐいっとビールをひと口飲んでからわたしに向かってぶっきらぼうに顎をしゃくった。

「それ、もう終わってんで」

ようやく、花火がとうに燃え尽きていたことに気づいた。

「ありがとうございます」

「ほんで自分、何ともないんかい」

「ぐるぐるさんのことですか？　そうですね、特に」

とても大きな舌打ちが返ってきた。

「どういう基準やねん、腹立つわはんま」

やめーや、とネバーくんがたしなめた。

「雨ちゃんのせいちゃうやろ。相性や相性」

弓彦くんは意に介さず今度は亨に向かって「どないなっとんねん」と文句を言った。

「知らんがな」

「地縛霊のこととちゃうわ、劇場に来る女はなしっちゅう話やろ。何で家まで呼んでんねん」

「そういうんじゃないです」とわたしは反論した。

「遊ぼうって言われたから遊びに来てるだけです」

小学生か、と言われたけれど、弓彦くんのつんけんした態度こそ小学生みたいだった。

〝縄張り〟の公園に校区外の子どもがやってきて警戒する小学生。そう考えたらおかしくなる。

「何を笑とんねん」

「ツッコんでもらうのって気持ちいいなあって思ってました」

弓彦くんはますますいやそうな顔をした。

「ド下ネタやん」

ちゃうわ、とすかさず郁子さんが弓彦くんの後頭部を叩いた。その軽快なテンポにまた笑うと「笑うな言うとるやろ」といまいましそうに言われた。

「芸人さんなのに？」

「笑われると笑わせるは違うんじゃ」

気づけば十時を回っていたので、わたしは「帰ります」と言った。

「そう？　ほな弓彦、駅まで送ったり」

郁子さんの言葉に弓彦くんの「何で俺が」とわたしの「いえ、大丈夫です」が重なった。弓彦くんはわたしをにらんでから「早よせえ」とそっぽを向く。飲みかけのビールを亨に差し出すと亨は黙って受け取った。そのスムーズな渡し方に、相方だ、と思った。何も考えていないような自然さ、ふたりの間だけにある「当たり前」な空気。仲がよさそうというふうではないのに、亨と弓彦くんが近くで並んでいると、それぞれの輪郭《りんかく》がくっきりとふち取られたように濃くなる。ひとりがふたりじゃなくて、より強いひとりとひとりになる。そんな感じがした。わたしはまた「安全ピン」のコントが見たくなる。目の前じゃなく、板の上の彼らにまた会いたい。玄関から郁子さんたちに見送られ（亨はこなかった）外に出ると弓彦くんが自転車を押しながら先を歩く。

「どこから来たんですか？」

「なんば」

「バイトって何をされてるんですか？」

「バーとか、いろいろ」

「何でコントは標準語なんですか？」

「知らん、あいつに訊け」

「全部矢沢さんが考えてるんですか？」

「ああもうめっちゃ訊いてくるやん」

弓彦くんがうんざりした表情で振り返る。

「何でそんな質問してくんねん」

「矢沢さんに訊いてもまともな答えが返ってきそうにないからです」

「ああ……」

一瞬「わかる」と言いたげに遠い目をしてからまたはっとしたように舌打ちした。

「よおこんな態度の男にあれこれ話しかけられるな……何しとんねん自分」

「あ、花火の匂い、結構残ってると思って」

自分の指をくんくんかぎながら答えるとうんざりしたように「何やこいつ」と言った。

「あいつ、へんな女引っかけてきよって……」

「わたし、タレじゃないですよ」

ひょっとしたらリアコを嫌ってこんなにぶっきらぼうなのかもしれない。警戒心を解いてもらおうと自己申告したら「自分からタレですなんて言う女おるか」と一蹴《いっしゅう》された。

「そうなんですね」

弓彦くんはゆっくりと首を振って「へんな女」と繰り返す。パーカーの襟元からぶら下がった二本の紐《ひも》はなぜか左ばかり伸びている。わたしを置いて自転車で走り去ることは簡単なのに、律儀に押して歩いてくれる弓彦くんはきっといい人で、亨がそういう人と組んでいることが嬉しくなった。こうしてわたしに呆れている何倍も亨に呆れているのかもしれない。想像したら、気味悪がられるとわかっていても笑えてきてしまう。

「矢沢さんとはいつからコンビなんですか？」

「養成所……自分ほんま何も知らんな」

「あ、そうか、調べたらいいんですもんね。ごめんなさい」

新人の頃、わたしを指導してくれた先輩の口ぐせが「何でも人に訊かんとって」だったのを唐突に思い出した。その指示と「勝手に判断せんとって」を両立するのは至難の業《わざ》だった。「メモくらい取りなさい」と「何でもかんでもメモっとったらいつまで経っても覚えられへんよ」というのもあった。わたしが入って二ヵ月後にその人はいなくなった。三十歳ルールによって否応なく押し出される前に自分から辞めていった。次の道が決まっていたのかは知らないけれど「プライド高かったもんね」と束の間噂《うわさ》されていた。わたしはあの当時から何ひとつ成長していないのかもしれない。

「ちゃんと調べますね」

嘘っぽく聞こえないよう真剣に伝えたのに「やめろ」と言われてしまった。

「面と向かってそんなん言われんのめちゃめちゃいややねん。きしょいな」

「でも芸人さんですよね？」

「おう」

弓彦くんは立ち止まり、初めてわたしをまともに振り返った。

「芸人やから、芸以外の部分は見ていらん」

近づいてきた駅舎の明かりが、花火よりずっと淡く仏頂面の頬を照らしていた。当たり前だけど、亨とは違うカーブ。わたしはなぜか目を細める。そして「わかりました」と言う。

「芸、また見に行きますね、まだ一回しかちゃんと見たことないので」

「自分、ほんま何なん」

「よくわからないです」

人に見せたいものも、見せていいと思えるものも何もない、そんな人間だからこの人たちに引き寄せられてしまうのだろうか。でもそれなら、合コンで会ってきた仕事を頑張るサラリーマンや、アイドルやＹｏｕＴｕｂｅｒでもいいはずだった。あの時、とか、この人、みたいな、一瞬の閃《ひらめ》きとは無縁の人生を送ってきたのに。

「電車くんぞ」

弓彦くんは自転車をＵターンさせ、わたしの脇をあっさり漕《こ》いで通り過ぎた。改札を入ってから振り返るともう影も形もない。わたしは無人のホームで目を閉じ、弓彦くんの自転車が起こしたやわらかい風と、風になびいたパーカーの紐の残像を繰り返し反芻《はんすう》した。

『宇佐美ネバーエンディングストーリーさま

先日は素敵なお宅にお招きくださってありがとうございました。花冷えの時節でございますがみなさまにはますますご健勝のことと存じます。その後、お肉は使いきれましたか？また舞台を見に行きたいと思います。あらぬ誤解を受けないよう、何も知らないふりをするので安心してください。花火、楽しかったですね。それではまたお便りいたします。

柳生美雨より』

約束どおりネバーくんに手紙を書いて送ると、郁子さんから「ネバーにＬＩＮＥ教えてもいい？」というＬＩＮＥがきた。手紙の返事をＬＩＮＥですませようなんて、ちゃっかりしたネバーくんらしい。いいですよ、と送るとさっそくメッセージが届く。

『時候のあいさつって普通最初に書くもんやで。ぼく、ちゃんとした家庭で育ったからそういうとこは気になんねんな。でも今度ライブとか来てくれたら嬉しいです』

ちゃんとした家庭に育った人は大した理由もなく改名をもくろんだりしないと思う。千冬ちゃんに一連のできごとを話すと「やば」を連発していた。

「何か、わたしたちと生きてる次元が違うって感じですよね。芸能人とかインフルエンサーのＳＮＳ見てるより思います」

「そう？」

「結婚とかｉＤｅＣｏとか老後資金とか全然考えてへんでしょ」

「ああ、そうかも。芸人全員とは限らないけど」

「アリとキリギリスで言ったらキリギリスの側で生きてく人たちですもんね」

うちらはアリですよ、と軽く釘《くぎ》を刺された。

「一緒におるぶんにはちょっとおもしろいからって、雨ちゃん先輩までそっちに行かんとってくださいね」

「そっちって？」

「芸人目指すとか」

まさか、とわたしは言った。

「おもしろいことなんて考えられないよ」

「そういう人のために養成所があるんでしょ」

「そうなのかな……」

自発的に冗談のひとつも言えない人間の行くところじゃない気がするけれど、確かに郁子さんだって衝動的に芸人を目指したと言っていたから、何事にもきっかけやタイミングは重要なのかもしれない。

わたしは毎日自分なりにあくせく働いている。でも冬が来た時、蓄《たくわ》えと一緒に巣穴に籠《こも》って暖かく過ごせる保証なんてどこにもない。千冬ちゃんの勧めでiDeCoもつみたてNISAもやっている。年金も納めているし、実家に毎月入れている三万円はきっと手つかずで貯《た》めてくれていて、何らかの節目でわたしの手元に戻ってくると思う。

でも、それで何十年後の安心や安全を積んでいるとはとても思えない。そもそも、働きアリとして機能できる時点で選ばれた人なのだと思う。アリにもキリギリスにもなれそうにないわたしが心惹《ひ》かれるのはキリギリスだった。童話の中ではごきげんでバイオリンを弾いていた彼らが、板の上でおどけて人を笑わせる。何千円かのチケットの値打ちは人によって違うけれど、同じハコに集うお客さんの中にはきっと立派な働きアリもいるんだろう。「いい大人が馬鹿《ばか》なことを言って馬鹿なことをやっている」のを見て、ただひと時笑いたい。その動機を持った人間がたくさんいることにほっとする。笑いを求めていられるうちは、まだ余力がある証拠だから。

働きアリが汗水たらして労働する間、お気楽なキリギリスの演奏は耳にも入ってこなかっただろうか。ただ不快だっただろうか。そんなことはない、と思いたい。流れてくる音色に癒《いや》された瞬間がちゃんとあって、冬がきたらそのお礼にひと晩くらいは泊めてあげる。イソップさんも現代に生きていたらそんな物語を書くかもしれない。それともキリギリスがさらに落ちぶれる結末を?

何も生み出せないわたしは、傍観者になった。暗い客席から拍手を送る。もちろん予算や時間の制約はあったけれど、手軽なレジャーとして芸人の舞台に足を運ぶのは楽しかった。まだまだ「にわか」とも呼べないひよっこながら、わたしは明確に「安全ピン」が好きだった。ふたりは事務所が持っている劇場に所属するレギュラーメンバーで、呼ばれて出るライブやイベント以外は大抵そこを拠点にコントや漫才を披露していた。漫才の出番ではふたりともスーツにネクタイを締めてお客さんの前に立つ。わたしが漠然とイメージしていた「漫才師」のスタイルそのもので、こういうところはきちんとしているんだな、と感心してしまった。舞台の真ん中にすらりと伸びるセンターマイク（文字どおり）の前にやってくる時、ふたりともの革靴がぴかぴかなのを見るとなぜか嬉しくなった。マイクの高さが微妙に合わない時は亨がさっと上げ下げし、その鮮やかな手つきに見とれた。

「自分のこと、キリギリスの側だって思う？」

何度目かに亨の家に行った時、ネバーくんにそう尋ねてみた。いつでも遊びに来て、と郁子さんが言ってくれたのでわたしは本当にそうした。誰もいなくて空振りだったり、みんなが忙しくしていて何もしゃべれない日もある。その構われなさが気楽でよかった。わたしが受付で決まり文句として使う「お約束はございますか？」がここでは必要ない。「お約束」のスタンプが押されたパスポートを見せなくていい。ふらりと立ち寄るには交通の便がいいとは言えないけれど、それ以上に自由な秘密基地を手に入れた気分だった。

「人間やと思ってるけど」

ノートパソコンで何かの作業をしながらネバーくんが答えた。

「アリとキリギリスの話で」

わたしは真向かいのネバーくんに出すはがきを書いている。はがきと切手を買った領収書も「確定申告で使うからちょうだい」と言われたのでネバーくんのものだった。

「最後ホームレスになって凍死しそうかいうこと？　残念ながらぼくは実家太いからね」

「出た、実家自慢」

わたしとネバーくんの間、ちゃぶ台の短辺の位置から亨が口を挟む。

「だってほんまのことやもん。あ、でももっと若手の頃はばりブラックなバイトもしとったから結構アリやって思うな」

「ブラックって、どんなの？」

「それこそ派遣の日雇いでコンサートの設営とか……八時間働いてあれこれ天引きされて正《しょう》味《み》手に入れんのが四千円とかザラよ。時給五百円て法律違反ちゃうん。あと先輩に紹介された産廃処理、これは先輩の中抜きがえぐかった。でもぼくらいつどんな仕事入ってくるかわかれへんから、日にちが自由なんが最優先になるからね」

それからネバーくんはパソコンのモニターに視線を落とし、ふっと集中し始めたのがわかったのでわたしは話しかけるのをやめた。雑誌をぺらぺらめくっている亨に「どっち？」と尋ねてみる。

「何のアンケートやねん」

「別に」

「アリなわけないやろ」と亨はわたしを見ずに答える。

「そうかなあ。でも今だってネバーくんは真剣に漫才の台本練ってるんでしょう？」

「そう」

　ネバーくんはキーボードを軽快に叩く。その指が何か打ってはバックスペースを繰り返しているのを、知っている。関西ローカルだけれど重要な漫才コンテストの決勝に残ったので「勝負ネタ」に磨きをかけている最中だった。デビュー十年以内の若手、という条件の下で勝ち進んだコンビはどれも一般層には大して有名じゃない。せいぜい情報番組や深夜番組で見かけるくらいでも劇場では主力メンバーだったりして、お茶の間とリアルな現場でこんなにも認識が隔《へだ》たっていることに改めて驚いてしまう。わたしだって、ちょこちょこ舞台を見に行くようになっていなければ「誰？」と思う顔ぶれだった。とにかくその、世間的には輝かしいバリューじゃなくても、漫才師としてのキャリアには大切な決勝の舞台が再来週に迫っている。テレビの生放送もあるらしく、わたしももちろん見るつもりだった。コンテストの決勝だからといって新しいネタを考えるんじゃなく、今までやってきた中で自信のあるものを細かく細かくブラッシュアップする作業にネバーくんは忙しい。

「でも、審査員の人たちも見たことあるやつだったらがっかりするんじゃないの？　修正する時間で新しく一本作れそう」

「そんな簡単とちゃうねん」

呆れの中に嬉しさが隠しきれない口調だった。お笑いオタクみたいな人は面倒くさいとかで、ネバーくんに限らず、何も知らないお客さんのほうが安心するみたいだった。もちろん詳しい人だからこそ気づく演出やテクニックもあるけれど、そういうところに注目されるのも良し悪《あ》しらしい。手品のタネみたいなものかも、と思う。仕組みを解き明かすより魔法にかかってほしいと願っている。ただ、お金を使うのは熱心なお笑い好きに決まっているので、世の中のバランスは難しい。

「新ネタ下ろすんて大変やねん。しかもどんなに自信あっても、それをぶっつけでやるんはただの暴挙や。実際、小屋でかけてみて、何度も叩いてあれこれ手ぇ入れて、お客さんと一緒に育てていくねん。スベったりウケたりを繰り返して『アホな思いつき』がやっと『漫才』になんねん。そんで、今はそれをテレビ用に尖らしてるとこや」

「テレビ用？」

「観覧にくるお客さんは寄席《よせ》にくる客層とちょっと違うし、尺《しゃく》厳守やからふだん客席いじったりしながら十分かけてやるネタを三分半とかにせなあかん。そんでツカミから笑い取って、何せ手数勝負よ。どんだけマシンガンみたいに笑いのネタ仕込めるか、てにをはいじったり、一文字削ったり足したり、キリないで」

「大変だね」

「せや」

ちょっと得意げに頷くネバーくんに亨が「アホかい」と気だるい声で水を差す。

「芸人が大変さをドヤるな。頑張ってるとか頭の回転が速ないと務まらんとか、思われたがったらおしまいやぞ」

「大変なんはほんまやん」

「何が大変じゃ、カッコつけんな。芸人なんか、満員電車に揺られて週五で働く根性もないアホの駆け込み寺やろが」

「何や、自分らかて袖では死にそうな顔してネタ合わせしてるやんか。そんななあ、オールドスタイルの芸人でございみたいな空気出してるほうが恥ずかしいわ。そもそも自分ら準決であかんかったやろがい。同じ家で気ぃ遣うやろ、せめて決勝残れアホ」

「やかましい。本番でスベれ。コケろ。チビれ」

「腹立つわー」

どこまでが冗談のノリなのかわからず静観していると、ネバーくんはノートパソコンを乱暴にたたんで二階に上がっていってしまった。階段を上る足音が聞こえなくなってからわたしは「ごめんね」と小声で言った。

「何が」

「余計なこと言ったから」

「いや別に」

この程度の言い合いは日常茶飯事なのか、亨はけろっとしていた。芸人同士の飲み会にも何度か交ぜてもらったけれど、毎回といっていいほどどこかで小競り合いが起こっていた。ネタへのダメ出しがヒートアップしたり、誰かが先輩をイジったら誰かが「失礼やろ」と怒り出したり、理由はいつもささやかでくだらなくて、そういうけんかもまた舞台で話す「ネタ」として消費されていく。どう転んでも彼らの日常はすべてが笑いの材料で、最終的にウケて元が取れさえすれば何でもＯＫみたいなところがあった。逆に、おもしろく料理してもらえなければ「損した」「俺がおもんないやつみたいやんけ」と文句を言う。

「ナーバスになっとんなあ」

「本番で失敗すればいいって本当に思ってる？」

「当たり前やないか。めっちゃおもろいやんけ」

本心をあまり言わないとわかっていても、この人にはいろいろ訊きたくなるのだった。

「漫才とかコント作るのって大変でしょう。遊びじゃできないと思う」

「アホなことを半端《はんぱ》にやってもたら救いようないやろ。恥ずすぎるわ」

亨は猫みたいな無音のあくびをする。大きく開いた口から特別な人間にだけ聞こえる周波数の電磁波みたいなものが放たれているように思えてならない。

「劇場出番が一本で実働なんか十分そこらやで。一日三ステ四ステやったかて一時間未満やん。それで仕事してますって顔しとったらあかんやろ。基本的には俺らの値打ちなんか子ども連れた親が『勉強せんとあんなふうになるで！』って言い聞かす時の教材くらいや。その程度に思っとってちょうどええねん。芸人なんてそんなもんよ。役立たずでも何とか社会の片隅《かたすみ》で呼吸させてもろてますっていう存在がおったら、アリのみなさんもほっとするやろ。上ばっか見とったらあかん、時には下見て安心してもらわんとな」

亨が言うほど芸人が無用の仕事とは思わなかった。むしろ、人を笑わせようと思って笑わせるなんてすごい行為だと、亨たちを見るほどに感じる。でも考え方は人それぞれだし亨にはふしぎと自虐的なものがなかった。

「なあ、これどっちがええと思う」

亨が雑誌のページをわたしのほうに傾けて尋ねた。さっきから読んでいるのは女性向けのファッション誌で、亨の指が示しているのは夏のアイシャドウパレットだった。

「この、01と02」

「うーん……こっちの、シャンパンゴールド」

「こっちのオレンジは？」

「うーん。ラメが派手かな？　夏子は選ばないと思う」

「そうか」

「あ、このチークかわいい」

きらびやかなデパコスで彩《いろど》られたページは見ているだけで気持ちが浮き立つ。ふだんは美容室でぺらぺらめくるくらいの雑誌を、男の人と頭を突き合わせて眺める日が来ようとは思わなかった。

「ビューラーを探してんねんなあ」

「わたしも三、四個買ったけど、劇的に上がるのってない」

「レビューとかに騙《だま》されがちよな」

「エクステかまつパしたほうが楽じゃない？」

「それはせんのよ、そういうタイプではないんやなあ」

「次、夏子にいつ会える？」

「えー……来週の劇場」

「楽しみにしてるね」

「安全ピン」の漫才は、亨と弓彦くんが彼らのままで世間話的に展開していく（「しゃべくり漫才」というらしい）。亨が学生時代の先生や友達をドラクエのモンスターにたとえるのだけれどそれがすべてマイナーでいまいち伝わらず弓彦くんがいらいらしたり、生い立ちにちょこちょこ小さい嘘を混ぜて弓彦くんが戸惑ったり。大爆笑をさらうというより、電車やファミレスで近くの席からこんな雑談が聞こえてきたらついつい耳をそばだて吹き出してしまう、そんな感じだった。だから漫才は素のやり取りのように思わせる構成だけれど、コントになるとがらっと変わって亨が女の人になりきるネタが多かった。シチュエーションや粗筋《あらすじ》にはバリエーションがあっても、亨が演じる女の人はいつも同じキャラクターだった。声はちいさめ、テンションも低めの大人しい性格で、名前は夏子。肩までのセミロングですとんとしたシルエットのワンピースを着ている。夏子のビジュアルはびっくりするほどクオリティが高い。もちろん近くで見ると喉仏が出ているし顎や頬骨もがっしりしていて、間違いなく男。でも夏子が座る時にスカートを押さえる仕草、髪をかき上げる動作、割り箸の袋を手早く折って箸置きをこしらえる手つき、一挙手一投足がどう見ても女の人のそれだった。今目の前にいる亨とは完全に別人で、演じているというよりは何かが乗り移っているみたい。わたしは板の上にだけ存在する夏子が好きだった。やさしくておしとやかなのにコント上のぶっ飛んだ設定と奇妙にマッチしていて、適応力に富みちょくちょく妙なことを言い、時々毒も吐く。こんな子が友達だったら楽しいだろうなと思う。ウィッグを取り、服を脱ぎ、メイクを落としてしまうと夏子はどこにもいなくなる。ふだんの亨から夏子の成分を見つけることはできなかった。

「何見てん」

いつの間にか、巻末の星占いまで読み進めていた亨がわたしに言う。

「ひげ、生《は》えてないなあって」

「脱毛完了しとるからな。二十四回全身コース」

ほれ、と亨は膝《ひざ》を立ててデニムの裾をちょっとまくった。すねもふくらはぎもつるつるで、思わずいいなあと漏らしてしまう。

「高かったんじゃないの？」

「おごってもらった」

「誰に？」

「客」

ファンの人がただで施術してくれた、ということだろう。コスメなんかもひんぱんに差し入れされるので、夏子用のバニティバッグはわたしよりよっぽど充実の品揃《しなぞろ》えだった。

「何でそこまで女装を追求するの？」

「最初はもっとええ加減やったよ」

骨っぽい、つるつるのすねの真ん中が光って見える。

「金もないから、ドンキで買うたヅラかぶって百均の口紅塗りたくっただけ、みたいな。でも先輩に言われてん、ブスなほうがおもろいコントもあるけど、お前の場合はちゃんとしたほうがええぞ、て。ほんで、ちょっと頑張ってみたらほんまにウケが変わったからな。その違いがどうええんかは、未《いま》だにわからんけど」

亨は大抵のことにいい加減でやる気がなく「引越しのバイトを十五分でばっくれた」話を平気でする。コンサートのバイトも急に営業が入った後輩のピンチヒッターで、あの一日だけだったらしい。でも先輩のアドバイスはよく聞き、漫才用のスーツにはいつも念入りにアイロンを当てる。わたしは亨を見て初めて「一張羅《いっちょうら》」ってこういうことか、と思った。お笑いの世界にいる人たちは、みんなこんなふうにどこかがアンバランスなのか、それともアリの世界にいるわたしたちが自分のアンバランスさに気づかず押し殺しているだけ？

「脱毛って痛い？」

「光脱毛やからそんなに」

脱毛の話に花を咲かせていると、縁側から弓彦くんが顔を覗かせた。わたしを見た途端眉間をきゅっと寄せる。

「暇か」

「うん、土曜日だし」

「暇でも普通こんなとこけえへんけどな」

弓彦くんはこの家に入ると頭痛がする派なので極力上がらない。これ、とレジ袋を突き出されても亨が知らん顔をしているのでわたしが受け取った。

「おかんが持ってきたビーフシチュー」と弓彦くんが言う。

「じゃあ、冷蔵庫にしまっとくね」

「自分ちか」

弓彦くんは、あまりわたしを好きではないようだった。つめたくして気を引きたい、という幼稚な発想じゃなく、本当にうざがられている。でもあまり気にしなかった。わたしは「安全ピン」のコントと漫才が好きで、それと弓彦くん個人がわたしをどう思っているのかは関係ない。台所に行って戻ると、亨はいつの間にか縁側に移動し、弓彦くんと並んでぼそぼそと何か話し合っている。よく聞き取れなかったけれど、時折「ちゃうやろ」「あかん」と互いに否定的な言葉が混じった。すこしぴりっとした空気が漂う。

亨と弓彦くんの関係はふしぎだ。仲がいいようにも、気が合うようにも見えない。友達の親しさとも家族の気安さとも違う、でも確かにふたりだけの、切っても切れないテグスのようなつながりを感じる。ふだん一緒に遊んだりもしないし、つるむ芸人仲間もほぼかぶらないらしい。ネバーくんやマコちゃんによると「相方ってそういうもん」なのだという。コンビを解消するのはいつでもできるけれど板の上では一蓮托生《いちれんたくしょう》、運命共同体。「相方」はほかのどんな間柄《あいだがら》とも違って「相方」としか名づけようがない。わたしは、弓彦くんといる時の亨を見るのが好きだった。だから弓彦くんに悪い感情がないのかもしれない。ふたりの押し殺した会話を聞くともなしに聞きながら、余ったはがきで亨にも短い手紙を書いた。亨のゆるく曲がった背中を眺め、この夏欲しいと思っている日焼け止めについてあれこれ書き、何も言わずに出て行くと自宅の最寄り駅で二枚のはがきを投函《とうかん》して帰った。


数日後、亨から初めてＬＩＮＥがきた。ネバーくんが勝手に教えたに違いない。

『矢沢亭《てい》さまになっとったぞ』

わたしは「間違えちゃった」とわかりきった返事をし、それから三日ほど経って、またＬＩＮＥがあった。

『社長とめし行こ』

何の社長なのか、なぜわたしを誘うのかは書いていない。何だろう、と思ったものの遊びの誘いには違いなさそうだから「行く」と返信した。平日夜だったので、いつもの通勤用よりちょっといい服を着て会社に行くと、更衣室で古株の浅田《あさだ》さんが目敏《めざと》く「デート？」と尋ねた。

「いえ。遊びには行きます」

「そう、ええねえ」

浅田さんはいつもにこにこしている。

「最近、柳生さんいきいきしてはるもんね」

「そうですか？」

「ええことあった？」

「強いて言うなら、趣味というほどでもないんですけど、お笑いのライブとか見に行くようになりました」

「ああ、推し活って言うんでしょ、若い子は」

わたしは別に若くもないし「推し活」という情熱的なニュアンスと自分のゆるい楽しみ方はちょっと違うような気がしたけれど「はあ」とあいまいに濁《にご》して「受付行ってきます」と頭を下げた。

「はいはい、またお昼に交代しますから」

浅田さんは、受付嬢がまだ正社員として雇われていた時代の〝生き残り〟らしい。コストカットのため契約社員に切り替えることになり、その当時いた人たちは半ば追い出されるようにして辞めていったが、浅田さんだけは粘って交渉し、総務部に異動というかたちで正社員のまま会社に残り、以来、備品管理なんかのこまごました業務や、受付のヘルプを担当している。当時の幹部の愛人だったとか会社の弱味を握っているらしいとかあれこれ噂は立っているものの、真偽は謎に包まれている。浅田さん自身は古きよき受付嬢としての教育をきちんと受けてきましたという雰囲気で、その上品な物腰や柔和な微笑に下衆《げす》な好奇心をぶつけられる人間はいない。「図太いおばはん」「ごね得のお局《つぼね》」だなんて陰口《かげぐち》を叩く人もいるけれど、わたしは浅田さんに好感を持っている。わたしと千冬ちゃんが一緒にお昼を過ごせるようにはからってくれるし、怒ったり、他人の悪口を言ったりするところを見たことがない。こんな人が、本気で自分の権利を守って戦おうと決めたら、それは会社も引き下がってしまうだろうと思う。

千冬ちゃんとお昼を食べながら、きょうは亨と謎の社長さんと晩ごはんを食べに行く、と話すと「まさか社長に献上されないでしょうね」とあさってな心配をされた。

「何のために？」

「お金に決まってるじゃないですか」

「月十万稼げればそれでいいって言ってたよ」

生活費と煙草代を賄《まかな》い、後輩に安酒をおごり、たまにパチンコをして暮らしていくには十分だと話していた。亨は基本的に物欲がなく、車にも時計にも興味はないし、服や靴はもらいものが多かった。今までいちばん高い買い物は夏子の時にかぶるつややかなウィッグらしい。

「ああいやや」と千冬ちゃんがため息をつく。

「雨ちゃん先輩がどんどん変な人たちに侵食されてく」

「そんなことないよ」

自分がもし実家暮らしじゃなかったらチケット代やぐるぐるさんハウスに行く交通費も今ほど出せない。それならそれで我慢できるんだろうな、と思う。

「いつでも足を洗えるよ」

「表現が怖いです、中毒者の言葉ですよ」

熱烈に何かを愛する。何かを目指す。何かになりたいと願う。わたしには何もない。亨や弓彦くんやあの事故物件に暮らす人たちは、遠くの花火みたいな存在だった。ビルとビルの間から、半欠けで覗く打ち上げ花火。音や熱を肌で感じる距離じゃない。もっと近くで、完全なかたちで見ようと思って駆け出しても間に合わない。ただちいさく弾《はじ》ける光を眺めるだけ。大勢いる外野のひとり。

「相方さんも一緒なんですか？」

「いないんじゃないかな。悪い人じゃないと思うけど、わたしがいるとちょっとぴりぴりするし……」

「雨ちゃん先輩見てぴりぴりするって難しいのに」

どういう意味だろう。

「やっぱりあれちゃいます？　相方取られたくない的な警戒心」

ぴんとこない推測だったけれど、千冬ちゃんは「男の人のほうが縄張り意識っていうか、そういう嫉妬しがちなんですよ」と自信ありげだった。

待ち合わせは、心斎橋《しんさいばし》のＰＵＭＡの前だった。トレードマークの大きなピューマのオブジェが狛犬《こまいぬ》みたいに入り口で待ち構えているのですぐにわかる。時間どおりにやってきた亨は、Ｔシャツの上に半袖のアロハシャツを羽織ってぺたんこの雪駄《せった》を履き、「微妙に売れていない（もしくは売れている？）若手芸人」そのものの服装だな、と思った。でなければ屋台でチョコバナナを売っている人。

「どうも、矢沢亭です」

わたしの前に来るなりそう言ったので笑ってしまった。

「亨に横線足されるんはしょっちゅうやけど、亭は初めてや」

頭の中で「亨」と「享」と「亭」を思い浮かべる。やっぱり亨は「亨」だと納得した。そのままでは欠けている感じがして何かを足したくなるのだけれど、本当は余計なことをする必要はなくて、この人はこの人でしかない。

「矢沢亭にコンビ改名しよかな」

「そもそも、どうして『安全ピン』なの？」

なんばに負けず劣《おと》らず夜の心斎橋筋商店街は人通りが多い。亨はその間を泳ぐようにすり抜け、撒《ま》く気なのかと思うほど早足で歩いていく。わたしは後ろを慌ててついていきながら尋ねる。

「今それ訊くんかい」

亨は速度を落とさず言った。

「もっと初期の質問ちゃうんけ。ウィキペディアでも見てとっくに知ってんのかと思っとったわ」

「弓彦くんがあんまり詮索されたくないっぽかった」

「そんなやつが芸人やったらあかんやろ」

「同じ意見じゃないの？」

「俺は別にどっちゃでもええわ」

今時珍しく、亨たちはＳＮＳに消極的だった。それぞれツイッターのアカウントはあるけれどほとんど稼働しておらず、熱心なファンによる「安全ピン情報」のアカウントが発信する出演予定をＲＴするのがおもな動きという逆輸入みたいな状態だった。マネージャーは一応いるものの何人もの担当芸人を抱えて忙しく、亨によれば「完全放牧状態」らしい。ＹｏｕＴｕｂｅのチャンネルもなく、郁子さんのチャンネルで夏子のメイク動画を上げたら五十万回以上再生されたので焼肉をおごってもらったと前に話していた。

信号待ちで、アロハシャツのヤシの木を数える。やわらかい風に襟の下が軽くふくらんだ。

「コンビ名はあいつが決めたから由来は知らん」

「どうしてって訊かなかったの？」

「必要ないやろ。名前にこだわってもしゃあない。あしたから矢沢亨になろうがやることは変わらへんし」

「レストランの名前みたい」

「何出す店？」

わたしはすこし考えて「鉄板で焼いたハンバーグ」と答えた。

「れんが造りのお店」

「そんでハンバーグ出すんかい。真っ茶っ茶やな」

ハンバーグ、と口にしたら急にお腹が空いてきた。きょうの「社長さん」は何を食べさせてくれるんだろう。

「社長さんって、何の社長さん？　事務所？」

「うちの社長なんかナマで見たことすらないわ。水道工事とかそんなんの社長。知らんけど」

お笑いが好きで、特に貧乏な若手芸人をあちこち連れ出したりプレゼントを贈るのが趣味であり生きがいみたいなものらしい。亨は「腹ぺこ若手」とかわいい表現をした。社長さんにとっての「推し活」でおいしいものが食べられるならｗｉｎｗｉｎですばらしいと思う。

「食えるようになったやつから卒業していくシステムやねん」

「まだ在学してていいの？」

「ギリやな。久々に誘われたし」

「ていうか、弓彦くんと一緒じゃなくていいの」

「あいつはあんまこういうの好きちゃうねん」

　亭だって好きそうには見えない。でもコンビでお断りしたら角が立つから行くのかもしれない。目的地は長堀橋《ながほりばし》方面に歩いたビルの中にある、個室ばかりのお店だった。社長さんは六十代くらいのご夫婦で、わたしはのこのこついてきたものの「柳生美雨です」という名前以外にどう自己紹介していいのかわからず黙りこくっていると「彼女連れてくるなんて珍しなあ」と解釈され、亭も否定しなかったのでそのまま流れに任せることにした。

「どこで知り合ったの」とか「つき合ってどのくらいなの」という奥さまの質問に当たり障りなく回答していると「おとなしいお嬢さんやね」と若干つまらなそうに言われた。

「清楚《せいそ》で……やっぱり、舞台で緊張したりするからうちでは癒しを求めるんかしら。ねえ、矢沢くん、この子どんな子？」

　わたしは、なぜか緊張した。亭はお箸の先でオードブルを差す。

「こんなやつです」

　サーモンのテリーヌの上にコンソメのジュレが層を作り、その中にはお花が閉じ込められていた。食べられる花、何て言うんだっけ、そう、確かエディブルフラワー。よく、白い大きなお皿のふちに散らしてあるようなあれ。

「花のように美しい、ちゅうことか。若いのう」

　社長さんは笑い、奥さまも控《ひか》えめに倣《なら》っていたけれど、わたしはそうじゃないと思った。見た目にちょっと華やかでも観賞用のブーケにはなれず、食べられるけど特においしいわけじゃない。取り柄があるようでそうでもない崖っぷちの中途半端さを言っているのだと思った。受付に採用される程度の容姿で食べていくことはできないし、一応「ちゃんとした社会人」のふりはできているものの、社会から必要とされているとは思えない。どうして亨にはわたしのことがわかってしまうんだろうか。

　そのお店でハンバーグは出てこなかった。和洋のどちらに振っているのか判断しにくい、「高いんだろうな」というほかには何もわからないコース料理はおいしかった。最後はお鍋が出て、わたしは透明なマロニーをせっせとお箸で掬《すく》って食べた。

「けったいなもん好きやな」と社長さんがちょっと呆れながらお代わりを頼んでくれた。

「そんなもん、味せえへんやろ」

「それがいいんです」とわたしは答えた。

「透明で、つるつるっと入っていくのが。わたし、はるさめ大好きで毎日のように食べてます」

「はるさめ系女子やな。流行《はや》るかもしらん」

　社長さんは自分で言って自分でウケていた。絶対流行らないと思う。

「何かそんな感じするわ、つかみどころないいうか、なあ」

　亨はその呼びかけを無視して「これ何の肉ですか」と鍋に浮いている物体をつまみ上げる。お肉というより、白っぽくてころころした、ホルモンに近い見た目だった。

「リードボーや」

社長さんが言う。

「牛の胸腺《きょうせん》、焼肉屋ではシビレ言うねん」

どういう部位なのか想像もつかなかったけれど、仔牛《こうし》にしかないものらしい。成熟するにつれ消えていくんや、と教えてもらった。くにゅっとした確かな歯応《はごた》え、こんなものが消えてしまうってどういう仕組みだろう。胃の中で雪みたいに溶けていったりはしないんだろうか。ふしぎなものを食べながら、亨はよく飲んで食べてしゃべった。社長さんが喜ぶから、大げさにテンションを上げて。悪い言い方をすれば、社長さんは野良犬や野良猫にたまのごちそうを食べさせてあげている気分なのかもしれない。

　積極的にエピソードトークを展開する亨の横顔を見ているうちに、これはリハーサルみたいなものだとわかってきた。嘘か本当かわからない、小学校の同級生が水死体を釣り上げた話、電車とホームの間にすぽっと落っこちて通りすがりのジャマイカ人に引っ張り上げられた話、先輩芸人が百万円一点買いの馬券を当てた話……ふたりの反応を丹念に観察しながら、微妙なチューニングで声のボリュームや脚色を調整する。劇場のフリートークのコーナーで聞いた話題もあり、亨がこの場でいろんな話し方を試しているんだと思った。お酒をがぶがぶ飲んだのに、亨の目はすこしも濁っていない。仕事抜きで心から笑う時なんてあるんだろうか。食事が終わると社長さんはカードでお会計をすませ、外で待機していたアウディに機嫌よく乗り込んでいった。

「ごちそうさまでした！」

こんなに俊敏に動けるんだ、と驚くほど鋭いお辞儀で亨が見送ると、車の窓がすこし開いてぴんぴんの一万円札がにゅうっと出てきた。

「これ、帰りの交通費や。取っとき」

「あー、ありがとうございます！」

「ほな、ミオちゃんと仲よくな」

ミウです、と訂正するほどの間違いでもないのでいつも受付で装備する笑顔を持ち出して「はい」と頭を下げた。車が御堂筋の流れに紛れて見えなくなると亨はようやく顔を上げ「乳腺《にゅうせん》て」とつぶやきながらシャツ越しに自分の胸を軽くさすっていた。

「さっき、いろいろ話しながら試してたよね」

わたしが言うと、ピン札を胸ポケットにしまって「社長、ちょうどええねん」と答えた。

「ちょうどいい？」

「素直いうか、変なツボもないし、俺が思う最大公約数の反応やねん。社長が首ひねったら盛りすぎたなって思うし、笑い通り越して引き気味になっとったら、言葉がきつすぎたなって思う。社長のリアクション参考に劇場とか営業先でかけたら大ハズしはせんのよ」

「自分ではわからないの？」

「わかったら苦労するかい」

亨はへっと笑った。

「板の上なんか、いっこも自分の思いどおりになる時ないねん」

「もっと売れてる人は違うのかな」

「どやろ」

答えを知っていながらはぐらかすように背を向けると「『もっと売れてる』とか、ようはっきり言うのう」と感心したようにつぶやいた。

「怒った？」

「いや、別に」

ぱらぱらと小雨《こさめ》が降ってきたので商店街のアーケードの下に避難すると、知らない人たちの馬鹿騒ぎや軒を連ねるお店のＢＧＭが寄せ鍋の中で煮えているようにミックスされて疲れる反面、この活気が妙に頼もしくもあった。千冬ちゃんが「侵食」と言ったように、わたしはいつの間にかミナミに順応しつつあるのかもしれない。そういえば、最近は土日も劇場やシェアハウスに行っていて、梅田から足が遠のいている。ミナミになじんできたかも、と亨に話しかけようとしたけれどわたしの細い声は通りそうにないのでやめた。

その、諦めを見計らったようなタイミングで「矢沢」と声がした。はっきりと聞こえ、わたしと亨は同時に振り返る。どこかで見たことがある男の人だった。

「あー、栄作《えいさく》にいさん、どうもお疲れさまです」

亨が弾んだ声を出す。ぱっと空気が変わるので、好きな先輩に会うとすぐにわかる。そういうところはとても単純な人だった。五十はとうに過ぎていそうな栄作にいさんはくたくたのネルシャツを着て、この雑踏に生気を吸われてしまったようにくすんだ印象だった。芸人どころか一般人としても元気がない部類に入る。それでも「デートか、ええなあ」とにこにこ近づいてきて亨の肩を叩いた。亨はいともいいえとも言わず、ただばったり会えた嬉しさを子犬のように全身から放っている。

「せや」

栄作にいさんはズボンのポケットからくたびれたふたつ折りの財布を取り出し、カードポケットの奥を探りに探って五千円札を一枚引っ張り出すと、「これでうまいもんでも食え」と亨の手に握らせた。握り込めば簡単に見えなくなってしまうほど、ちいさく折りたたまれていた。

「にいさんも行きましょうよ」

「いや、わしこれから仕事やねんわ」

「そうですか、ほないただいときます」

さっきの社長さんにしたのよりずっと丁寧に、亨は拝む仕草で頭を下げた。ほなな、とにいさんが雑踏に消えていくと亨は「ほれ」と手のひらをひらいてみせた。

「すごない？　スパイが奥歯の中に隠すサイズやで」

それはもちろん言いすぎだけど、ここまで入念にたたまれたお札を見るのは初めてだった。きっと本当に、非常事態用の切実なへそくりなのだと思う。わたしはちょっと腹が立った。亨を意地悪だと思った。

「何でもらっちゃうの」と咎《とが》めるように尋ねてしまう。

「くれたから」

亨はこともなげに答える。

「だってきっと大事なお金だよ。お腹いっぱい食べたしお酒も飲んだし、社長さんにお小遣いまでもらって、そのお金、いらないでしょう」

きっと、「これから仕事」と言ったのも、芸人としての仕事ではなくバイトか何かだ。キャリアは長くても自分より収入が低い相手から平然と現金を受け取るなんてわたしにはとてもできない。でも亨は「いるよ」とすこしも怯まなかった。

「金持ちの社長が王将《おうしょう》のタダ券の感じでくれた万札より、売れてへん先輩がぺらんぺらんの財布から発掘した五千円のほうが値打ちあんねん」

「おもしろいから？」

「そうそう」

きっとどこかでまた、さっきの話をする。「奥歯の中に隠せる五千円をくれた先輩」の名前を挙げ、笑いに変えて、それが亨なりのお礼なんだとは思う。

「罪悪感とか、ない？」

「断るほうが罪悪感やろ。考えてもみ、女連れの後輩の前でかっこつける時、それは女のほうにアピールしとんのよ。いい先輩がいてるんやねって話題にしてほしいのよ。それを、いやにいさん僕ええめし食うてさっき一万円もらったとこなんです、とか言うたらどないなんねん。ぎっちぎちの五千円をどうしまったらええねん。俺はそんなむごいことできへんのよ」

そう言われると亨の言い分のほうが正しい気もしてくる。というか、わたしが間接的にあのにいさんから五千円巻き上げたも同然だろうか。

「今の人、どんな仕事してるのかな」

「夜間工事の誘導とかやろ」

「そう……」

「何で」

「飲み屋さんとかホストだったらお金落としてお礼ができるかなと思って」

「どこの世界にあんなしょっぱいホストがおんねん」

二軒目行くぞ、と言われ、普通の居酒屋に入った。

「いい先輩がいるんだね」

さっきの亨の言葉をそのまま復唱すると「棒読みやのう」と笑われた。

「俺が養成所出て、劇場のオーディション落ちまくっとった頃、あの人のコンビがめっちゃ人気やってん。マンションに居候もさしてもうてたな」

亨は言った。

「おもしろかった？」

「うん」

「今は劇場にいないよね？」

「落ちたから」

劇場では毎月オーディションが行われていて、お客さんの投票で選ばれた芸人だけが「劇場所属」としてレギュラーで出番がもらえる仕組みになっている。もちろんわたしはその浮き沈みの歴史を全然知らないけれど、年齢制限でNGを出されるよりずっと心がすり減るんじゃないかと思う。

「落ちて、あっ、てなって、でもすぐまた戻ってこられますよ、言うて。戻ってきたけど、また落ちて、そのうち落ちる割合のほうが高くなって、戻ってこれんくなった」

「それは、どんどんおもしろくなくなっちゃったってこと？」

おもろいよ、と緑茶ハイのジョッキに口をつけたまま亨は言った。

「俺にとってはずっとおもろい」

「でも戻れないの？」

「そういうこともある」

「よくある？」

「めちゃめちゃある」

暑くはないのに、やたら喉《のど》が渇いた。ウーロン茶に入った氷をばりばり嚙《か》み砕《くだ》くと「タイミング考えろや」と笑われた。ジョッキについた水滴がテーブルの上で輪っかのしみをつくり、それをぐるぐるなぞる指の爪《つめ》はつやつやときれいだった。夏子の指、と思う。

「劇場のオーディションに初めて受かった時、めちゃめちゃ嬉しかった」

　あまり顔には出ていないけれど、亨はとても酔っ払っているのかもしれない。だからこんなに口が軽い。酔ってる？　と訊けば我に返ってしまうかもしれないので、わたしは黙って頷いた。

「ランク戦で自分らのほうが上の順位になった時はふしぎと嬉しなかった。どんどんにいさんのランク下がっていって、劇場出番のうなって、楽屋で顔合わせることも減ってからは、ひたすら祈った。おもんなくならんとってくれ、迷走して変な資格や趣味に走らんとってくれ、小器用にＹｏｕＴｕｂｅやらんとってくれ、リズムネタとか一発ギャグ狙《ねら》わんとってくれ、俺がおもろいと思ったままのにいさんでおってくれ」

　それは、自分自身への祈りに聞こえた。あの人をおもしろいと思える自分でいたい、あの人を大好きなままでいたい。

「にいさんは、十年後の俺かもしらんね」

「じゃあ、十年後に誰かに五千円あげてるかもしれないね」

「きょうのあれよりおもろくてかっこええ渡し方考えとかなあかんな。よし、どないする？」

「えっと……Ｔポイントであげる」

「はは」

　お酒のせいでだいぶハードルが下がっているのか、亨はのけぞるほどウケていた。隣で飲んでいたサラリーマンのふたり組がびっくりしていた。

「はい、矢沢亭さんの番です」

とわたしも振った。

「24時間テレビの募金箱に百円玉詰めて渡す」

五千円ぶんの宝くじであげる。人民元であげる。ブラの裏側に縫いつけたポケットからあげる……いろいろと話し合ったけれど、やっぱりあの、ぎちぎちの五千円札にはかなわないなという結論に達した。

「頭で考えて用意した笑いって、結局、人格からにじみ出てくるもんには勝たれへんのよな」

亨がしみじみとこぼす。

「でもコントはお芝居でしょう」

「それでも、自分で嘘やと思って言うことって人にも届かへんのよ」

じゃあ夏子も架空の人格ではなく、亨の中に確かにある魂の一部なんだろうか。わたしたちはドリンク一杯でその店を後にした。

「お釣り、どうするの？」

「パチンコで十秒で溶かすか、猫カフェで猫に貢ぐ」

雨はもうやんでいた。アーケードから再び御堂筋沿いに出ると、亨は手を上げてタクシーを停め、わたしの手に社長さんの一万円札を握らせた。アルコールのせいか、きょうの亨の指は温かい。

「いらない」

「ええから」

指をぎゅっと押さえて曲げさせると、手品師の人がするみたいに上からぽんぽんと軽く叩く。初めて会った時、タクシーのシートベルトを嵌めてくれたのを思い出し、わたしは

「ねえ」と口走っていた。

「何で城ホールで声かけてくれたの」

亨はちょっと面食らった顔で手を離し、「このタイミングでそんなややこしいこと訊くな」と言った。そしてわたしがつい自分の拳を見つめている間に歩き出してしまう。きょうはひとりで帰りたいんだと思った。にいさんのお釣りをちゃらちゃら鳴らして。さいならもおやすみもなく遠ざかっていく背中のトロピカルな模様は、すぐに知らない人の後ろ姿で隠れてしまう。わたしはひとりでタクシーに乗り、しっかりとシートベルトを締めた。ゆっくりと手をひらいても、一万円札はちゃんとそこにある。

「安全ピン」のネタで、手品をするコントがあったのを思い出す。弓彦くん演じる手品師はマジックが下手で、カードもコインもステッキもぼろが出るのだけれど、そのたび客席の夏子がさっとフォローしようとして鮮やかな手品を披露するので、ほかのお客さんは夏子に喝采《かっさい》を送る。あくまで控えめに、いろんなところからおずおずとコインを出したり花を咲かせたりする夏子はかわいくておもしろかった。夏子は弓彦くんが好きで、よかれと思ってあれこれ頑張るたびに弓彦くんをいじけさせてしまう、という筋書きだった。もうやめてくれよ、と声をふるわせる弓彦くんは本当につらそうだった。

——何でもかんでも……ぼくのやりたいことに首を突っ込んできてはあっという間に追い抜いていくじゃないか。

——そんな、わたし、ただあなたが好きだから、あなたが好きなものを自分も好きになりたくて、共通の話題って大事だと思って……。

——才能ありすぎんだよ！

——えっ。

——僕がギター始めたらあっという間に布袋《ほてい》レベルになるし、手品だって、こないだ両手足に鎖つけて水中脱出してたの見たよ……。

——うそ、あの時マスカラがウォータープルーフじゃなかったのに。

——そこじゃないよ！　そのうちスカイツリーとか消しそうで怖いよ！　いっそ誰もしないことしてやろうと思ってセパタクローに手を出したらすぐ強化選手に選ばれてるし……。

——競技人口二千人だとそんなものだよ？

——むかつくなあ！　何なの、天才なの？　レオナルド・ダ・ヴィンチなの？

——そんな、褒めすぎだよ……。

——何で照れ方は凡人のそれなんだよ……。

——ねえ、あんまり思い詰めすぎないで、一緒に「黒ひげ危機一発」でもして遊ばない？

——何を持ち歩いてんの？　いいけど。

——はい、じゃあわたしからね。えいっ。

——ここにする。

——はい、わたし。

——ここ。

——はい——きゃっ！　ああ、びっくりした。飛び出ちゃった。ね、わたしの負け！

——……。

——どうしたの？　何でふるえてるの？

——「黒ひげ危機一発」は……「黒ひげ危機一発」はなあ……飛び出させたほうが勝ちなんだよ!!

——えっ？

——囚《とら》われた海賊を救い出すゲームなんだよ！

——そんな……そんなの、紛らわしすぎるよ。

——これでわかっただろ、もうぼくに関わるのをやめてくれ。夏子さんといるのはつらいんだよ。

弓彦くんが小走りにハケていくと、ひとり残された夏子がもう一度「黒ひげ危機一発」をやり直す。暗転して、海賊が飛び出す音と「きゃっ」というかわいらしい悲鳴がもう一度聞こえて終わる。弓彦くんが飛び出させてしまったらどう展開するのか、わたしは見たことがない。ウケるかどうかより、手品が成功するかどうかに気を取られて客席まで緊張するからあまりやらなくなったと言っていた。手品道具を買って猛練習したりでコスパも悪いしな、と。郁子さんは「そんなんやる前からわかっとったやろ」と呆れていたけれど、亨はそれをやってみたかったのだと思う。亨の中にある「本当」がそういうかたちでしか出せないから、考えて、弓彦くんとコントを作った。わたしは御堂筋を北上する車の列に収まり、うとうと眠たくなる。電車を乗り継いで帰ることを考えたら圧倒的に楽で、社長さんや栄作にいさんに感謝した。マロニーで張ったお腹を軽くさする。リードボーはまだこの中に存在し、亨がひとりでどこに向かったのかを知らない。

それから数日後、今度は郁子さんから飲みの誘いがあった。

「会社終わった後って、ジムとか習い事とか行ってへんの？」

「特には。たまーに、誘われてお茶の体験コースとか、ワインのテイスティング会とか」

その手の催《もよお》しに誘ってくれていた友達もひとりまたひとりと結婚していって会う回数が減り、子どもが生まれればもう大げさでなく住む世界が違ってしまう。

郁子さんが連れて行ってくれたのはなんばの雑居ビルに入っているバーで、細長いお店のカウンターの内側には弓彦くんがいた。

あ、とわたしを見るなり弓彦くんはいつもどおり顔をしかめる。亨と一緒じゃなくてもこの反応、もう条件反射なのかもしれない。

「おいおい客やで」

「何でわざわざ連れてくるんすか、勘弁してくださいよ」

「ええやん、ビールちょうだい。雨ちゃんは？」

「あ、じゃあ烏龍茶《ウーロンちゃ》で」

飲まへんのかい、と言いながら弓彦くんはビールを注ぎ、瓶《びん》の烏龍茶の栓を抜いた。コースターを用意してグラスを置くまでの一連の動作は手早く、働き慣れているのがわかる。

「ひとりでお店やってるんですか？」

「なわけないやろ、今はマスターがおらへんだけ」

「ここ、代々芸人のバイト先として受け継がれてんねん」と郁子さんが教えてくれた。

「ほら、後ろ見てみ」

振り返ると、ニコチンで黄ばんだ壁紙に何十枚ものポラロイド写真がひしめいていた。マスターらしきおじさんと、いろんな芸人がくだけた雰囲気で写っている。

「あ、これ、『安全ピン』ですか？」

「そうそう、若いやろ。養成所出たての頃ちゃう。十年ぐらい前」

今よりあどけないふたりがマスターを挟んで並んでいて、亨も弓彦くんもやけに真面目ぶった固い表情だった。うらやましいと思った。十年もずっと同じポジションにいられるなんて。自分からふるいにかけたわけでもないのに、わたしの人間関係は何だか年々痩《や》せていき、気づけばまめに声をかけてくれるのは千冬ちゃんくらいだった。取り残されているのか、それともわたしが知らず知らず遠ざかっているのか。

いいなあ、とつい漏らせば、郁子さんが「雨ちゃんも芸人になる？」とお酒を勧めるほどの気安さで言った。

「ならないです、というかなれないです」

「できるできる、名乗るだけやったらきょうからでもええねん。金稼ぐとか抜きにすれば、資格もいらんし」

「適当なこと言うたらあきませんて」

弓彦くんが呆れ顔で釘を刺した。

「その気になったらどないするんですか」

「おもろいやん」

「そんなカジュアルに人の人生狂わすもんとちゃいます」

ふたりの会話を聞いていたわたしは「弓彦くんってすごく真面目でいい人だね」と言った。

「は？」

途端に弓彦くんの顔が険しくなる。

「褒め言葉だけど」

「芸人にとっては微妙やんな」

郁子さんがビールを飲んで笑う。

「ええ子なんが地味にコンプレックスなんよ、弓彦は。マコちゃんみたいに天然でもなく、ネバーみたいに小器用でもなく。根が真っ当やから、破天荒《はてんこう》なバイトしてネタ拾うのも無理やもんな」

　風俗のボーイをやってみた時期もあれど、客や従業員の濃すぎるキャラクターに消耗して辞めてしまったらしい。

「どうせ平凡なおもんない人間や」

「ごめんなさい、そんなつもりじゃなくって」

「やめろ、謝られたら余計腹立つ」

　そこへ、男の人が四、五人にぎやかに入ってきたので会話は中断された。全員芸人で、弓彦くんよりは上、郁子さんよりは下のようだった。わたしは郁子さんとカウンターのいちばん奥に移動し、郁子さんのバイト遍歴に耳を傾けた。とはいえ狭い店なので、男の人たちの会話が否応《いやおう》なしに聞こえてくる。祇園《ぎおん》の劇場に行った時はどこで昼めしを食うのがいいとか、先輩の誰がボートで借金をこさえたとか、そんな話題の流れでふっと「夏子」という名前が聞こえてきた。

――まじきれいやろ、夏子。

――やばいやばい、最近おまえの見る目やらしいもん。ぎらぎらしてるやん。

――いやもう真剣な話、俺、抱けると思うねん。

――こないだも無理やり膝に載せようとするから、矢沢マッハで着替えてもうたやん。

やっぱり芸人間でも人気なんだ、と思いながら何気なく弓彦くんを見てぎょっとした。

アイスピックで氷をざくざく削り、今にも彼らに突き刺しそうな目をしていたから。真面目だから下ネタも許せないの？　不穏な空気を察知したのか、郁子さんがさりげなく「やめろ、女子の前で」と牽制《けんせい》してくれた。弓彦くんの目からは鋭さがふっと消え、何食わぬ顔でハイボールを作っている。普通とは、いい子とは、と芸人界における基準がわからなくなった。

郁子さんと別れて家に帰ると、お風呂に入って寝る準備を万端にしてからスマホのラジオアプリを立ち上げた。先輩芸人の深夜ラジオに「安全ピン」がゲストで出る、という情報をファンのツイッターで知り、あらかじめダウンロードしておいたのだった。Bluetoothのイヤホンを装着して外界の音を遮断し、ベッドの中でオンエアを待つ。乗り物やお店の中でのＢＧＭとしてでなく、まともにラジオを聴くのは初めてだった。時間になるとオープニングの短いメロディが流れ、パーソナリティである先輩の自己紹介からスタートする。

――どうもこんばんは、「ニワトコ」でーす。

――よろしくお願いしまーす。

――先週さあ、収録で東京行っとったやんか。

――うんうん。

――ほんで、やっぱり東京ってごっついなあって、六本木歩いとった時の話なんですけどね……。

フリートークと、音楽やリスナーからの投稿を紹介するコーナーで十五分ほどが過ぎ、わたしは危うく寝落ちしかかっていたけれど「さて、本日はゲストをお呼びしております」というコメントで意識がしゃっきりした。

――僕たちの後輩「安全ピン」のおふたりが来てくれてまーす。

――どうぞー。

少人数のぱらぱらした拍手とともに亨と弓彦くんが「こんばんは」とあいさつした。生の舞台ではなく「メディア」を通すと、一気に「住む世界が違う」感が高まる。でも、ふたりとも普段と変わらないテンションだったのでほっとした。

――いや、こないだのなみはや漫才新人賞、残念やったな、決勝までもうちょっとやったのになあ。

――あー……まあ、あんなもんですかね、みんなおもろかったし、後悔っていうのはないです。

弓彦くんが冷静に答える。

――うそやん、俺ら準決であかんかった時めちゃめちゃ悔しくて浴びるように酒飲んだわ。

――ま、ま、それでも翌年きっちり優勝したけどな。

――自分で言うなや、だっさいな。さて、「安全ピン」に質問のメールなど届いております。ラジオネーム伊佐坂乾物さんより……「おふたりの理想の女性のタイプや初恋のエピソードなど聞きたいです！」。

うーわおもんな、と亨が言った。

――おいリスナー批判はやめろ。

――メンズノンノとか出てる人間に訊くことでしょ。

――おんなじようなメールいっぱい来てんねんもん。みんな興味あんねんて。

――「安全ピン」ってそういうのないからな。ＤＭでファンとつながるとか、ナンパするとか。

――俺、昔、カラオケで酔っ払って弓やんに「ナンパしてこーい！」言うたことあんのよ、そしたら弓やん出て行っていつまで経っても帰ってけえへんで、あいつどこの部屋まで行っとんねんってみんな心配しとったら普通に家帰ってた時あったからね。

――いや、絶対無理やったんで。

弓彦くんがぼそぼそと答える。

――無理でも普通帰りはせんやろ！　そっちのほうがナンパより度胸いるわ。きょうは話だけでも聞かしてや。好きな子とかおらへんの？

――いっぱいいてます。もちろん「ニワトコ」さんも好きですし。

――矢沢、そういうんちゃうて。

――たとえば「好き」を「牛」としますよね。

亨の唐突な発言に笑いが起こる。

――何やそれ、わからんて。

——牛は牛や。

——いやいや、牛にもいろいろありますやん。ハラミ、タン、ロースって。「好き」っていう感情ももっと細かく名前をつけて分類されるべきでしょ。家族でもオカンに対する「好き」とオトンに対する「好き」は別物やし。

——ほなオカンは？　牛で言うたら。

——肩ロースです。

——オトンは？

——藁《わら》です。

——本体ちゃうやんけ。うーん、しっくりくるような気もしてきたな。

——ペースに呑まれたらあかんて。いっつもこいつ、ごちゃごちゃ言うてうやむやにするんやから。

——いや、まあ言うてることはわかんねん、お前も嫁と愛人への「好き」は微妙にちゃうやろ？

——おいやめろ。

——えー、ほんなら、いわゆる恋愛感情いうたらどこになるん。

亨はすこし間を置いて「リードボー、ですかね」と答えた。このラジオを何人が聴いているのか知らないけれど、どきりとしたのはわたしだけに違いない。

——リードボー？　どこや、知らんなあ。フォンドボーとは違うん？　またマニアックな部位を。

――ほな弓やんは？　恋のお相手。

話を振られた弓彦くんは、あっさりと拒絶した。

――そんなん、ここで言う意味がわからんから言いません。

――おーいー！

――いや、おかしいでしょ、プライベートですよ。何で見ず知らずの、偽名使うような人間に訊かれて答えなあかんのか……。

――お前生まれてこの方ラジオ聴いたことないんか？　そういうもんやねん！

弓彦くんらしいそっけなさに、わたしは声を殺して笑った。イヤホンのおかげで自分の声は聞こえない。

――でも、言いたくないいうことはおるっちゅうことやな。

――それも言いませんて。

――何やこのコミュ障コンビは。ようこんなんで恋愛のコントなんかやっとるな。

――そうそう、劇場に来たことない人は知らんかもですけど、こいつらの恋愛のコント、いいんですよ。いっつも甘酸っぱくて、ちょっと悲しくて。矢沢がね、女役なんですけど、夏子って名前で。このちょっと古風な名前が似合うんですわ。

――めっちゃかわいいよな、普通につき合いたい感じの……。

数時間前のバーみたいな展開になったらどうしようとちょっと心配したが、幸い、下品な方向に展開することはなかった。

――……というわけで、すいませんみなさん、ぼくらでは安ピンに口を割らせることはできませんでした。

「もっと売れてから出直してこい」と亨がすかさず茶々を入れ「どの立場で言うとんじゃい」とツッコまれていた。仲のいい先輩とのびのびしゃべっている空気は楽しい。

――あ、じゃあほな最後に、弓やんにとっての恋愛感情を牛で言うてみて。たとえばの話でええから。

弓彦くんは、さっきの亨より長く黙った。日常の世間話の最中なら珍しくない沈黙だと思うけれど、すぐに「こら」と駄目出しが入る。

――収録やからいうてラジオで黙んな。事故よ事故。

先輩に急かされ、ぽつっと答えた。

――骨、ですかね。

――……ああ、弓やんって感じの答えやなあ。

――とりあえずわかったんは、ふたりともガチの恋愛したら相当こじらすタイプですよ。心当たりのある方は気をつけてくださいね。

どういうことですか、と弓彦くんが抗議する。

――だってお前に愛されたら怖い気すんもん。ガッチガチのガチで、周り見えんようになるまで思い詰めそう。

――そんなことないです。

――あるある。

――はい、そろそろお時間ですので、そんな「安全ピン」の出囃子《でばやし》にも使われてるこの曲を――竹内《たけうち》まりやで「元気を出して」。

――これを出囃子に選ぶセンスがもうどうかしとんねん。

――漫才見て元気出してほしいからですよ、全然おかしないでしょ。「元気を失くして」ちゃうねんから。

亨の反論は、前奏と入れ替わりにフェードアウトしていく。


ネバーくんの決勝の日がやってきた。シェアハウスのみんなと観戦（？）するためお昼からお邪魔すると、亨と郁子さんとマコちゃんに加え、弓彦くんも珍しく家の中にいた。

「頭痛、大丈夫？」

弓彦くんの眉間《みけん》には深いたてじわが入っていたのでたぶん大丈夫じゃない。郁子さんが「さっきロキソニン飲ましたから」と弓彦くんの代わりに答える。

「薬効くんですか？」

「気休め気休め」

ちゃぶ台の上には鳥居《とりい》と「ＹＥＳ／ＮＯ」と五十音を書いた紙が広げてあり、鳥居の位置には十円玉が載っていた。

「コックリさんしてました？」

「そう、あいつが優勝するかどうか訊こうと思って。でもYESとNOを行ったり来たりするばっかりであかんかったわ」

「ここで亡くなっただけの人に予知能力までは求めすぎですよね」

「あはは、雨ちゃん、弓彦とおんなじこと言うてんで」

「そうなんですか？」

いらんこと言うな、と弓彦くんが毒づいた。お酒を飲みながら、近所のスーパーで買ってきたオードブルやお寿司《すし》を食べてだらだらしているとあっという間に三時になり、生放送が始まる。わたしはぴっと背中を伸ばしてネバーくんの出番に備えたのに、司会のコンビによるトークや審査員の紹介、去年の優勝コンビの漫才披露……となかなか本題に入ってくれない。亨たちは知り合いばかり出ているので楽しいらしく、審査員の誰が緊張してるとか誰がネバーくんのネタに好意的だとか、にぎやかにしゃべっていた。画面に映る人たちは東京でも名前を知られた売れっ子ばかりで、栄作にいさんとの違いは何だろうとつい考えてしまう。目や肌がつやつや輝いて見えた。メイクや体調によるものではなく、人の注目や拍手を栄養にしてたっぷり蓄えている、そんな感じがする。

「みんなもこういうふうになりたい？」

何の気なしに問いかけると一斉に視線が集まり、知っている顔四人だけなのにもう緊張してしまう。大勢の知らない人の前でボケたりツッコんだりなんて心臓のスペアが十個くらいいりそう。

「こういうふうって？」

マコちゃんが小首を傾《かし》げる。

「テレビに出てしゃべったり、コンテストの審査員したり」

なりたいに決まってるとか、なりたくてもなれないとか、そんな答えを予想していた。

でもマコちゃんは「んー……」と考え込んで「僕には向いてへんと思う」と冷静に答えたのだった。

「テレビの世界は舞台とは全然違うから。求められてるものがはっきり決まっとって、テレビのルールとかお約束をきっちり守らなあかんし、僕、大勢おるところで前に出て行ってしゃべるんとか苦手やねん」

そういえば、劇場でも出演者が勢ぞろいするフリートークのコーナーでマコちゃんが積極的に発言する場面はなかったかもしれない。即興でギターを奏でてイランの王朝の名前を情感たっぷりに歌い上げたりするのに（合っているのかどうかわからないところも含めておもしろい）、マコちゃんは「僕には反射神経ないから」と恥ずかしそうに言う。

「エピソードトークとか、ちゃんとヤマ場作って語られへんし」

「そっか、ふだんの舞台みたいに、ネタ見せてハケるってだけじゃ駄目なんだね」

何を今さら、という呆れ顔で弓彦くんがわたしを見ていたけれど、今気づいたのだから仕方ない。お母さんの時代の女が「結婚」をゴールとされていたように、芸人をやるなら目指すところはみんなテレビのタレントだと漠然と思い込んでしまっていた。

「今はコンプラも厳しいし、制作費も削られる一方やしな」

郁子さんがお寿司のガリを酎《ちゅう》ハイに沈めながらぼやいた。

「郁子さんもテレビ興味ないんですか？」

「あるある、冠《かんむり》欲しい。女ひとりでも入れる立ち飲み屋巡る、十分くらいの番組やりたい。カメラ一台でええねん、ナレも自分で入れるし。何ならハンディ持ってやるし」

「そんなんＹｏｕＴｕｂｅでできますやん」と弓彦くんが言った。

「せやねん、やろう思たらできるけど、やっぱお膳立《ぜんだ》てしてもらうのって楽やん。編集大変やし、何やかや言うて、テレビ出たら親喜ぶし」

　郁子さんがテレビでやりたいことも純粋にお笑いではないようだった。でも考えてみたら、日々テレビで見かける有名な芸人は漫才やコントばかりやっているわけではなく、ニュースに案外常識的なコメントをしたり、クイズ番組を仕切ったり、旅先でおいしいものを食べたり、海外の衝撃映像にリアクションしたり、いろんな方面で活躍している。「安全ピン」がそのポジションについている光景は想像できなかった、というより、別にやらなくてもいいなと思ってしまう。劇場に足を運ぶようにテレビをチェックする気にはきっとなれない。

「でも、確かにどこ目指すかって難しい問題やから」

郁子さんが言った。

「賞レースも大抵は芸歴に制限あるしさ、うちらあたりの世代ってベテランの先輩は足場がっちり固めてはって仕事離さへんし、若い子らはどんどん上がってくるしで、けっこう肩身狭いいうか、閉塞《へいそく》感あるもん」

亨が心斎橋で口にした「十年後の俺」という言葉がよみがえってくる。わたしは一年後の自分さえ見通せなくて、それは大人としてだらしのない、恥ずかしいことだと思っていた。本当は、誰だってそんなものかもしれない。

亨と弓彦くんの意見も聞きたかったのだけれど、いよいよ決勝の漫才が始まろうとしていた。出番を決めるくじ引きで、ネバーくんのコンビ「ニャンドゥティ」は六番目になった。郁子さんが「まあまあやん」とほっとしたように頷く。

「あの子、くじ運あんまよおないからな」

トップバッターは緊張するし会場の空気も十分にほぐれていなくて、また審査員もどうしても様子見の採点になってしまうのだという。この十組の中から、上位三組がもう一本ネタをやって、最終の順位が決まる。講評やCMを挟みながら各コンビの漫才が始まっては終わっていった。三分半が短いなと思うネタもあれば、集中力が持たずに気が散ってしまうネタもあった。みんなは「きょう調子ええな」とか「めっちゃ声出てるやん」とか言いながら楽しそうに鑑賞し、笑いどころではどっと盛り上がる。ふだん、わたしが見られない舞台袖や楽屋でもこんな雰囲気なのかなと想像するのは楽しかった。

和やかな、昼下がりの茶の間。電気をつけなくても陽射《ひざ》しが入ってきて、塀の外の空は雲ひとつなく、切り取って羽織ってしまいたいほど軽やかなブルー。陽気な歓声に取り囲まれながらわたしは緊張していた。漫才を見て喜んで笑っている、それは嘘じゃないのに、亨たちは同時に殺気のような厳しい気配を放ってもいた。ごろごろ喉を鳴らしている猫が、実はぴんと耳を立て鋭い目をしている、そんな感じだった。値踏みだ、と思う。わたしが、受付にやってくるお客さんにじろじろ眺め回される、あるいは呼ばれて行った合コンで初めて会う女の子から瞬時にメイクや服装をチェックされる、そんな生ぬるいものとは違う。もっと強烈で、凶暴で、そして無邪気《むじゃき》だった。

自分が届かなかった場所に立っているのが悔しい、妬《ねた》ましい、でも誇らしくもある。ウケてほしい。スベってほしい。自分よりおもしろいことをやらないでほしい。思いつかないでほしい。笑わせてほしい。初めて見る笑いで笑わせてほしい。頭のてっぺんからつま先まで弾けるほどの爆笑をくれ。何も考えずただ笑わせてくれ。打ちのめしてくれ。

劇場にくるどんな客より笑いを欲しているのはきっと板の上、マイクの前の人たちだ。飢えに近い強い感情が頭の中からはみ出し、静電気のように室内に充満して、わたしは自分の髪の毛がふわふわ浮き上がるんじゃないかと思わず手で押さえた。

――さあ、続いてのコンビは「ニャンドゥティ」です。どうぞ！

ネバーくんたちの出番がきた。電飾が点滅するセットの、両開きの扉が左右に割れるとネバーくんが相方とともにセンターマイクに駆け寄る。観覧席から拍手と、顔ファンが多いネバーくんらしく女の子の甲高い歓声も聞こえた（テレビでは、若い女の子をたくさん入れるらしい）。

――どーもー、ニャンドゥティです。

――最近裏アカのほうでバズってもうて損した気分です。

――あるんや！

――そらあるでしょ、でも言われへんねん。調子こいたりたいですやん、バズったら宣伝していいらしいんで、とか言うて、脈絡のない自己PR挟んでみたりしてね。何を図に乗っとんのやっちゅう話ですよ。

――そんなん言いなや。

――承認欲求のお代わりって恥ずかしい！　この世でいっちゃん恥ずかしい！

――そう？

――ヌーディストビーチを詰め襟で闊歩《かっぽ》するくらい恥ずかしいよ。

――普通のビーチ全裸で歩く、でええやん。何で逆にしたん？

劇場で見る漫才とは全然違っていた。声の響きもだけど、かけ合いをするふたりの顔がのっぺりと均質な照明に映し出されていることに違和感を覚えた。ネバーくんの目が全然笑っていなくて、ライトに照らされた鼻の頭に脂汗が浮いているのなんて、見たくなかった。正座した膝の上でぎゅっと両手を握り合わせる。最後まで、間違えずに終われますように。誰よりもウケますように、評価されますように、と祈らなきゃいけないのに、「滞りなく台本を進行すること」が優先順位の一位にきてしまったのは、ネバーくん自身が（ひょっとすると相方の人も）そう思っているのがわかったから。チャラいノリで客席をイジって全身で楽しそうに漫才をする、わたしの知っているネバーくんじゃなかった。噛んではいけない、ぼろを出してはいけない、という必死さが透けて見えてしまっていた。力んでいる人を見ても笑えないのに。

「――あっ」

弓彦くんがちいさく声を上げる。

「飛ばしたな」

郁子さんが無言で頷く。台本で言うときっと二、三行、ピンポンみたいな会話のラリーの往復がひとつすっぽ抜けてしまったようだった。

「でも全然カバーできてるよ」とマコちゃん。確かに、わたしには何が抜けたのかわからず、かけ合いは表面上スムーズに進行していた。

「いや、審査員席ちょっと『んっ？』ってなってたで。少なくともトチったんはばれてるやろ――ああ、あかん。早い早い、急いでる」

弓彦くんの声が痛々しいトーンを帯びる。焦ってリズムを崩してしまったという意味だと思う。観覧席の笑いにも明らかに義務的なものが混じっていた。いつもはこんなんじゃないのに。劇場の天井まで届いて跳ね返るくらいの笑い声が響く日もあるのに――と、誰よりもネバーくんたちが言いたかったに違いない。漫才やコントは生き物で、活きのいい日もあればぐったりしている日もある。その日の本人たちのコンディション、お天気、客層、ほかの出演者とのかね合い、いろんな目に見える要素と見えない要素が複雑な化学反応を起こして笑いを生成する。そう熱心な客でもないわたしにだって、前は笑えたのにきょうは今いちだったとか、前はぴんとこなかったネタに涙が出るほど笑ってしまったりだとか、覚えがある。本当はもっとおもしろい、そんなのはきょうここに出ているほかのコンビだって同じ。今、この瞬間、慣れないテレビカメラの前という条件でいちばんおもしろいことを言えた人たちの勝ちになる。

――もうええわ。

――ありがとうございましたー。

決まり文句で漫才が締めくくられた時は、ただただほっとした。もう、頑張ってしゃべらなくていいんだ。そんな気持ちになった。なのに、司会の人が「お疲れ」と近づいてくるから、まだ何か言わなければならない。舞台ならハケてしまえば客の目には触れなくなるのに。

――緊張しとったなあ、どやった？

――いやあ、僕、いっこネタ飛ばしてしまいまして……。

ネバーくんがぺこぺこ頭を下げながら言う。でも顔はちゃんと笑っていた。

――そうなん？　わかれへんかったわ。

――そうなんですよ。飛ばし方さえ中途半端な感じで、全然爪痕《つめあと》残すことができへんいうね……。

――いやいや、よかったで。

気休めのねぎらいじゃないと思う。本領発揮できない時もあって、きょうのこの漫才が全てじゃないことを、芸人同士はわかっている。売れてる人っていうのは、こんな思いを何十回も何百回もして売れていくんだ。

――はい、じゃあＣＭです。よっしゃ、五秒で爪痕残せ、はいっ！

――え、え、えー？　来月の同窓会は欠席でお願いします！

――何やそら！

ＣＭに切り換わると、茶の間では示し合わせたようにため息をついたり伸びをしたり足を崩したり、リラックスというより諦めの空気が流れる。

「あー……自分のオーディションとかより心臓に悪いわ」

郁子さんは残っていたガリ酎ハイを麦茶のようにぐびぐび飲んだ。お寿司のまぐろやイカが水分を失って乾いている。

「スベった後にコメントせなあかんの、いややなあ」

マコちゃんは自分のことのようにしょんぼりうなだれた。

「マコはいっつもスベったら地蔵《じぞう》になってまうもんな」

弓彦くんがマコちゃんの肩を軽くつついてからかった。ロキソニンが効いてきたのか、漫才に集中していたせいか、眉間のしわは消えている。

「だってリセットしてまた笑ぃ取りに行くガッツないもん。テレビは大変や、勝っても負けても何かおもろいこと言わな、って気ぃ抜かれへん」

「できるやつはそこでばしっと決めんねや。キャスティングする側はネタよりそっちの能力見とったりするからな」

「じゃあ、さっきのネバーくんのはあれでOK？」

わたしが訊くと全員さっと目を逸らした。「ニャンドゥティ」は最終決選まで進むことができなかった。ネタのできばえから予想はついていたので、誰も改めて落胆はしなかった。

――では残りの七組は残念ながらここでお別れとなります！　みなさん最後に大きな拍手をお願いします。

待機席に並んだコンビの前をカメラがゆっくりと横切っていく。変顔をしたり大げさに転んでみたり、最後の爪痕を残そうとする面々の中で、ネバーくんはチャーミングな笑顔で両手を振っていた。それから郁子さんが「飲も」と言い出し、主役のいない二次会が始まった。ネバーくんは結果を見届けてから番組の打ち上げに参加しなければいけないらしく、ちょっと寂しかった。つき合いの浅い、しかも素人のわたしが心に響く励ましや慰めを言えるわけでもないけれど、早く帰ってきて、笑いを取ることなんて考えず心のままに悔しがったり愚痴《ぐち》ったりして楽になってほしい。夕方から夜まで飲み会は続き、わたしは初めて泊めてもらった。コントで使ったというシュラフを借りて茶の間で横になり、二重の輪っかになった懐かしいタイプの蛍光灯の豆球だけを残して目を閉じる。キャンプみたいで悪くないな、と思っているうちに、まぶたの裏の暗いオレンジ色が黒くなっていった。

　ぐっすり眠ってぱちっと目が覚めた。でも部屋の中はまだ暗かった。携帯で時間を確かめようとシュラフのジッパーを下げ、仰向けのまま畳の上を探っていると、視界の片隅で何かが揺れるのが見えた。ふわ……と綿を割《さ》いたようなものが漂っていて、そこに目を凝らすといなくなり、しばらくしてまたほわっと現れる。ああ、これがぐるぐるさんかも、と思った。怖くはなかった。お邪魔してすいません、と心の中で謝って身体を起こし、電灯の紐を引くともう何も見えなかった。茶の間の端に寄せたちゃぶ台を定位置に戻し、バッグからはがきとペンを取り出す。目が冴《さ》えてしまったし、ネバーくんにはがきでも出そう。きのうの結果について何か伝えたかったけれど当然気の利いた言葉はひとつも思い浮かばず「お疲れさまでした」とだけ書いた。あとは、暑くなってきたねとか好きなアイスとか、そんなどうでもいい内容でスペースを埋め、宛名《あてな》を書いて切手を貼ると、よし今出そう、と決意した。

　ざっと顔を洗い、郁子さんに借りたパジャマから自分の服に着替えて手ぐしで髪を雑に整え、さあ出かけようというところで「おい」と声をかけられた。振り返れば階段の暗がりから浮かび上がるように足が下りてくる。弓彦くんだった。

「おはよう」

「どこ行くねん」

「ちょっと、ポストを探しに」

「アホか、外まだ真っ暗やぞ」

「あ、うん」

　でも時間帯的には早朝なのでそんなに危機感はなかった。わたしの鈍い反応に弓彦くんはお腹をぼりぼりかいてから「ちょお待っとけ」と二階へ引き返したかと思うと、五分と経たないうちにリュックを背負って戻ってきた。

「ついてきてくれるの？」

「どうせもう帰るし」

　頭痛がぶり返しているのか、手のひらでこめかみをとんとん叩く。ぐるぐるさんらしきものを目撃したことは言わないほうがよさそう。まだ夜明けにはほど遠いトーンの空の下、自転車を押す弓彦くんと並んで歩いた。

「ポストどっちや」

「え、知らない」

「は？」

「いつも家の近所で出してたから」

　ポストってふしぎだ。絶対に見覚えがあるのに、いざ思い出そうとするとどの道、どの角に建っていたのかあやふやになる。

「散歩がてら探そうと思ってて」

弓彦くんは「自由すぎるわ」とぼやきながらもつき合ってくれた。弓彦くんのパーカーは、また左側の紐だけが長い。

「パーカーの紐」とわたしは指差す。

「何やねん」

「左側のほうが長いの、おまじないか何か？」

「揃えとっても、いつの間にか勝手になる」

右側を引っ張って均等に整えながら弓彦くんが答える。

「ちいさい人がぶら下がってるのかな」

「怖いからやめろ」

勝手になる、わけはないから、身体のバランスとか体重のかけ方とか、理由は必ずあるんだと思う。でもこの世にはわかってても直せないことのほうが多いかもしれない。

「『安全ピン』はどうして『安全ピン』なの？」とわたしは尋ねた。

「ネタだけ見てほしいって、前に弓彦くんが言ってたけど、わたしはそれって無理だと思う。ネタがおもしろかったら、どうやってこんなこと考えつくんだろう、とか内面が気になるし。その人のことがちょっとでもわかったら、さらに味わい深くなるっていうか、こんな人があんなこと言ってるんだってもっとおもしろがれたり……誰が言うのかって大きいと思うなあ。のっぺらぼうが考えてるわけじゃないんだもん。だからウィキペディアに書いてることでも直接教えてもらえると嬉しい」

夜明け前、まだ眠っていて真っ暗な街。大型トラックが恐ろしいスピードで国道をびゅんびゅん飛ばしていて、空は紫がかった闇で、街灯の明かりが落ちる下にセンターマイクを立ててみたくなる。舞台袖の暗がりから、あそこを目指して走っていく。明るい場所で、逃げも隠れもできずどん底に叩き落とされるかもしれなくたって。ものの数歩を、ネバーくんはどんな気持ちで踏みしめたんだろう。

「そんなん、お前に言われんでもわかっとるわ」

弓彦くんがぼそりと言った。

「それもそうだね」

国道沿いの団地の側でポストを無事発見し、目的を達成することができた。

「そんな急ぎの手紙？　誰に？」

「ネバーくん」

「いや手渡せや、ていうかしゃべれ」

「改名したいから手紙送ってくれって言われてる」

「アホ、そんなん――」

何か言いかけて弓彦くんは口をつぐんだ。そのまま自転車を押して行く弓彦くんの背中を何となく追う。汐見橋線の線路に沿って、特に目的地などはなさそうだった。

「養成所で」

わたしのほうを見もせず、独り言みたいに話し始める。

「あいつがネタ見せして、やっぱ女装しとって、どこで買うたかわからんぺらぺらの、ぶかぶかのワンピース着とって、後ろ向いた時に腰のとこ安全ピンで布地詰めてんのが見えた。何かそれが印象に残っとって」

「弓彦くんから声かけたんだね」

「あいつは別に誰でもよかったと思うけどな。見つからんかったらピンでやってただけやろし」

「でも漫才はひとりじゃできないし、弓彦くんがいるからこそ夏子はすごくかわいく見えるよ」

弓彦くんは背を向けたまま「へっ」と笑った。小馬鹿にするようでも照れたようでもあり、亨の言い方にそっくりだった。ひょっとしてまんざらでもない？　わたしは嬉しくなる。

「弓彦くんってどんな芸人さんが好きなの？」

線路の途中で踏切《ふみきり》が現れた。まだかんかん鳴る気配さえないそこを渡り、似たような建物ばかり並ぶ倉庫街の間を進んでいく。

「ダウンタウン」

「……へえ」

ちょっと間が空いてしまった。

「何やねん」

「えーと、何かすっごくベタ？　ありがち？　で意外だったというか」

「文句あんのか」

「文句とかじゃなくて……一般人みたいな答えだなって思っちゃった。誰もが知ってるスターだから」

「一般人はわかってへん」

「一般人にもわかるからあんなに売れてるんじゃない？」

ちゃう、と弓彦くんは言い張った。

「ていうかみんなわかってへん、ダウンタウンのすごさもおもろさも、一般人向けにセーブしとるとこも、ほんまにわかってんのは俺だけや」

大丈夫かな。

「——っていう勘違いをさせる天才やねん、ダウンタウンは」

ほっとした。

「そうなんだ」

「勘違い芸人製造機や」

「ダウンタウンはそんなつもりないんじゃないかな」

「んなもんわかっとるわい。ダウンタウンはそんなん量産する気もないし、凡人の気持ちなんか知ったこっちゃないねん。せやからスターやねん」

「同じ仕事してるんだから、いつか会えるかも」

それは夢と希望だと思ったのに、弓彦くんはぶんぶん首を横に振った。

「生で見たりしたら目がつぶれる」

「つぶれないよ」

と言いながら、自分も同じようなことを考えたのを思い出した。

「うっさい、つぶれんねん。俺の中では未だに『ダウンタウン』で『松《まっ》ちゃん浜《はま》ちゃん』やねん。『ダウンタウンさん』やないねん。距離感変わらへん」

「サインとかもらわないと」

弓彦くんは立ち止まり、肩越しにわたしを軽くにらんだ。

「サイン欲しがるやつなんか、見せびらかしたいだけでほんまのファンちゃうねん」

「そうなの？」

「……って、松ちゃんが昔言うとった」

サインをねだられたらきりがないから表向きそういうことにしてるのでは、と思ったけれど言わなかった。

「有名人のサインが壁にびっしり貼ってあるお店とか、確かにあんまりいい感じしないかも」

「やろ」

「ああいうところに入って逆に頼まれなかったらどんな気持ちだろうね」

「さあ」

「弓彦くんたちのサインって」

「言うな言うな、絶対せえへんからな」

「ごめん、恥ずかしいんだね」

「だからそれも言うな」

全体的にくすんだ印象で彩りに欠ける木津川のあたりでも、川沿いは特に灰色の建物が続き、コンクリートの堤防で水面も見えない。頭上では阪神《はんしん》高速が悠々と川をまたいでいた。

「ダウンタウンのどんなところが好き？」

「全部」

それは決して適当な答えじゃないと思った。

「俺、中一の時、半年くらい不登校やってんけど」

「……いじめ、とか？」

「ちゃう。行かんくなる前の日、そん時好きやった城の雑誌買いに本屋行ったら同級生の女子の家で、たまたまそいつがレジんとこおって『椿くんそんなん好きなんや』って言うた。そんだけ」

「え？」

「学年上がってクラス替えやるまで登校せえへんかった」

弓彦くんの言っていることがよくわからなかった。

「その一言が原因なの？『そんなん』って、否定的なニュアンスだった？」

「ちゃう。ほんまに『ふーん』て感じの、ただの雑談。向こうは何も悪いことない。わかってんねん。わかっとってんけど、何やめちゃめちゃ恥ずかしくて、顔がカーッてなって、チャリ爆走して帰った。一日ずる休みしたらもう行けるイメージがなくなった。親に理由訊かれてもよう言わんし、とにかく苦しかった。俺がおらへん教室で、『そういえばお城の雑誌買いに来てた』とかみんなに言うてんのかなって想像するだけでふとん引きちぎりたくなった。消えたかった。学年全員の記憶から俺だけ削除できたらどんなにええやろって、そればっか考えとった」

　思春期すぎる、と思った。でも中学一年生の弓彦くんにはそんな言葉で片づけられる問題じゃなかったんだろう。治らない靴ずれみたいに何もかもがひりひりしみてしまう自意識をコントロールできない、こんなにもたやすく傷ついてしまう人が亨とコンビを組んでお笑い芸人をやっているというのは、ちぐはぐな気も、しっくりくる気もした。

「親も先生も心配したけど、ほんまのことなんかよう言わん。とにかく家で自習するからそっとしといてくれ言うて引きこもって、ＹｏｕＴｕｂｅ漁っとった時に、偶然ダウンタウンの昔のコント見た。ああ俺に必要なんはこれやって思った、あの感じは、今でもうまいこと説明できへん」

　そう話す弓彦くんの顔はわからない。でも長い夜の果てに朝日を見たような、しみじみとまぶしい表情をしていたんじゃないかと思う。弓彦くんにしかわからない苦しみと、弓彦くんにしかわからない救いが、今も消えずにある。赤チンもキズパワーパッドも効かない傷口をふさいでくれたもの。

「ずーっとヘッドホンして昔のＤＶＤ見て、何時間も何日も……そうすることでしか救われへん何かが自分の中にあった。笑えば笑うほど、自分のどうしようもないとこ、人と同じようにできへんところが、許される気がした。いっつもパーカーの紐が左側だけ長くなるんをどうにもできへんくても、それでもいいんかもしれへんって思わせてくれた」

　直しても直しても狂ってしまうから、長く垂れた片方の紐をぶら下げたままでいること、アンバランスなままでいようとすること。

「弓彦くんもそういう力をあげられるようになりたくて芸人目指したの？」

「無理に決まっとるやろ」

　悔しさのかけらもない口調だった。

「俺はたぶん、自分とおんなじこと考えてるやつをほかにも見つけたくて養成所に行ったんや」

「見つかった？」

「いっぱいおった」

「よかったねえ」

「何やお前、俺のオカンか」

　夜が、いちばん暗い水底にタッチしてそこから浮上し始めたように東の空が白み始めていた。特にきれいな景色や珍しいものに遭遇することもなく、野良猫にさえ会えずに国道まで戻ってくると弓彦くんは何も言わず自転車にまたがってあっという間にわたしの視界からいなくなる。もう真っ暗じゃないから大丈夫だと判断したんだろう。いろいろ教えてくれてありがとう、と言いたかったのに。

ひとりでシェアハウスに帰ると、玄関にネバーくんの靴が揃えてあった。

「あっ、雨ちゃん、おはよう」

台所ののれんをめくってネバーくんが顔を出す。

「おかえりなさい」

「こんな朝早よからどこ行っとったん」

「ネバーくんにはがき書いたからポストに入れてきたよ」

ネバーくんは両方の眉をぴょこっと上げ下げして困ったような表情になり、すぐに「ありがとう」と笑った。

「お礼においしいコーヒー淹《い》れたるわ」

この家では、ネバーくんだけがコーヒーを豆のまま買う。郁子さんによると「女の前でええかっこしたいだけ」らしかった。ちいさな電動ミルで豆を挽《ひ》き、ハンドドリップでコーヒーを淹れてくれた。熱湯を注がれたフィルターには焦《こ》げ茶《ちゃ》色の細かい泡《あわ》が立ち、台所じゅうに香ばしい匂いが漂う。わたしはシンクの前に立ってネバーくんの慣れた手つきを眺めていた。台所は十畳くらいあり、以前はちゃんとダイニングテーブルを置いていたけれど、みんなちゃぶ台で食べるほうを好んだのでテーブルセットはフリマで売ってしまったそうだ。今は舞台で使う服や小道具の入った衣装ケースが乱雑に積んであった。冷蔵庫の扉はごみの分別表や水道業者のマグネットやホワイトボードでぎゅうぎゅうで、ホワイトボードにはそれぞれが仕事の予定や「ビール飲むな」などをびっしりと書き込んでいる。

「じょうずやろ」

「うん」

「ぼくは、女の子の部屋泊まったらお礼に朝ごはん作るからね。やることやったらすぐ背中向けるようなつめたい男とは違うねん」

謎のアピールを「へえ」と聞き流していると「雨ちゃんてほんま素直やな」と苦笑された。コーヒーのしずくがぴとんぴとんとカラフェに落ちていく。

「ぼくな、芸人やめるわ」

その滴りに混じって、ネバーくんの静かな声が聞こえた。

「えっ」

「芸人やめて実家帰るねん」

わたしは視線をネバーくんの手元からぱっと上げた。台所の、すりガラスの窓しか見えない。ところどころに十字星みたいな模様がちりばめられた古いガラスの向こうには灰色の塀がぼんやり透けている。きょろきょろと辺りを見渡し、回れ右しようとしてネバーくんに引き止められた。

「ちょお、話の途中でどこ行くねん」

「え、だって、こんな重大な話ひとりで聞けないよ。みんな起こさないと。弓彦くん帰っちゃったし」

「いやもうみんな知っとるから」

「そうなの？」

「相方とも話し合って会社にも報告して決まったこと」

ネバーくんの淡々とした口調がふしぎだった。

「何で？　せっかく決勝まで行ったのに」

「逆や逆」

ネバーくんは軽く手を振る。

「今年が十年目のリミットやったから、最後のチャンスやってん。これでせめて三位以内に入れんかったらもうやめるって決めとったから」

「何で？」

「何でって、ええ年やから。ぼくもう三十二やで」

「まだ若手でしょう？」

「でもどっかで線は引かんと。このまま、半端な立ち位置で四十、五十になってってたら軌道修正もきかん。あんだけ何百回、何千回、夢に見るほど稽古《けいこ》したネタを本番でトチってもうたんは、お告げみたいなもんや。ここはお前の世界やない、そう言われたんや」

軽く、呆然《ぼうぜん》としていたと思う。芸人なのに、芸人のくせに、そんな普通のことを言うんだ。就活始まったら髪を黒く染めてピアスを外すみたいな？　安定した稼ぎの男の人に選んでもらわなきゃみたいな？　あっさりバイオリンを捨てて備蓄の食料を確保しに行っちゃうの？

「雨ちゃん、何か怒ってる？」

　いつのまにか、シンクのへりを両手で握り締めていた。

「怒るっていうか、何だろう……そういうことを考えない人が芸人になるんだと思ってた」

「ぼくが昔、引退する先輩に泣きながら言うたこととそっくり。何でですか、もっとやれるでしょ、そんなんかっこ悪いでしょ、って」

「そこまでは思ってないけど……」

「まあ、かっこ悪いよな。でも、自分で言うのも何やけど、箸にも棒にも引っかからんわけではなかった、ぼくくらいのランクの芸人がいちばん決断に苦しむんやで。食うていけんことはない、仕事もそれなりに入ってる、ひょっとして思い切って東京出たらハネるんかもしらん、このまま地道に続けてりゃいつかテレビのレギュラー持てるかもしらん……そういう夢を断ち切ってやめんのはそら心苦しいよ。でも家のこともあるしさ、この年まで賞レース一個も獲《と》られへんかったんはそういうことやって現実を受け止めなあかんねん。みんながそうすべきとは思わへん。いくつになっても愚直に舞台に立つ先輩らを尊敬してる。でも『ぼくの人生』はそうやない、ずるずるやるんはあかん」

　コーヒーはすっかり落ちきっていた。ネバーくんは水切りかごからグラスを取り出し、冷凍庫の氷をごろごろ入れると上からコーヒーを注いだ。ぱきぱき、と氷にひびが入る音がする。コーヒーが冷やされている、氷が温められている、どっちだろう。

「牛乳足す？」

「ううん」

「ほなはい、どうぞ」

「ありがとう」

　ぬるいところとつめたいところがまだらになったコーヒーは苦さより酸っぱさが鮮烈だった。

「ラストイヤーやから、『安全ピン』と一緒に決勝出たかってんけどなあ」

「それで、『安全ピン』が勝ってネバーくんが引退することになってたらどうしたの？」

「それはむかつくわ」

　ネバーくんは笑った。もう、半ば振っ切れてしまったような笑顔だった。何かが抜け落ちた風通しのよさが悲しい。完全燃焼した花火の寂しさだった。この人は苦しいけど、悔しいけど、楽になったんだ、と思った。いったん下ろしてしまったその荷を、もう一度はとても背負えないんだろう。黒く焦げた花火の先に何度火を近づけたって熱も光も出てこない。

「再来週の同期ライブがラストやねん」

「単独とかしないの？」

「それやろうとするとまたカロリーかかるし、できればさらっと退場したいから。亨らも出るし、雨ちゃん、見に来てくれる？」

「うん」

「ありがとう。ごめんな、はがき何枚も出してもらったのに。無駄な労力かけさしてもうた」

「せめて改名だけでもしてみたら？」

「何でやねん」

見事な呼吸でネバーくんがツッコんだ。

「その切れ味が、どうしてきのうは出せなかったんだろうね」

「きのうのきょうで、そんなつらいこと言う？　芸人でもないやつが名前だけふざけとってどないすんねん」

すりガラス越しの朝日で台所もふんわりと白く明るい。ネバーくんは「ほなそういうことで」と目をしょぼしょぼさせる。

「ちょっと寝ますわ」

「うん。おやすみなさい」

ネバーくんが二階に行ってしまうと、コーヒーを飲み干して氷をかろかろ舐《な》めた。すりガラスの星を数えているとまたとんとんと足音が下りてくる。それが誰のものか、見なくてもわかる、となぜか思い、そして実際当たっていた。

「ねえちゃんええ匂いさせとるやんけ」

のれんをめくって入ってきた亨はなぜかコントに出てくるチンピラみたいな口調だっ

た。

「ネバーくんがコーヒー淹れてくれた。まだちょっと残ってるよ、飲む？」

「飲む」

自分が使っていたグラスに残りのコーヒーを注いで手渡すと、亨は牛乳をどぼっと足して軽くグラスを揺らし、マーブル状のカフェオレを飲んだ。

「弓彦くん帰ったよ」

「あ、そう」

「ネバーくんがやめちゃうの知ってたんだね」

「ん」

「『安全ピン』と一緒に決勝出たかったって言ってたよ」

「スポーツマンの台詞やん」

脱毛完了した亨の口元は起き抜けなのに一本のひげもなくつるりとしている。

「一緒に出たくなかった？」

「一緒に、て意味わからん。誰がおろうがおるまいが出る以上ガチでやるだけやん」

「そっか」

「自分、何が言いたいねん」

「よくわかんない」

まださっきのネバーくんの言葉を受け止めきれていないのだと思う。部外者なのに。

「前に十年後の話してたよね」

「おう」

「十年後までは絶対芸人続けるってこと？」

「それは言葉の綾《あや》やろ」

「やめるかもしれない？　どうなったらやめようとか思ってる？」

「ドラゴンボールが揃ったら」

「それ一生やめないってことだけど大丈夫？」

「え、そんな詰めてくる？」

　亨は飲み終えたグラスの氷をざらっと流しに空け、スポンジに洗剤をぴぴっと垂らして泡立てると、きゅきゅっと音を立ててグラスを洗う。流水ですすぎ、水切りかごに伏せて濡《ぬ》れた手をＴシャツで拭きながら答えた。

「椿が『おもんない』って言うたら」

「弓彦くん？」

「俺が考えたネタで椿が笑わんくなったら、もうやる意味ないやろ。せやからあいつ次第」

　お客さんでも自分自身でもなく？　わたしは、その時の自分の感情をうまく説明できない。傷ついた、というわけではないけれど、衝撃に近かった。自分の中の大きな鐘がごうーんと鳴らされ、うんん……という余韻が頭をふるわせてなかなかやまない。亨の、心からの言葉がこんなにぽろっとこぼれ落ちたことに怯んでしまったのかもしれない。やみくもに振り回した手が、思いがけず核のような芯《しん》のようなものに触れてしまった気がした。

「弓彦くんもそう思ってるかな」

「知らん」

亨はそんな気持ちを弓彦くんに伝えたこともないんだろうと思った。弓彦くんが「安全ピン」の由来を教えないように。コンビってどこもそんな微妙な距離感なの？　答えは「知らん」に決まっているから訊かなかった。わたしは今、自分が本当に「安全ピン」のファンになったと思った。逆さまのグラスのふちにへばりついた水滴が身をよじるようにして流れ落ちていく。

「再来週の同期ライブ、行くね」

「好きにしなはれ」

「何のネタやるか決めてる？」

「言うてもたらおもんないやろ」

「もし決まってないんだったら、養成所でやってたっていうピンのネタが見たいな」

「何やそれ」

「弓彦くんが見たって言ってた。初期の夏子でしょ」

「とんでもないブスやったな」

「今はかわいいよ」

亨はちょっと考えて「ええけど」と言った。

「その代わり、自分、ちょお『お風呂《ふろ》が沸きました』て言うてみ」

何がどう「その代わり」なのか、わたしの想像力に翼を授けてもらってもたぶんわからない。

「何で？」

「ええから」

「おふろが、わきました」

「もっと機械っぽく」

わたしは家で使っているガス給湯器のイントネーションをまねて繰り返す。

「オフロガ、ワキマシタ」

「よし」

何が？

「ほな、再来週のライブに向けて協力してくんなはれ」

亨は言った。


ネバーくんが出る最後のライブは、満員御礼だった。ツイッターで解散を表明した瞬間に完売してしまい、チケットを都合してもらえなければ入り損ねるところだった。今回、ちょっとだけお手伝いもしたのでばちは当たらないと思う。千冬ちゃんのぶんまではお願いできなかった。わたしの晴れ舞台でもあるから、一緒に見たかったのだけれど。

——ネバーくんの卒業公演、わたしもちょっと出番あるんだ。

——やば！　ハゲのヅラかぶってコントとかじゃないですよね？

——ううん、給湯器の役。

千冬ちゃんの、けげんそのものの顔を思い出して笑いが込み上げてくる。開演時刻が迫ってもわたしの隣はなぜか空席のままだった。関係者席っぽいので、義理でもらった人が溶かしたのかもしれない。せっかくの舞台なのに残念。

ステージ中央のスクリーンが今後のイベントや注意事項のVTRをひとしきり流した後静かに巻き上がり、暗転する。そして明転。センターマイクと、手拍子みたいにちかちかするライトと、「安全ピン」の出囃子が流れる。竹内まりやの「元気を出して」、この間のラジオを思い出して早くも笑ってしまった。いつもさっと出てくるのに、きょうはすこしもたついてるな、と思ったら、下手《しもて》のやけに低い位置から弓彦くんの上半身だけがひょこっと現れた。床に両手をついて苦しそうに進み、それから、弓彦くんの両足を持った「手押し車」の体勢で亨が出てくると、拍手笑いが起きる。センターマイクの前で亨は手を離し、弓彦くんは息を切らしながら立ち上がって両手をぱんぱんと払い、おもむろに亨に詰め寄った。

——何でなん？

——なあ、携帯のバッテリーって、何パーセントくらいで充電する？

——まず今の無駄な有酸素運動を謝れ。

その絶妙に迷惑そうな顔と、言葉の大きさ強さがぱしっとハマって「おもしろい」になった。笑い声が大きくなる。

あ、きょうはいい日だ、と思った。調子がいい日。「ニャンドゥティ」が最後の日だからか、お客さんも「さあ笑うぞ」という意気込みに満ちていた。大きな笑い声で送り出してあげたい、といつもより間口を広げて待つ、それは決して馴れ合いやぬるま湯じゃないと思う。

舞台は生き物だから。音楽でも演劇でもきっとそう。客席とステージ、この空間の誰ひとり何ひとつ欠けてもきょうの空気は生まれていないという熱。いくらでもどこにでも代わりはいる、取るに足らないわたしたちに、ひとときかけられる魔法。「あったかい」というのがぴったりな夜だった。「温かい」じゃなく「あったかい」。コントも漫才も、全員でやるモノボケしりとりリレーも。わたしはライブに対する高揚《こうよう》と自分の「出番」がいつなのかという落ち着かなさで、始終両手を握ったり開いたりしていた。

終盤近くで人影がすっと近づき、わたしの隣に腰を下ろした。ずいぶん遅れてやってきたな、と盗み見ると弓彦くんの横顔があり、思わず「へっ？」とちいさく洩らした。すかさず弓彦くんがわたしをにらみ「静かにしろ」と仕草で示す。まだ漫才衣装のままだった。驚いている間に舞台が明転し、夏子が現れたので前と隣をきょろきょろ見比べる。これを客席から見たくてわざわざ来たの？　だったら邪魔をしないほうがいい。わたしは前方に意識を集中させた。

丸いちゃぶ台の上に写真立てがぽつんと置いてあり、遠くの席からはわからないけれど、弓彦くんが写っている。夏子はその前に突っ伏してか細くしゃくり上げている。養成所でやったきり、客前でかけたことはないと言っていたので、客席は初めて見るネタに息をひそめている。これからどうなる？　と夏子を見つめている。自分がその続きを知っていることにひそかな優越感を覚えた。夏子は泣きながら「ひどいよ」と写真に向かって訴える。

——何で死んじゃったの……。

バックには、恋人を亡くした女の人のバラードが控えめに流れている。海や映画に行こうと約束してたじゃない、と。

——ひとりじゃ生きてけないよ。

不意に「ピピピッ」と電子音が鳴る。お湯張りがもうすぐ完了することを知らせる給湯器の合図。

——今すぐ死んじゃいたいのに何でお風呂なんか沸かしてるんだろ……。

夏子はずっとべそをかいている。長い髪をひと房つまんでは「枝毛が五股《また》」と言って泣き、手のひらを見ては「生命線が三つ編み」と言って泣く。ダムが決壊しきってしまい、何を見ても聞いても声を上げて泣きたくなる感情は誰にでも覚えがあると思う。夏子がやけくそみたいにおいおいと嘆くたび、みんな笑っていた。そして軽やかなメロディの後に、わたしの声が流れる。来た。

『オフロガ、ワキマシタ』

——お風呂入るの……めんどくさいよぉ……。

「アホなことを半端にやっても恥ずかしいだけ」という亨の言葉はそのとおりだった。夏子が心から痛々しげに身悶《みもだ》えしてみせるからこそ、くだらない台詞とのギャップに笑わされてしまう。わたし——給湯器が、さっきと同じイントネーションでまた言う。

『ヒヤシチュウカ、ハジメマシタ』

——えっ？

夏子がはっと顔を上げ、きょろきょろ周囲を見回す。そしてそろそろとつぶやく。

——みっくん？　よく一緒に行った「宝来軒《ほうらいけん》」で冷やし中華が始まったって教えてくれたの？

写真立てを両手に取り、「わかったよ、みっくん」と話しかける。

——あした、食べに行ってくるね。

給湯器はくる日もくる日もみっくんからのメッセージを告げる。丁寧だけど感情のない、空っぽの音声で。

——アシタハ、アメデシタ。

——わかった、傘持っていくね。

——カチョウニ、オコラレマシタ。

――ミスしないように気をつける。

――ブラガ、カタクズレシマシタ。

――ちゃんと手洗いするよ！

他愛《たわい》ないやり取りの間にすこしずつ照明が絞られ、真っ暗な中、夏子だけにピンスポットが当たるようになる。黒子がその足下にさっと踏み台を差し出した。

――みっくん、わたし、やっぱり寂しい。何で給湯器なの？　普通に姿見せてよ……。

細長くて真っ白な、光の三角錐《さんかくすい》の中にいる夏子は本当に儚《はかな》くて美しかった。

――みっくん、何で言ってくれないの。『アトヲ、オイマシタ』って。みっくんがどうでもいいことばっかり予言するから、わたし、ずるずる生きちゃって……。ううん、言い訳してたら駄目だね。今いくね。みっくんが給湯器なら、わたしは……火災報知器くらいにはなれるかな？

夏子はスカートをさばいて踏み台に上る。見えないロープを両手でつかみ、首を吊《つ》ろうとする。その時、ピピピッ、と音が鳴り、夏子は驚いて足を踏み外し、転ぶ。

――きゃっ、何よ……。

スカートの裾を押さえながら呻《うめ》く夏子に、あのメロディが届く。

――キミトイテ、シアワセデシタ。

夏子がはっと虚空《こくう》を仰ぐ。

――そっか、きょう、四十九日なんだ……。

焦《じ》れったいほど長い間を空け、ゆっくりと立ち上がり、服や髪を手でぱぱっと整える。

——ラーメン食べに行こっと。

そう言うと夏子はスキップするように走り去り、後には倒れた踏み台だけが残される。拍手とともに暗転した瞬間、わたしは水から上がった直後みたいにぷはっと大きな息を吐いた。緊張と興奮と、わけのわからない熱が身体じゅうの歯車をがりがり回し、あちこちでぷしゅうぷしゅうと蒸気を噴き出させる。言われるままに台詞を読み上げ録音しただけで、実際に亨の芝居と合体したコントとして見るのはこれが初めてだった。そっと弓彦くんを窺うと、静かに目を閉じている。凪いだ横顔が何を意味しているのか読み取れなかった。まつげが小刻みにふるえているように見えたのは、わたしの思い違いかもしれない。

目を開けて、と念じた。何らかの反応が欲しい。弓彦くんがおもしろがってくれなければ、やった意味がない。その願いが通じたのか、弓彦くんのまぶたは幕よりじれったくひらき、舞台の暗がりを見つめる。そこにはもう誰もいないのに、夢見るような眼差しだった。たとえばお菓子の家、雪と氷でできたお城、マッチの炎に浮かぶ温かな食卓。決して手の届かないものに焦がれて逸らせない、そんな目。

つまらなかったわけではなさそう、でも単純にウケたとも言いがたく、何より初めて見る弓彦くんの表情にわたしはどぎまぎした。

まだ鼓動が収まっていないのに、きょうのトリ、「ニャンドゥティ」の最後の漫才が始まる。盛大な歓声で迎えられてマイクの前に立つと、ネバーくんは「あのコントの後ってめっちゃやりづらない？」と真顔で言ってツカミの笑いをさらった。

――何やあれ！　笑たらええんか泣いたらええんかわからん！　あいつああいうの多いよなー。

――まあ、それ言うたらぼくら、笑っても泣いてもきょうのこの漫才が最後なんですけど……。

――おっ、流れるようになめらかに本題に入ったね～。

ライブの締めには、劇場のスタッフさんが作ったという「お疲れさまでした」のＶＴＲがサプライズで流れ、ネバーくんも相方の子もちょっと泣きそうになっていた。昔のネバーくんは頭が緑色だったり、教育番組のおにいさんみたいなオーバーオールを着ていたり、とにかくこの十年必死だったのは伝わってきた。終演後にスマホの電源を入れると郁子さんからきょうの打ち上げの場所が送られてくる。湊町《みなとまち》リバープレイスにある、結婚式の二次会に使いそうなお店で、いつもの安い居酒屋とはだいぶ違っていた。入り口できょろきょろしていたら郁子さんが手招きしてくれたけれど、同じテーブルにこの前のコンテストで審査員だった人がいてちょっと尻込みしてしまった。こんな売れっ子の先輩がわざわざ駆けつけてくれるなんて、ネバーくんはわたしが思うよりすごい人だったのかもしれない。

「雨ちゃんお疲れ、こっちおいで」

図々《ずうずう》しい一般人だと思われたら郁子さんの立場が悪くなるかもしれないので、なるべく腰を低く「お疲れさまです」とあいさつすると向こうのほうが「あっどうも」と逆に恐縮した感じで頭を下げてきた。ふだんテレビで見るのと全然違って大人しそう、もっと言うと陰気そうな雰囲気だった。

「怖ないから大丈夫やで」

　郁子さんがわたしに耳打ちする。

「人見知りで初対面の人おったら緊張してまうねん」

　そんな人がお笑い芸人を志して実際人気者になるなんて、弓彦くんといい、本当に謎な世界だと思う。ネバーくんを待たずに宴会が始まるとわたしは邪魔にならないよう気配を消してちびちびお酒を飲んでいた。こんな席でお笑いの話するやつはしょうもないという声が聞こえ、お笑いの話を真剣にせえへんやつはあかんという声が聞こえた。あいつは客ウケしか考えてへんという誰かの悪口、あいつは袖の芸人の反応ばっかり気にして本末転倒やという誰かの悪口。わたしには、どっちが正しいのかわからない。たぶん、売れることだけが勝ちでも正解でもない。ドリンクをもらうバーカウンターのところに珍しく亨と弓彦くんが並んで立っていたので、そっと席を立って近づくと、亨がわたしに気づいてメニューを差し出した。

「緑茶ハイください――きょう、おもしろかったよ」

「ん」

「きょうの夏子はすごくかわいかった。今まで見た中でいちばんかも」

ファンケルのクレンジングですっかり化粧を落とした亨が亨の顔ですこし笑う。その肩越しに、弓彦くんと目が合った。見慣れたしかめっ面でも呆れ顔でもなく、夢から覚めたてみたいな、無防備に放心したような表情。何だろう、酔ってるのかな？　わたしは弓彦くんの感情が読めなかった。

どうかしたの、と言いかけた時、両手に大量のプレゼントを抱えたネバーくんが入ってきて、広い店内が歓声で一気にはちきれそうになる。それなりに声量のある人ばかりが集っているので、巨大なクラッカーの紐を引っ張ったような騒ぎだった。笑ったり、しんみりしたり、泣いたり吐いたり取っ組み合ったり、喜怒哀楽のすべてをぶち込んで煮立てたお別れの会はひと晩じゅう続き、明け方、わたしは外のテラス席に出て深呼吸した。人数は半分くらいになったものの、あちこちのテーブルで酔っ払いが沈没している。ふあ、と大きなあくびをする。高速道路やラブホテルが見える。ラベンダーの空に、うっすら水色に染まった雲が細長くたなびいていた。川に飛び込もうとした若手が、ベテランの人に本気の説教をされていたのがもう遠い昔のように、長い宴《うたげ》だった。

「雨ちゃん」

ネバーくんが隣にやってきた。

「お疲れ、ありがとう。全然しゃべられへんかったな」

「ネバーくんはきょうの主役だもん」

手すりによりかかって川を眺めながら、「この間も早朝だったね」と言った。

「せやな、僕らプラトニックやわ」

すこししけった風に、それでも気持ちよさそうにマッシュルームヘアーをなびかせる。

「亨のネタの給湯器、雨ちゃんやってんて？　どうりで聞き覚えあると思ってん。じょうずやなあ」

ピンでやった時は亨が自分で吹き込んだ声を使っていて、それがどうしてもしっくりこずお蔵入りにしていたらしかった。

「三時間くらいかかったよ。カラオケの防音ルームで延々とやり直しさせられて」

もっと感情抜け、と何度言われても具体的にどうしたらいいのかわからず、苦労した。

「言葉で伝えきられへんニュアンスってあるもんな。漫才でもそうや、ちょっとした声のトーンとか……結局、繰り返して繰り返して、自分の納得がどのへんなんか手探りで確かめるしかないねんけど、亨はただでさえ説明足りへんタイプやからな。楽屋でネタ合わせしてる時もしょっちゅう弓ちゃんがキレとったわ。『違う』ばっかりでどないしてほしいんじゃ、て。雨ちゃん、よお最後までつき合ったな」

「わたしが見たいって頼んだネタだったから」

「そうなんや、僕もえらい昔のネタ、わざわざピンでやるってどないしたんやろと思った、雨ちゃんのリクエストやったんか」

「うん、見られてよかった」

「せやな、弓ちゃんも喜んどるやろ」

「弓彦くんが？」

「内緒やで」

ネバーくんは声を落とした。

「養成所であのネタ見た時、弓ちゃんちょっと泣いてん。冷やかしたらマジ切れするから言うたらあかんで」

「そうなんだ……」

さっきの、弓彦くんの目。何か言いたそうで言えなそうだったのは、わたしの褒め言葉に同意したかったのかもしれない。

「わたしも、初めて『安全ピン』のコント見た時、泣いちゃったよ」

「弓ちゃんと感性が合うんやな」

「とてもそうは思えないけど……」

わたしは気になっていたことを尋ねた。

「ネバーくんはこれからどうするの？」

「実家戻るよ。奈良で造り酒屋してんねん」

例の、太い実家を継ぐらしかった。

「相方さんは？」

「しばらくぶらぶらしてから考える言うてたわ。心配いらんよ、芸人って結構つぶしが利くねん」

「うそ」

「嘘って何やねん」

　ネバーくんが苦笑する。

「でかい声出せて上下関係きっちり守れるだけで案外いけるもんやで。営業とか飲食とか。コミュ力あるしな」

「そうなんだ……」

「別にそんな、社会不適合者オンリーちゃうからね。不適合者も腐るほどおるけど」

　安心したし、不安にもなった。ほかにできることがたくさんあるなら、亨も弓彦くんもいつかあっさり芸人をやめてしまうのかもしれないと思った。わたしは結局、自分ひとりが崖っぷちだと思うのが怖いだけなんだろうか。

「この近くのな、階段上がったところの広場に、円形の、ちょっとステージっぽく盛り上がった台みたいなんがあんねん。よおあそこで稽古したわ」

「お誂《あつら》え向きだね」

「せやねん、劇場も近いし。でも新人の頃って恥ずくてたまらんかった。人が通るたびに声がフェードアウトして中断したりな。人に見てほしくてやってんのに何やねんっていう……」

　はは、と懐かしそうに笑うネバーくんの声も風が運んでいってしまうのか、すぐにふっりと聞こえなくなった。

「夢破れたわ」

「どんな夢？」

「大阪で売れて賞レース総舐めにして東京進出して、そこでも売れてテレビ出まくって金稼いでばんばんお姉ちゃんと遊んで、嫁さんもらって、豪邸で家族と暮らす」

とてもベタで健全な夢だった。

「心残りがいっぱいあるね」

「ほんまや」

ネバーくんは両手で手すりをつかみ、大きく背中を反《そ》らした。

「……おもろいやつに生まれたかったなあ」

「おもしろいよ」

「ちゃうねん。おもろいを勉強して、まねて、自分なりに探してやってきたけど、養成所や舞台で見てきたバケモンみたいなやつらには一生手が届かへんのよ。『おもろいやつ』と『おもろいことができるやつ』はちゃうねん。僕はおもろいやつではなかった。でも、おもろいやつへの憧れも嫉妬《しっと》もきのうで捨てたつもりやから、ちょっとずつ薄れて、いつかはまっさらな気持ちでお笑い見て笑えるようになる。それが今の僕の希望やねん。お笑いを捨てるから、子どもの頃みたいに、もっぺんお笑いを好きになれるんや」

夢とか目標って、一種の呪《のろ》いだと思った。失うことも諦めることもつらい、でも解放でもある。わたしにはその痛みも安堵《あんど》も推しはかれないから、「ネバーくんに会えなくなったら寂しくなるよ」とだけ言った。

「奈良なんて近所や、いつでも遊びに来てや」

しんみりした空気をかき消すように陽気な口調で言う。

「酒蔵見学ツアーとかやりたいなあ思てんねん。僕がガイドして」

「うん、すごく盛り上がりそう」

「せや、雨ちゃん、僕が出て行ったら、あの家住まへん？」

「えっ？」

突然の申し出にわたしは面食らった。

「ええと思うねん、郁子さんもマコも雨ちゃん好きやし、ぐるぐるさんともうまくやれとるみたいやから」

「芸人さんじゃなくてもいいの？」

「そんな決まりないよ。僕も雨ちゃんが来てくれたら嬉しいなあ。雨ちゃんは？」

住みたい、と即答した。

「わたし、あそこで暮らしてみたい」

ネバーくんは満足げに頷き、それから「雨ちゃんほんま変わってる」と苦笑した。

「普通の女子は、あんなぼろい家で変な連中と暮らしたいなんて思わへんで」

「一緒に遊びたいの」とわたしは言った。

「小さい頃、友達の家で遊んでて、夕方になって帰るのがつらくなかった？　晩ごはん食べてっていいよとかそのまま泊まっていいよとかはレアなイベントで、いつも、もっと一緒にいたいのになって思いながら出て行かなきゃいけない。あの家に住むっていうのは、日が沈まない放課後みたいなものなの」

「ああ、わかるわ。芸人って永遠の放課後を生きとるようなとこあるからね」

　でも永遠じゃない。チャイムも下校の放送もなく、自分のタイミングでそこから去っていく人たちがいる。亨ももちろんそれはわかっていて、だからこそわたしを遊びに誘ってくれた。亨や弓彦くんたちのことを知ってから、わたしの中で、あの言葉はますます大切になっていく。それが嬉しかった。

　お別れの会は六時すぎにお開きになり、店の外で全員で輪になって「ニャンドゥティ」を取り囲み、マイムマイムを踊った。胴上げしよう、とはしゃいだ人たちがいたが、売れっ子の先輩が止めたのだった。

——酔うて足腰立たへんやつもおるし、危ないからやめとけ。

　真剣な表情に、さすがテレビによく出る人は違うと感心した。その場のノリに流されずアウトとセーフのラインを見極める冷静さが、身体を張る職業の人には必要不可欠だろうから。足がもつれるまで踊って、拍手で締めて、解散してもネバーくんは率先して先輩のタクシーを拾いに行っていた。もう一般人なのに。でもこういうネバーくんなら、きっとおうちの仕事を継いでも大丈夫だと思う。わたしは亨のところに行くと「ネバーくんが、自分が引っ越した後はわたしがあの家に入ってもいいって」と報告した。

「ふん。好きにしたらええんちゃう」と軽く返ってくる。

「うん、好きにする」

音のないあくびを連発するこの人を、あの家で、もっとたくさん見たいと思った。ねえ、とわたしはわざとあくびの途中で話しかける。大口を開けたまま一時停止する顔がおかしい。

「夏子が出てくるコントって、いつも好きな人と幸せにはなれないね、どうして？」

ぱくっと空気に食いつくように口を閉じてから、亨は「わかりきっとるやろ」と答えた。

「幸せなんか笑いのネタにならん」

「そう？　幸せなものを見て笑うことってあるよ」

「そんなもんな、ツラの皮一枚で笑てるだけや。心からのもんちゃう。笑いに変えられることだけが個人の不幸な出来事の救いや」

「どうしても笑えないことだってあると思うけど」

やりようや、と亨は譲らなかった。

「やりようと、真剣さと、それから時間、かな」

第3章 新しい夏

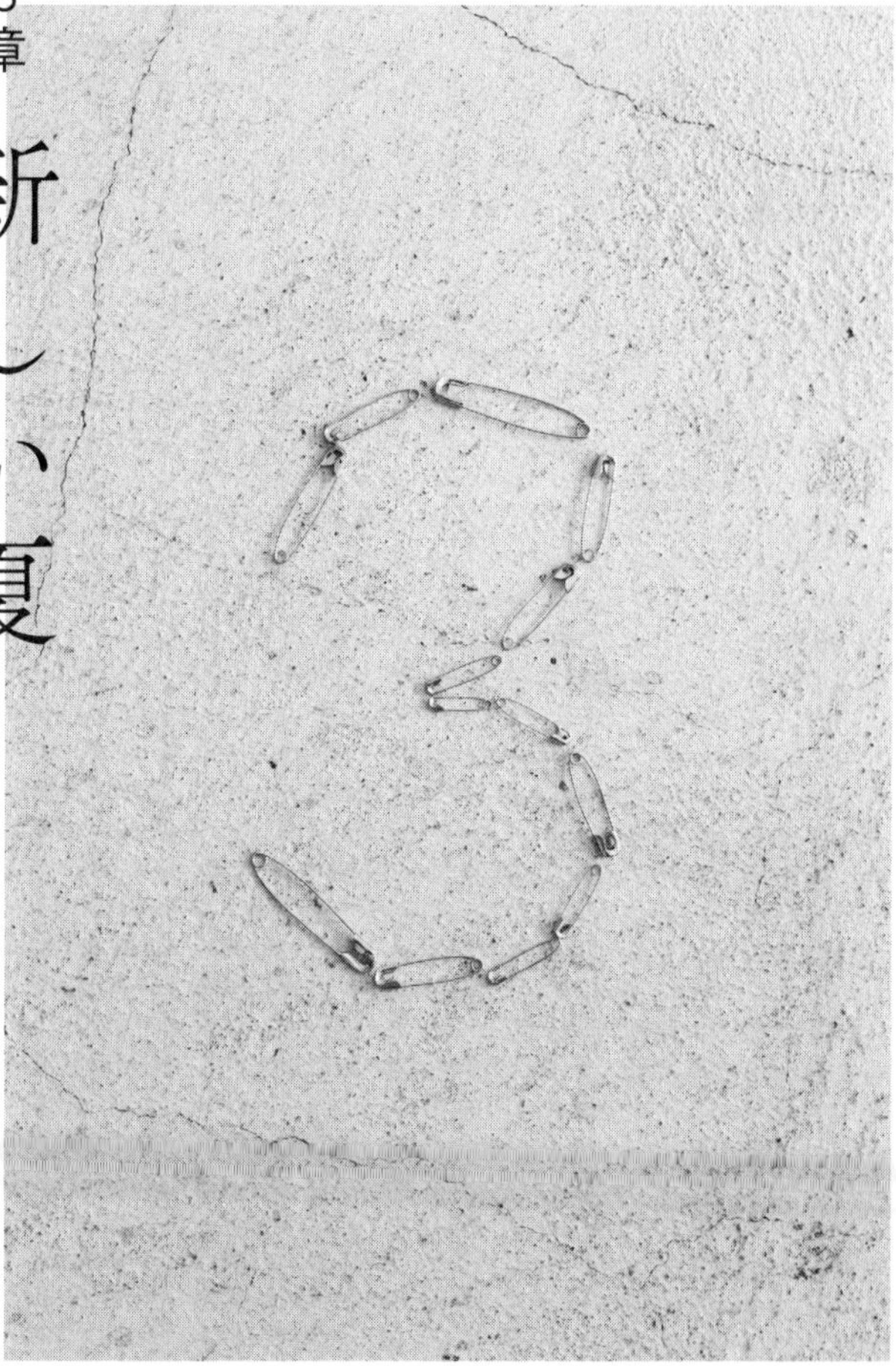

浅田さんとふたりで受付業務をするのは全然いやじゃない。でも時々いやなことがある。千冬ちゃんを気に入っている取引先の人があからさまにがっかりした顔をしたり、小声で「きょうはおばちゃんやな」と何人かでささやき合ったり、浅田さんの存在が視界にも入っていないようにわたしだけに話しかけてきたり、要は無神経な男の人たちの言動にさらされる時。受付嬢がＡＩばかりになればこんな思いをする女の人は減り、でもその代わり職にあぶれてしまう。千冬ちゃんも同じような目に遭っているらしく、何なんですかね、とよくぼやいた。

――いっこも嬉しくないし、自分らが立ち去った後のこっちの気まずさちょっと考えろって感じ。

浅田さんと一緒の時に男性グループでの来客があると内心で身構えてしまう。幸い、午前中に来た数組は常識的な人たちだったけれど、お昼前に会長が出社してきた。ああ、きょうは月イチの取締役《とりしまりやく》会があるんだった。会長のことも特に嫌いじゃない。わたしのお給料がこの人の懐《ふところ》から直接出ているわけじゃないし、好き嫌いが生じるほど深く関わっていない。つるつるの頭頂部を白髪が取り囲む、ザビエルスタイルの、どこにでもいそうなおじいちゃん。嫌いじゃないけど、不可解なところがひとつある。

「おはようございます」

警備員さんに直角の礼をされた会長が受付の前を通りかかり、わたしと浅田さんも同時に立ち上がって深く腰を折る、と。

「おはようさん、ああ、ええええ、あんたは」

なぜかいつもこうして、わたしにだけ座るよう手で指示するのだった。千冬ちゃんといる時でも変わらない。そして着席したわたしに天気や朝ごはんについての雑談を二、三仕掛けて満足そうに去っていく。会長はお年の割に長身だから、百六十センチの受付嬢から見下ろされるのが屈辱ということはない。会長の周りにいる数人の秘書も（そんなに必要なのかな）言うとおりにしなさいと無言で頷いてくるので、腑に落ちないまま「一応立ってすぐ着席」スタイルのあいさつを欠かさず続けてきたけれど、その日、わたしは座らなかった。

「何や、座りなさい」

「そういうわけには……」

にこにこしたまま立ち続けていると、会長はすこし苛立《いらだ》ったのか「ええ言うとるやろ」と声を大きくした。警備員さんがこっちを気にしているのがわかる。隣で浅田さんは微動だにしていない。

「あんたはな、上目遣いにこっちを見上げとる時がいっちゃん美人なんや。せやから座っとれ言うとんねん」

あまりのくだらなさに冗談でなく脱力してしまい、わたしはすとんと腰を下ろした。会長の満足げな視線が降ってくる。

「あんたもここ来て長いなあ、いくつや」

「二十九です」

「そうか、ほなもうちょっとやな」

会長がエレベーターに乗って行ってしまうと、俯《うつむ》いて自分の手の甲を見た。ペット以下、こぎれいな置物程度の扱いを、エントランスに響き渡る声で公言されたことが恥ずかしかったし、こんなことで何年ももやもやしていたのがバカみたいだし、会長のつまらない返しが心底腹立たしかった。恥ずかしい考えを口にするのだから、せめてこっちが笑えるようにしてほしい、本気でそう思った。

わたしの手の上に、浅田さんがそっとちいさな折《お》り鶴《づる》を置いた。いちごの模様が入った飴《あめ》の包み紙でできている。

「かわいいですね」

「そうでしょう」

うふふ、と浅田さんはこっそり笑う。お客さまにいやなことを言われた時、電話の応対が悪いだの身に覚えのないクレームで絡まれた時、この人は眉ひとつ動かさずに応対しつつ、向こう側からは見えない机の下で鶴を折っている。そのため、制服のポケットにはいつも飴やキャラメルの包み紙を忍ばせていた。わたしや千冬ちゃんが入ってくるよりずっと前から、こうして怒りや悔しさをやり過ごしてきたんだと思う。きちんと働いているのに「年を重ねる」という当たり前のことで価値が減少したとみなされ、社の内外から心ない言葉を投げられながら、指先を動かして美しい鶴を折る。浅田さんは、笑顔で武装して戦っている。その姿が、なぜか舞台に立つみんなとかぶった。

道化《どうけ》だと、空気が読めないと、身の程知らずだと言われても構わない。自分で望んでここにいる、と。

「これ、いただいていいんですか？」

「どうぞ」

「ありがとうございます」

わたしはいちごの鶴をそっとベストのポケットにしまった。くちばしも尻尾《しっぽ》も先端がぴんと尖っていて、手元を見ずにこのクオリティで折れる浅田さんの腕前に感心してしまう。

「あの」

「はい？」

「ひょっとして、今までも、会長に『立たんでええ』って言われてた人、いますか」

「ええ」

浅田さんは正面を向いたまま冷静に答えた。

「いつも、柳生さんみたいに黒髪ロングのおとなしそうな美人」

じゃあ、赤髪ショートにすれば言われないんだろうか。でもそれを検証する勇気が自分にないのはわかっていた。わたしって、何て臆病《おくびょう》でつまらないんだろう。給湯器としてライブに出演したささやかな達成感はもうどこかへ行ってしまった。

　その日の帰り際、総務の課長に呼び出され、紙袋を差し出された。

「きょう、会長と、その……あったんやろ」

「何がでしょう」

「いやまあ、セクハラ的な、な、ごめんな、もう年寄りやんか、コンプライアンスがどうの言うても通じへんのよ」

　浅田さんだ、ほかにいない。いつも言いなりになっていたわたしが軽く抵抗したので、心配して報告してくれたんだろう。水平にした紙袋をお腹につきそうなほど押しつけてくるので、受け取らざるを得なかった。課長は途端にほっとした顔になり、顔の前で両手を合わせる。たぶんポケットマネーで買ってきた、淀屋橋にある「カカオティエゴカン」のお菓子。部の若い女の子が「女性のセンスで頼むわ」なんてお使いに行かされたのかもしれない。これを受け取ってしまった瞬間から、わたしは反論する権利を失う。

「まあ、指一本触れられたわけでなし、あと何年も勤めるとこでもないんやし、流せるとこは流して気持ちよお働いてほしいな、と。はい、そしたら、お疲れさん」

　廊下の隅で賄賂《わいろ》みたいにこそこそ渡されたそれは、とても軽かった。絶対に家まで持って帰りたくないと思い、亨たちのところに向かった。誰もいなかったので郵便ポストの底にガムテープで貼り付けた合鍵《あいかぎ》を持ち出して中に入り、コンビニで買ったスープはるさめを食べながら茶の間でぼんやりとテレビを見る。最近は、バラエティの雛壇に出るような芸人もちょっとずつわかるようになって楽しい。勝手に麦茶を飲んで寛《くつろ》いでいると、千冬ちゃんから電話がかかってきた。

『きょう、何かあったんですか？　総務に呼ばれてたでしょ』

うん、あのね、と会長の件を話すと千冬ちゃんは「うーわ最悪！」と声を上げた。

『気持ちわる、ありえへん』

電話の向こうはざわざわと落ち着かない感じだった。訊けば合コンの途中だという。男の人たちが揃いも揃って寡黙《かもく》で、あまりに盛り上がらないからトイレに立つふりで逃げてきたらしい。

『せめて雨ちゃん先輩がおってくれたら楽しいのに、全然誘いに乗ってくれへんから』

「ごめんね」

『んーん』

劇場やライブに行く頻度が高くなると、必然的に興味のない催しからは足が遠のいてしまった。そう、お笑いを好きになったのと関係なく、最初から、恋愛にも結婚にも興味がない。でも仕事で生きていけるだけの能もないから、そっちのルートを否定してしまえば自分で自分を袋小路《ふくろこうじ》に追い詰めてしまうようで怖かった。何もせず楽に生きたいなんて思っていない。でも、目の前の道が「仕事」「結婚」の二択で語られるのは何かが違う。

『正直、難しいですよね』

千冬ちゃんが声を落としてつぶやく。

『わたしたちって、自分で言うのもあれですけど、ビジュアル込みで採用されたわけじゃないですか。思い上がりじゃなく、事実でしょ』

「うん」

『それって結局……何て言うたらええんかな、キャバ嬢みたいに扱うんやったら給料三倍くれって感じですけど、わたしは、ここで働いてるうちに条件いい彼氏見つけて結婚したいと思ってて……お互いさまっていうのは違うんですけど、どこまでつけ込ませたらええんかなって、線引きするのが』

「うん」

『せやから、雨ちゃん先輩が会長に言い返したん、すごいと思うけど、わたしにはきっとできないです』

　わたしだって、すこし前までなら何もしなかった、深く考えることさえなかった。立たなくていいらしいから立たない、それで何の問題もなかった。きょう、あんなことを言われてしまったけれど、いつもみたいに座っていればよかったとは思わない。

『雨ちゃん先輩、ちょっと変わりましたよね』

「そうかも。でも千冬ちゃんのこと、変わらず好きだよ」

『ほんまですか？　嬉し。雨ちゃん先輩、変な芸人に取られたみたいで寂しかったから』

「大丈夫」

　亨にはわたしを取る気なんてないと思う。

『じゃ、そろそろ戻りますね。また会社で』

「うん、ありがとう」

電話を切ってしばらくすると玄関の戸が開き、亨が帰ってきた。これといった特徴があるわけでもないのに、もうこの人の足音を覚えてしまっている。

「おかえりなさい」

「おう」

「お菓子食べる？」

「食う」

包装紙を剝《は》がし、中の小袋をひとつだけ取り出して亨に手渡すと、残りはそのまま冷蔵庫にしまった。ホワイトボードの余白に「お菓子食べてね　雨」と書いておく。中身はチョコレートを挟んだカカオビスケットだった。亨はもそもそ食べ、わたしの飲みかけの麦茶を飲み「食べへんの」と訊いた。

「うん、いらない」

「何や、元気ない顔やな」

「そう見える？」

「若干な」

「会社で、やなこと言われた」

「ほお」

「でも、本当にいやだったのは、自分がそれにおもしろく返せなかったこと」

畳の目を指でなぞりながらわたしは言った。すぐ隣に亨の、手入れが行き届いた手がある。指のつけ根に浮いた骨や薄い水《みず》搔《か》きや青くて細い血管に触れたらどんな顔をするんだろう。

「おもしろくする必要、ある？」

「あるよ」

強く言い切ると亨が驚いたようにわたしを見た。

「言ったじゃない。笑いだけが個人の不幸を救えるんだって。だから、わたしはわたしを救いたかったのにうまくできなかった」

テレビの中では、芸人が彼女に二股《ふたまた》かけられたエピソードを披露してスタジオを盛り上げていた。ああ、いいなあ。

「さよか」

亨はゆったりした口調で言った。

「ほな、せめて紅《べに》でも差したろ」

そんな提案と共に立ち上がり、二階から夏子用のバニティバッグを持って戻ってきた。ぐるりとジッパーを開けて中を全開にすると、メイク用品がきちんと収められている。わたしは黙って亨の手つきを観察していた。コットンを取り出し、クレンジングオイルを染み込ませてわたしの唇に押し当てる。そうして元々塗っていた口紅を落としてしまうと何度かティッシュで押さえ、今度は指で直接リップバームを塗った。ヴァセリンの青い缶。もう片方の指は、顎の下に軽く添えられている。たまに百貨店のコスメカウンターで美容部員のお姉さんにタッチアップしてもらう時と全然違い、緊張する反面で心地よくもあった。下心のない男の人に触られるのはとても楽。何も差し出さなくていいという安堵。身体じゅうのセンサーを顔に集中させ、指紋の溝まで感じたい。亨の視覚を借りて、蛍光灯の下で自分の唇がどんなふうに光っているのか確かめられたらいいのに。

「……よし」

顔全体をチェックされた時は恥ずかしかった。まっすぐ家に帰るつもりだったので、簡単にしか化粧直しをしていない。言えばファンデやチークも補修してくれそうだけれど。

「そういうたら、こないだのギャラ」

今度はリップライナーをさっさっと塗りながら言う。口が動かせないから目で「?」と伝えると「ライブの」と言われた。

「給湯器役のギャラ、払ったれって、ネバーが」

リップライナーをしまうタイミングで「別にいらないけど」と言うと「やんなあ」とちゃっかり同意する。あれから一週間も経っていないのに、ネバーくんはもう荷物を引き上げて奈良に帰ってしまった。長居していると永遠にいろんな人から送別会を開かれてしまいそうだから、らしい。一日一往復くらいＬＩＮＥをしているのでさほど実感もなかったのに、さっき、ホワイトボードにネバーくんの書き込みがもうないのを見て寂しさが込み上げた。

「それ、赤すぎない？」

「紅言うたやろ、こんな時は景気ええ色ですわ」

わたしが一本も持っていないシャネルの口紅は、まさしく真紅という感じの鮮やかな発色でちょっと怯んだ。ふだんは受付という仕事柄もあって、ナチュラルなオレンジかピンクが定番になっている。

「たまには冒険も必要だって思うの」

亨が夏子の声色で言った。裏声を出すわけでもなく瞬時に夏子が現れる、この切り替えの巧《たく》みさはやっぱりプロだなあと感心する。

「そうかな」

「そうよ」

口紅は新品に見えたので、気に入らなくて使っていないプレゼントなのかもしれない。斜めに丸い、無傷の先端に亨はためらいなくリップブラシを滑《すべ》らせ、わたしの唇に色素を乗せた。繊細な手つきですこしずつ伸ばしていく。わたしが自分でするよりずっと丁寧だった。そして仕上がりに何度か頷くと鏡を見せてくれた。本当に、笑っちゃうほど赤い。唇のゴージャスさに目鼻の造作が霞《かす》んでしまう。でもおもしろいからいいか、と思った。

「赤いね」と笑っていると、また誰かが帰ってきた。複数の足音と話し声。郁子さんにマコちゃん、それから弓彦くんだった。勢揃いで茶の間にやってくると、郁子さんはわたしを見て開口一番「赤っ」と驚いた。弓彦くんは「ピエロの殺人鬼か？」と真顔で言って郁子さんに肩パンされていた。

　みんなにもお菓子を勧めて、わたしはシェアハウス入居の件を切り出してみた。郁子さんとマコちゃんは「ええやん」と歓迎してくれて弓彦くんは「頭イってんな」とコメントした。

「でも、雨ちゃんて実家暮らしやったっけ？　親御さんとか大丈夫？」

「あっ」

「えっ？」

「それを考えてませんでした」

　のんびりおっとりとしたうちの両親でも、三人（うち男ふたり）のお笑い芸人と古い一軒家で暮らします、と申し出て「どうぞどうぞ」と快諾してくれるわけがない。

「ちゃんと住所とか知らせとかんとあかん感じ？」

「そうですね、さすがに……」

　ここに住みたい、という気持ちだけが先走り、とても初歩的なハードルを失念していた。

「いっぺんここに来てもらう？　うちらリクスー着てちゃんとあいさつするし」

「お気持ちは嬉しいんですけど」

　逆に違和感が際立って親が怯《おび》えてしまいそう。わたしは「お騒がせしました」と頭を下げた。

「残念ですけど諦めます」

「すぐ近所でひとり暮らしするんは？」とマコちゃんが提案してくれた。

「それで毎日遊びに来たら一緒やん」

「そうだね」

一緒ではないんだけどな、と思いながら消極的に頷いていると、助け舟を出してくれたのは意外にも弓彦くんだった。亨はずっと我関せずで足の爪を切っている。

「佐野さんのあそこ、あるやろ」

郁子さんが「え、あそこ？」と反応する。

「住まれへんやん」

「やから、設定上」

「あー、なるほど……結構大掛かりやなー」

「佐野さんって、あの、放送作家の人？」

弓彦くんは答えずさっと立ち上がり、「ＤＶＤ持ってくからな」とマコちゃんに言い残して二階へ上がっていった。「何やあいつ」と郁子さんがつぶやく。

「前はいやがっとったくせに最近まめにここ来てへん？　雨ちゃんがおるからかな」

「そんなことないと思います」

「でもめっちゃ意識してるやん。気に入ってんちゃうん」

「弓ちゃんは自分のファンにも当たり強めやから微妙」

マコちゃんが口を挟んだ。

「まあええけど、ここでは３Ｐとかせんとってな。引っ越しの件は今度相談しよ」

佐野さんの件を詳しく聞きたかったのに、これからバイトやからと郁子さんは慌ただしくシャワーを浴びに行ってしまった。

「マコちゃん、何のことかわかる？」

「さあ。ぼく、佐野さんと全然関わりないねん」

「そう……ねえ、マコちゃんて彼女いる？」

深い意味もなく訊いたのだけれど、マコちゃんの口からは「生き物係なら」という驚きの答えが返ってきた。

「えっ？」

「ごはん食べさしてくれたり、ちょっとええアイス買うてくれたり、ＩＣＯＣＡに二千円チャージしてくれたりする女の子が二十人くらいおる」

すごいね、としか言いようがなかった。

「あっ、でも、誰ともそういう関係はないよ、ぼくは地域猫みたいなもんやから、ほっとかれへんだけやねんて。せやから生き物係。そんで、丸刈りの頭撫でたら気持ちええって喜んではる」

素でＰａｙＰａｙを「パイパイ」と読むマコちゃんだから、ほっとけないという気持ちはちょっとわかる。

「雨ちゃんも撫でてみる？」

「遠慮しとく……何で二千円なの？」

「うーん、千円やったら少ない感じするし、三千円は多いねってみんなで決めとった」

おいマコ、と二階から弓彦くんの声が降ってきた。

「DVDあらへんぞ、ていうかお前散らかしすぎやねん！」

「あ、待って待って、今出すから！」

がたがたと何かをひっくり返すような音が頭上で響き、マコちゃんが慌てて二階へ向かう。わたしはまた亨とふたりだけになった。亨はネイルファイルで丁寧に爪を磨いている。貝の裏側みたいにつやつや光っていた。

「話がよく見えないけど、わたし、結局ここで暮らせるのかな？」

「自分次第やな」

「じゃあ、きっと大丈夫なんだね。……さっきのお礼にわたしのリップ塗ってもいい？」

「何色？」

「こんな色」

ポーチから、いつも使っているディオールのリップマキシマイザーを取り出す。コーラルの色が気に入ったのか、亨は立て膝のまま「ん」と軽く顎を突き出した。わたしはグロスのたっぷりついたアプリケーターを容器のふちで軽くしごいてから亨の下唇の真ん中に置いた。ざらざらのない顎の裏に指で触れると、薄い皮膚《ひふ》の下に骨の存在を感じる。朱色に近いオレンジ色でゆっくりと上下の唇をコーティングしていく間、亨は目を閉じなかった。黒目は、昔千冬ちゃんが和歌山旅行のお土産にくれた那智黒《なちぐろ》飴にそっくりの色だった。自分のメイクをしている時は大半の工程が義務感と惰性《だせい》なのに、今は、虹《にじ》を刷《は》いているように心が躍った。

　できたよ、と言おうとした時、亨の目玉だけが横に逸れた。つられて顔を向けると、廊下に立つ弓彦くんと目が合った。足音も聞こえないほどリップに集中していた自分と、その瞬間の弓彦くんの、泣きたいような腹立たしいような、ぐちゃっとした表情の両方に驚いた。まだ成型する前の金太郎《きんたろう》飴みたい。さまざまに着色された水飴のような感情がまだらに混ざり合った状態で、本当ならここから伸ばし、整え、冷やして固めていくはずなのに、未完成の段階を目撃してしまった。

　とっさに、しまった、と思った。でも謝るのもおかしいし、どうしよう。迷って目を泳がせた隙に弓彦くんはさっと身を翻《ひるがえ》し、玄関から出て行った。ばいばーい、とマコちゃんののんきな声が聞こえる。

　わたしはリップをポーチにしまい、ジッパーも閉めずバッグに放り込んで立ち上がる。

「またね、その色よく似合ってる」

「自分もな」

　嘘ばっかり。真っ赤な口紅のまま弓彦くんを追いかけ、門の前で自転車のペダルに足をかけているところを捕獲した。どうしても今、言わなくちゃ。きちんと話をしなければ、中一の時の不登校みたいに弓彦くんが自分の殻に閉じこもってしまう気がして焦った。バーでの怖い顔。舞台を観ていたやさしい横顔。たった今の、ぐちゃぐちゃのせつない顔。頭の中でいろんな弓彦くんが火花みたいに弾ける。

「待って」

「何やお前」

荷台の細い金属を両手で握りしめ、「今、唐突にわかったの」と言った。

「は？」

「夏子は弓彦くんの『骨』なんだね。ラジオで言ってた」

わたしのことを気に入ってるわけでも、亨を取られると警戒しているわけでもない。板の上にだけ存在する、芯が強くてかわいいあの子に恋をしている。パーカーの左側の紐みたいにどうしようもない気持ちで。きっと初めて見た時から、涙が出るほど。そして弓彦くんが本当に夏子を好きだから、わたしは「安全ピン」のコントで泣けてしまった。

「だからさっき、わたしが夏子をおもちゃにしてるみたいでいやだったんだよね。ごめんね」

弓彦くんの答えは「アホか、きっしょ」だった。精いっぱいの反撃は弱々しく、わたしは全然傷つかない。

「子どもっぽいごまかし方」

「うっさいドブス」

ますます幼稚な悪口を吐いて無理やり自転車を発進させようとした。金属が指に食い込む。体重を後ろにかけて踏ん張っても引きずられてしまいそうだったので、意を決して荷台に飛び乗った。

「おい！」

たまたまパンツスタイルの日でよかった。体育「3」のわたしにはかなりの荒業で、心臓がどきどきしている。自転車は突然の負荷ですこし蛇行《だこう》したけれど、すぐ安定走行に入った。

「停まらなくていいの？」

「いきなり乗っかっといて何抜かすんじゃ」

「じゃあ、阪急の茨木まで」

「遠いっちゅうねん」

バッグを肩にかけ直そうとした拍子に、危うく後ろに転びそうになった。思わず弓彦くんの腰に両手を回したら、いやがられはしなかった。自転車は、駅とは反対方向に国道沿いを走る。空き地を囲うフェンスにもさもさとつる状の植物が生い茂っていたり、植え込みからセイタカアワダチソウが伸び放題になっていたり、侘《わ》び寂《さ》びを感じさせる景色が続いた。道のずっと先に、ペールブルーの薄べったいあべのハルカスが見える。

「さっきの話だけど、全然気色悪くないよ」

「もうええて」

否定するのは諦めたようだった。

「夏子、かわいいもんね、清楚だし。わかる」

「いやもうほんま黙れ」

「わたしが近くにいると邪魔？」

弓彦くんは答えず一定の速度で自転車を漕ぎ続け、わたしは弓彦くんの襟足が風に流れてしっぽみたいにぴんとなっているのを見上げた。肩越しのあべのハルカスは手のひらに載るきれいなおもちゃに見える。数えきれないほどの窓に不規則に点《とも》る光。あれが日本一だなんて、何てちっぽけなんだろう。歯を立てればかしゅっと折れてしまいそう。わたしはきっと、あそこでいちばん安い部屋に泊まることもない。

「……女できたら、女のまねなんかいやになるかもって思った。あいつが自分から女に声かけることなかったから動揺した。素人のリクエスト聞いてネタやんのも、ネタに素人の声使うんも、初めてやった。しかもめっちゃ仕上がっとったし」

わたしの隣でライブを見ながら、弓彦くんはとても複雑な気持ちだったに違いない。観客として思う存分夏子を鑑賞できるけれど、傍には行けない。

「役のために脱毛までしてるのに、それはないんじゃない」

「わからん。あいつ気まぐれやし。ふだん漫才する時でも、出番二分前にネタ変えたいとかしょっちゅうやからな」

「そういう時はどうするの？」

「小声で死ぬほど罵《ののし》って言うとおりにする」

「変えたくなかったら？」

「言うとおりにする」

「毎回譲ってる？」

「譲る、とかいう感覚ちゃう。矢沢がそうしたかったら俺もするしかないねん」

　上下や勝ち負けじゃなく、それがふたりのバランスなんだと思う。亨はやりたいようにする、だから弓彦くんは亨の中の夏子にはらはらと恋をしている。亨がやりたくなくなったら、消えてしまってもう会えない。

　でもそんな亨は、誰よりも弓彦くんにウケたくてやっている。きっと、最初に亨を見つけてくれたのが弓彦くんだったから。バーに貼ってあった若いふたりの写真を思い出すと、勝手に胸がきゅうっとなる。不安や迷いや生意気さが剝き出しだった時代から、夏子と三人で一緒にやってきたんだ。

「いいコンビだね」とわたしは言った。バッグの中ではポーチからこぼれた化粧品がかちゃかちゃ音を立てていたけれど構わなかった。むしろ一緒に跳ね回りたかった。立ち漕ぎで思いきり坂道を駆け上がりたいような、大きな風船をひと息で吹き割ってしまいたいような、いてもたってもいられないそわそわした気持ち。好きなものが「いい」って、こんなに嬉しいんだ。

「うっさい、ニワカが」

　そんなわたしの高まりを弓彦くんは一蹴する。

「もう二ヵ月くらい経ったよ」

「めっちゃニワカや」

「でもひとつだけ言わせて」

「……何や」

「さっきつかまった時、Ｔシャツに思いっきり口紅つけちゃった。ごめん」

「アホ、ボケ、最悪や、弁償せえ」

結局、ＪＲの今宮《いまみや》駅まで漕いでくれた。ここからは環状線で大阪駅まで一本で行ける。

「ありがとう」

「落ちへんかったらまじで金払えよ」

　背中に真っ赤なキスマークをつけた弓彦くんの自転車が遠ざかる。改札を通ったら今の楽しい気持ちがしぼんでいく気がして、切符売り場の前でぼさぼさ髪のまましばらく突っ立っていた。


　わたしの引っ越し作戦は、予想以上に大掛かりなものになった。まず、佐野さんは芸人数人とお金を出し合ってなんばにマンションを借りていた。１ＤＫで家具もひととおり揃っているけれど居住用ではなく、ちょっとしたロケやＹｏｕＴｕｂｅの撮影に使ったり貸したりが主な用途らしい。いつもきれいにしておかなければならないので、たむろしたり女の子を連れ込んだりはＮＧ。

——そこに住めるようにお願いするってことですか？

——ううん、住む体《てい》にすんねん。

郁子さんはDTPソフトを使える後輩に声をかけ、偽の賃貸契約書を作成してくれた。

わたしは「ひとり暮らしがしてみたい」と両親に切り出し、例のマンションに連れて行く。現地ではスーツ姿で髪を結んだ郁子さんが不動産屋のふりをして待ち構え、これまた架空《かくう》の不動産会社の名刺を差し出す。郁子さんの演技は完璧だった。いかにも物件資料が入っていそうなファイルとスリッパを持参し、流れるようなセールストークで部屋のあちこちを案内してくれる。「なんばはにぎやかすぎて心配だな」とお父さんがこぼすと、すかさず駅近セキュリティ万全をアピールし、「最近はアラサー独身女性が住みたい街ランキングでも三位に入ってます」と嘘か本当かわからない統計を持ち出した。三位というのが程よい気がする。

——ご覧のとおり広さも十分ですし、何と言っても家具家電つきですから、初期費用もぐっと抑えられますよ。手ぶらで入居されてもいいくらいです。

——それで家賃六万五千円って、ちょっと安すぎないですか？

——本来は十万円のお部屋なんですよ。でも、あのー……いわゆる心理的瑕疵《かし》物件、ということで……あ、事件性はないんです。急な心不全でお亡くなりになって。もちろん柳生さまご本人にもご了承いただいております。

柳生さま、と急に呼ばれて若干うろたえつつ、わたしは力強く頷いた。

――大丈夫、そういうの気にしないから。

――そうね、殺人事件とかじゃないんなら……。

お母さんも納得し、何の問題もなく偽契約書の保証人欄に判子を押してくれた。住民票はそのままで、実家にちょくちょく顔を出すようにすればアポなし訪問は回避できる。何もかもが仕込みだとは夢にも思わず、「ひとり暮らしの経験も必要だもんね」と嬉しそうにしているお母さんを見ると心が痛んだ。

――最近はよく出かけてるし、外泊もあったし……もう大人だからあれこれ言う気はないけど、いいお相手がいるんなら紹介してね。

彼氏ができて家を出たいのだと解釈しているようだった。人を巻き込んで親を騙して後ろめたい、でもここで揺らぐくらいなら最初からお願いしていない。自分次第って、そういうこと。

お父さんもお母さんもまだ、どこかで無邪気に信じている、あるいは信じたいのだと思う。娘が「いいお相手の妻」というパラシュートを背負って、やわらかい場所へ安全に着地できると。それは高望みでも何でもない「ごく普通の人生」だと。でもわたしはその場所を望んでいない。ふたりを安心させられる甲斐性《かいしょう》もないのに、育ててくれた親と根本的な部分で食い違ってしまうのは心苦しかった。同時に、大した考えもなく周りに合わせて流されるまま生きてきた自分が、三十歳を目前にしてこんな悩みを抱いているのが新鮮でもあった。

いっそう崖っぷちへと進んでいるだけかもしれない。でも、あそこでなら、笑って暮らせる自信だけはある。

　こうしてわたしは、シェアハウスの一員になった。家賃は光熱費込みで月三万円。身の回りのものを段ボール三つに収めて送り、ふとんのセットだけ新しく買った。部屋は六畳の和室（押し入れつき）なのでベッドはいらない。小さいテーブルやハンガーラックや収納はネバーくんが置いていったものをそのまま使わせてもらうことにした。窓辺には、浅田さんがくれたいちごの鶴を飾った。


　七月の役員会議の日、わたしはあらかじめ早番を希望し、キズパワーパッドを小さく切ったものをつむじに貼って出勤した。午前中のシフトは千冬ちゃんと一緒で、身長百五十六センチの彼女はわたしの頭頂部に気づかない。お昼前に会長が出社してきても、わたしは立ち上がらなかった。隣に立つ千冬ちゃんの視線を感じながら笑顔で座っていると、

「おはようさん」とやってきた会長がつむじに気づいて問いかける。

「何やあんた、どないしたんや頭のてっぺん」

「もやしを育てています」

　わたしは会長の目をまっすぐに見つめて答えた。

「は？」

「もやしです。種《たね》を植えたところなので保護してます。水をやって育てたら、来月にはひょろっと伸びてるのをご覧いただけると思います」

会長が顔をしかめて後ずさる。しわがますます深くなる。おじいちゃんだなあ、と改めて思った。こんなに長く生きていても、人にいやなことを言わないって難しいんだ。会社を経営してお金を儲《もう》けるよりずっと。

そのまま、口の中でもごもごと聞き取れないつぶやきを揉んで、行ってしまった。千冬ちゃんが膝の裏を突かれたような勢いで椅子に腰を下ろし「雨ちゃん先輩！」とわたしの二の腕を摑《つか》む。

「何言うてるんですか？」

「おもしろくなかった？」

「普通に怖かったです」

「そっか」

わたしはキズパワーパッドを剝がして丸め、制服のポケットに入れた。

「ストレートに抗議したって通じないし、褒めてやってるのに何を怒ってるんだろうって思うだけ。どうせわかってもらえないなら、とことん意味不明なことをしてやろうと思って」

「あーまあ……こいつこわぁ、って思われるほうが楽だったりしますけど、くびになったらどうするんですか？」

「さっきのことなんかすぐ忘れるよ」

どっちみち来年の春には退職確定だし、何ヵ月か早まったところで大差ない。住まいを変えただけでわたしは何やら気が大きくなっていた。おしゃべりをやめて前を向いていると、しばらくして千冬ちゃんの肩が小さく揺れるのが見えた。

「もやし、じわじわきました」

「よかった」

　ルームシェアと言いつつ、わたしが帰る頃にはみんな出かけていることも珍しくなかった。仕事やバイトや芸人仲間とのつき合いで忙しい。起きる時間には寝ているし、要はすれ違いなのだけれど、がっつり交わらない感じが却って心地よかった。二人とも自分の身勝手さをちゃんと心得ていて、足並みを揃えることを要求してこない。誰もいない真夜中、自分の部屋で寝ていると、階段や廊下から断続的な足音が聞こえる時がある。わたしはそれが生きている人間のものじゃないとなぜかわかる。怖くはなかった。むしろ、ああいるな、と安心したり、体重がないはずなのにどうやって足音を立てているんだろうと考えたりしながらまた眠りに落ちた。

　いちばん楽しいのは、茶の間で亨と弓彦くんがネタの相談をするのを聞いている時。いつも通っていた、煙草ＯＫ長居ＯＫの喫茶店がつぶれてしまったとかで、弓彦くんはロキソニンで予防してだるそうにやってくる。ちゃぶ台で向かい合って話す声に、わたしは廊下から耳を澄ました。邪魔にならないよう、部屋には入らない。板張りの床にぺたんと脚を伸ばすと気持ちいい。ここにはお行儀を注意する人がいないので、廊下ではるさめをすする時もあった。背中と砂壁がこすれる。床の木目、格子《こうし》のはまったすりガラスの玄関扉、階段下の納戸。「わたしの家」の眺めだと思うと嬉しかった。

——ベタな言い回しを撲滅《ぼくめつ》する会を作る。

——たとえば？

——ガーッて話しかけられた時「俺は聖徳太子《しょうとくたいし》ちゃう！」ってキレるとか。

——足ガクガクなやつ見て「生まれたての子鹿《こじか》」って言うとか？

——そう。

——ほな新しい言い回し考えな。

——……「キャトルミューティレーションされた子牛」。

——内臓抜かれて死んどるだけやろ。

夏子のコントは亨がひとりで書き、それ以外のコントや漫才は亨のアイデアを一緒に膨らませて作っていくらしかった。ふたりの話は広がり、曲がりくねり、脱線し、袋小路に入り、しばしば衝突する。たまにトイレに立つ時はちゅうちょなくわたしをまたいで行く。聞いていて吹き出しそうになったり、はらはらしたり、飽きることがない。かと思えば静まり返っているのでこっそり覗くと、互いに頭上の蛍光灯をじっとにらんで微動だにしない光景もあった。相方ってふしぎ、と何度でも思う。そのわからなさが、手の届かなさが嬉しい。立ち入れない距離ごと対象に惹かれるのがファンだと思うから。

梅雨《つゆ》の終わりの頃、雨の中で亨と弓彦くんの声を聞いていた。梅雨明け間近はシャワーの水栓を全開にしたような大雨になるけれど、その夜はさあさあとしっとりした降りが、弱まることなく同じペースで続いていた。頑丈《がんじょう》なマンションと違い、木造一軒家にはさまざまな音が響く。屋根瓦《がわら》に、雨樋《あまどい》に、玄関の外の敷石《しきいし》に落ちる雨。庭の雑草を濡らす雨。風に流されて窓ガラスを叩く雨。ここで感じる雨はとても立体的で、家の中にいても身体の中に染み込んでいく気がした。

——ここは？

——いや、うーん……ぴんとけえへんな。

——流れが？　ワードが？

——ちょお待って。今考えてる。

亨と弓彦くんの声にも、雨粒がざらめみたいにくっついている。雨に型抜きされたように浮かび上がる家の中にわたしたちがいる。湯気の立ち昇るはるさめをそうっとすすると、お腹の中に熱い雨が落ちていく。

八月の頭、初めて亨の部屋に入る機会があった。廊下を挟んで斜め向かい、たった五歩の距離だけれど引き戸の内側は未知の空間だった。

平日の夜九時過ぎ、自分の部屋でお風呂上がりのスキンケアをしていると扉をコンコン叩かれた。家に亨しかいないのはわかっていたので、わたしは扉の内側から重々しく話しかける。

「合言葉をどうぞ――『ゴホン！といえば』」

「『龍角散』」

「よし、どうぞ」

引き戸を開けると、眠たそうな顔をした亨が「合言葉は、もうちょいみんなが知らんやつにせな」と言った。

「今急に思いついたから」

「さては暇やな」

「そうでもないけど」

「ちょうどええわ、ちょお手伝って」

そう呼び出されて部屋に入ると、ほとんど家具のない畳の上に模造紙が広げてあった。上半身裸で、両腕の肘から先を広げたおじいさんの絵がマジックで描いてある。

「これは何？」

「ロングブレスする杉《すぎ》田《た》玄白《げんぱく》」

「全然わからない」

「今度のライブでフリップせなあかんから」

持ち芸シャッフルで、普段やっていないことに挑戦するらしい。亨はフリップ芸で弓彦くんがものまね。どっちも気になるけれど、福岡の劇場だから遠征まではできない。

「色塗り手伝ってほしいねん」

「いいよ」

百均で買ってきたという懐かしい黄色の筆洗バケツと、筆と、ポスターカラーを使ってわたしは杉田玄白ゾーンにぺたぺた色を乗せ始めた。亨は反対方向から背景を真っ赤に塗りつぶしている。

「大きすぎない？」

「ちっさいのもある。プレパラートに蓋するうっすいガラスくらいのやつ」

ちっさ、と弓彦くんの声が聞こえてきそう。

扇風機の風が紙をぺらぺら巻き上げるのでいちいち手で押さえないといけないのが煩《わずら》わしいが切ると暑くて耐えられない。この家でエアコンがあるのは茶の間とわたしの部屋（ネバーくんが買ってそのままにしておいてくれた）だけだった。扇風機以外に場所を取るものといえば壁際に寄せられた折りたたみのテーブルくらいで、開けっ放しの押し入れがベッドと収納を兼ねているのがわかった。漫才用のスーツだけはきちんとカバーをかけられ、壁のフックに下がっている。

「弓彦くんは何のものまねするのかな」

「ひとり徳川《とくがわ》将軍全十五代言うとったで」

「大変そう」

「ちゅうか似とる似とらんのジャッジなんか誰にもできへんやろ」

「そもそも、鳴くまで待つ人と犬の人と暴《あば》れん坊《ぼう》の人しかイメージないしね」

「あいつせこいねん」

と言いながら、内心で弓彦くんのネタを楽しみにしているのが何となく伝わってきた。

わたしは笑ってしまいそうなのをごまかすために「これ、自分で描いたの？」と尋ねた。

「こんなもん人に頼むかい」

「似てるかどうかは知らないけど、絵うまいね」

「俺は図工も美術もずっと『5』やったからな」

芸人の世界にはあらゆる趣味や特技があふれている。売れるレベルの絵や漫画を描く人、小説を書く人、料理をする人、音楽やスポーツに秀でた人、東大を卒業した人……芸人だけの人材バンクを作ったらあらゆる需要をカバーできそうだった。「芸は身を助く」ならぬ「芸は芸を助く」で、自分の経験がひとつも無駄にならないのはすごくいいことだと思う。

「今まで描いたいちばんの自信作ってどんなの？」

亨はちょっと考えて「コンビナート」と短く答えた。

「海と工場と紅白の煙突とでっかい橋」

「ふうん、見たいな、持ってない？」

「ないない、大昔や」

　急に立ち上がって大きく伸びをすると「ヤニ入れてくる」と出て行った。わたしも筆を置いて何気なく部屋を見渡し、テーブルの上を観察する。ｉＰａｄと、その下にあるのはたぶんネタ帳、その脇にある小さな端末は？　平べったくて細長い。ＩＣレコーダーかもしれない。

　かすかに煙草の匂いをさせて亨が戻ってくると、「あれ何？」と尋ねた。

「ｉＰｏｄのシャッフル」

「え、懐かしい、高校生くらいの時に売ってたやつだよね」

　確か、さらに小型の正方形タイプもあったはずだけれど、これはもっと古い初期型、クラスの友達が持っていた記憶がある。容量を、百二十曲か二百四十曲かで迷っていた。今思えば何てすくない。

「まだ聴けるの？」

　亨はｉＰａｄに挿さっていたイヤホンを付け替え、シャッフルをわたしに手渡した。イヤホンを装着し、再生ボタンを押すとクリアな音が流れてくる。

「あ、すごい、ちゃんと聞こえる、物持ちいいね」

　シャッフルには液晶画面がないので、曲の指定はできない。何が聞こえてくるのかわからないのが楽しくて次々にボタンを押していると、よく知っているイントロで指が止まった。春、城ホールのコンサートで流れた歌。わたしが好きな、亨がこっそり口ずさんでいた、あれ。聴き入ろうとしたらイヤホンを引っこ抜かれてしまった。

「休憩終了」

一番のサビくらいまでは待ってほしかったけれど、仕方ない。再び筆を取る。

「土曜日、琵琶湖《びわこ》で仕事やねん」

亨が言った。

「営業？　漫才？」

「いや、『鳥人コンテスト』」

毎年夏に行われる、有名な手作り人力飛行機の大会だった。

「飛ぶの？」

「飛ぶなあ」

「飛行機作ったの？」

「いや」

大会の前に、安全祈願と称して仮装した芸人が湖に飛び込むセレモニーみたいなものが行われるらしい。

「生《い》け贄《にえ》ってこと？」

「殺すな。にぎやかしや」

「本当に飛び込むだけ？」

「そう、そのために前乗りして朝四時彦根《ひこね》集合や」

「そんなに？」

「大会が七時からやから」

「弓彦くんは？」

「東京でピンの仕事入っとるから俺だけ」

漫才もコントも見られないなら、ものの数秒のために朝早く滋賀まで行くのはなかなかハードルが高い。どうしよう、わたしは行くとも行かないとも言わずに手を動かした。

「肌の色塗り終わったよ。この下のズボンは何色？」

「黒」

輪郭線に沿って端から黒でなぞっていきながら、ふと思いつき、中心に近いところを二ヵ所、細く塗り残してみた。スウェットの紐みたいなイメージで、左側を長くする。何か言われたら塗りつぶせばいいと思いながら「できたよ」と声をかけると、亨はちらりと視線をやってからふっと笑った。つい漏れてしまったというような隙のある笑みが嬉しかった。

「怒られんで」

何も言わなくても、弓彦くんのことだと亨にはわかっている。

「鳥人コンテスト」の話を千冬ちゃんにしてみると、意外にも「え、行きたいです」と食いついてきた。

「毎年テレビでやってるやつですよね、一度生で見てみたかったんです」

「でも早朝に滋賀って大変じゃない？」

「車出してもらえるか訊いてみます」

千冬ちゃんはスマホを取り出した。

「誰に？」

「こないだの合コンで知り合った人とです」

「途中で電話かけてくれた時の？　いい人いたんだ」

「まあ、そんな、いい人ってほどではないですけど」

珍しく照れたようすで、昼休みの間にさくさくと滋賀行きの話をまとめてくれた。帰って亨に「行けそう」と報告すると、「へえ」と特に嬉しそうでもなかった。

土曜日の午前五時、家を出てすぐの国道沿いで待っていると黒いレクサスが近づき、サングラスをかけた千冬ちゃんが後部座席で手を振る。

「おはようございまーす」

「おはよう……すごくいい車だね」

「あはは、カーシェアですよ」

車内に乗り込むと、眼鏡をかけたポロシャツ姿の男の人が運転席から軽く振り返って会釈してくれた。笑ったら消えてしまいそうな細い目は眉毛とともに下がりぎみで、つめたい印象は受けず、むしろかわいらしかった。

「雨ちゃん先輩、この人井浦《いうら》さんです。井浦くん、いつも話してる雨ちゃん先輩」

初めまして、とぎこちなくあいさつし合う。井浦さんは三十三歳、鉄道会社の保守点検部門で働いているらしい。コンテストが行われる彦根に大学時代の先輩が住んでいて、駐車場を借りる算段までつけてくれたと聞きわたしは恐縮した。

「何から何までありがとうございます。千冬ちゃん、助手席に座ったら？」

「いいです、雨ちゃん先輩としゃべりにくいし」

「会社で毎日しゃべってるよ」

「わたしが隣にいると井浦くんが見とれて事故るかもしれへんから」

千冬ちゃんのことを好きなわたしでも思わず二度見する発言だったけれど、井浦さんは恥ずかしそうに「ええ」と頷く。

「外国人と芸能人以外でサングラスかけてる人初めて見ました。かっこいいです」

「ね、ハードル低いでしょ」

同意しづらい。でも何となくお似合いのふたりだという気がした。あっという間に日が昇り、雲ひとつない空は全体にグリッターをまぶしたように輝き出す。井浦さんの運転は堅実で安定感があり、わたしはすぐにシートベルトの下でリラックスできた。朝食に握ってきたおにぎりを食べるとうとうと眠気がきてしまい、頑張って目をこじ開ける。

「柳生さんは、『安全ピン』っていう芸人さんがお好きなんですよね。斉藤さんから聞きました」

「あ、はい」

「あの、矢沢さんでしたっけ、ボケの方《かた》、北海道出身なんですよね。僕も実家が札幌《さっぽろ》なんで親近感湧《わ》きました」

「あの人北海道？　雨ちゃん先輩知ってました？」

「えっ？」と声を上げたのは、わたしじゃなくて千冬ちゃんだった。

「ううん」

「え、事務所のサイトのプロフィールに普通に載ってましたよ」

「そうなんですか、わたし、そういう情報に触れてなくて」

「でもあの人こってこての大阪弁でしたよね」

「大阪に来てから習得したんじゃないですか。養成所で習うとか」

井浦さんが言った。

「ほら、こっちの人って標準語の漫才受け入れないとこありますし」

「今はそうでもないって——雨ちゃん先輩、大丈夫ですか？」

「え？」

千冬ちゃんが心配そうにわたしを覗き込む。

「何か放心してるから。エセ大阪弁がショックやったんですか？」

「すみません、僕が変なこと言ったばっかりに」

「ほんまや」

「違います、大丈夫です」

わたしは慌てて否定する。

「何も知らないんだなあって……調べればすぐわかることでも、その気になれなくて。別にいいんですけど、北海道ってすごく遠い感じがして、イメージがなかったからちょっと意外だったんです」

井浦さんの冷静なコメントに千冬ちゃんが「そういう問題ちゃうねん」と突っ込む。

「新千歳《しんちとせ》から飛行機で二時間くらいですけどね」

「でもすごいですよ、養成所からやったら十八とかでしょ。言われなわからんくらいイントネーションも完璧ですよ、あの人の大阪弁」

それは、養成所で弓彦くんやみんなと出会ったせいかもしれない。と同時に、漫才は大阪弁なのに、コントは標準語で書く理由が何となくわかった気がした。亨のコントのルーツにはきっと「大阪」がない。

早朝のおかげで渋滞にも巻き込まれず彦根に着き、駐車場に車を停めると湖岸の遊泳場に向かった。岸から桟橋《さんばし》が伸び、その先には造りかけのジェットコースターみたいなプラットホームが設置されている。きょうとあした、二日間の大会のためにこんな大掛かりなものが必要なのかと驚いた。すでに見物客が大勢いて、物販や飲食のテントも並んでいる。わたしたちは人混みを避けてプラットホームから百メートルくらい離れた緑地にレジャーシートを敷いた。日傘を差したまま座り、井浦さんが持参したクーラーボックスの中で冷えていたお茶を飲んだ。周辺ではこれから飛ばす機体のチェックをしている人たちもいて、お祭りの直前という雰囲気が高まる。

開始時間が迫ると、わたしは「もっと近くで見てくる」と立ち上がった。「これ、よかったら」と井浦さんが双眼鏡を貸してくれた。何て用意がいい人だろう。

「ありがとうございます、ちょっと行ってきます」

プラットホームに近づくと、屋外で聞き取りづらいけれど何らかのアナウンスが流れてくる。周囲の人口密度がぐっと高まり、わたしはＳＰＦ50の日焼け止めの力を信じて日傘をたたみ、双眼鏡越しにプラットホームの上を覗く。濃紺の湖には光の粒が無数に揺れていて、もうどこを見たってまぶしい。大勢の人の中には明らかに奇抜な着ぐるみや派手なお殿さまのコスプレが混じっていたので、飛び込む芸人たちはもうスタンバイしているらしい。ＭＣっぽいタレントさんがマイクで「さあお待たせしました」みたいなことを叫び、わあっと拍手が起こった。

最初に飛び込んだのは、全身白塗りでブリーフ一枚の男の人——何の仮装だろう？　プラットホームの端からおそるおそる湖面を覗き込み、引き返して何か怒鳴り、ダイブする恐怖を遠くの観客にまで存分にアピールすると、バランスを崩したふりで転げるように落ちていった。悲鳴と歓声。実際、高さ十メートルはありそうだから当たり前に怖いと思う。そして下で待機していたボートに引き上げられるのと同時に次の人が登場する。海パンで見事な飛び込み姿勢を披露した人、殺人事件の犯人を追い詰めるはずが身をかわされて落っこちてしまった芝居《しばい》をする人、見ていて飽きなかった。

その次に亨が現れた。つばの狭いハットをかぶり、ケープのついたワンピースを着ている。手には黒い傘。あの格好は何だったっけ、えっと――メリー・ポピンズ。小学生の時、学校のミュージカル鑑賞で見た。傘で飛ぶふしぎなお手伝いさん。

「あれ、男か」

わたしの後ろにいたおじさんが声を上げる。レンズの中の亨は、見えているのに見えていない気がしてもどかしかった。ふだんの、舞台の距離ならいいのに。亨は優雅な足取りでぎりぎりの位置まで歩いて行き、傘を開く。風が吹いて、帽子をさらった。ウィッグもメイクもない、素の亨が「しまった」という表情を見せ、それから、底抜けの笑顔になって傘を両手にぴょんっと飛び出した。

水しぶきが上がるまでの短い時間、わたしは、亨が本当に飛べるんじゃないかと思った。黒い傘で、葉っぱみたいにひらひらと風に乗って。亨自身、そう信じて疑わない笑顔だった気がした。そうだ、パラシュートって落下傘。落ちていく傘。帽子の行方を追わず宙に踏み出していった軽やかな助走。叩きつけられるその瞬間まで上昇を信じるのは愚《おろ》かだろうか、幸せだろうか。

もちろん亨・ポピンズはほかの芸人と何ひとつ変わらずだぷんと湖に落ち、ボートにレスキューされる。でもその現実はわたしをがっかりさせない。舞台と同じ、束の間のファンタジーにどきどきできれば十分。わたしは双眼鏡から目を離し、千冬ちゃんたちのところへ戻った。

「あ、おかえりなさーい、どうでした？」

「すごくあっさり飛んでた」

「へえ、やっぱ度胸ありますね。こっから見てても結構な高さやのに」

「井浦さんは？」

「アイス食べたいって言うたからコンビニまでパシってくれてます」

広げた日傘の下に座り込むと、直射日光から守られてほっとする。でもさっきの落下は、ぎらぎらの日差しに灼かれながら見るべきものだった。

「いい人だね」

「まあ、フットワークは軽いし、それがつき合いたてのええかっことはちゃうくて、根っからやなあとは思います」

「結婚考えてるの？」

まだ早いですよ、と返ってくるかと思いきや、千冬ちゃんは「そうですねえ」と頷いた。

「何でかわかれへんけど、一緒におるとめちゃくちゃ楽なんです。自分のどんなとこ見せても嫌われる気がせえへん。たとえばドライブ中に道が混んでわたしがおしっこ我慢できんと漏らしても――たとえばですよ、しないですよ――恥ずかしくてもう無理、とはならへんし、向こうも引かへんと思います」

「井浦さんが漏らしたら？」

「パンツ買いに走って一万円で売ってあげます」

千冬ちゃんらしい答えに笑う。

「わたし、会社入った時、雨ちゃん先輩はさっさと結婚して辞めるんやろうなって思ってました」

「え、そんなにやる気なさそうだった？」

「そうじゃないんです。派手さはないけど美人で、おっとりしてて、ちょっと抜けてて、合コンでも聞き役に回るほうで……すぐいらんこと言うわたしと違って、男が絶対ほっとかへんタイプやなって」

「わたしもそうかなって思ってたよ——あ、美人とかじゃなくて、結婚のほうね」

「でも結局今もいてはるし、焦る気配もないし、謎めいてましたけど、ほんまはただ単純にしたくなかったんですよね」

「結果としては、そう」

「ほんで、まあまあ頑固なんですよね」

「たぶん」

結婚したくない、とはっきり言えば「じゃあどうするの」と返す刀を受けなければならない。でも、何が「じゃあ」なんだろう。「ただ生きていく」のはそんなにも難しくて駄目なことなのか。わたしにはずっとわからなかった。今もわからないままだけど、こうして遊んでいる。

「そっかー」

千冬ちゃんは軽くため息をつくとわたしを見て「でも例の造り酒屋の人も選択肢に入れといていいと思いますよ」と力説した。サングラスには「ええ？」と笑う自分がふたつ映っている。

それから、井浦さんが買ってきてくれたあずきバーをかじりながらコンテストを観戦した。きょうは「滑空機《かっくうき》部門」というのがメインで、ジブリのアニメに出てくるような、平たいトンボ型の飛行機が次々に飛び立っていった。性能を追求した結果なのか、基本的な形状はみな似通っていたけれど、本物の鳥みたいにゆうゆうと空を泳いでいくもの、左右にぐらつきながら湖面すれすれをかろうじて進むもの、ほぼ真っ逆さまのもの、プラットホームにぶつかり空中分解したもの、結果はさまざまで、悲喜交々《ひきこもごも》という言葉がふさわしかった。暑さに耐えかねてお昼前に撤収すると、そのまま車で実家まで送ってもらった。手ぶらでふらっと立ち寄れてお風呂やごはんの心配もいらない実家は本当にありがたい、でも夜になる頃には、もうみんなのいるあの家が恋しくなった。わたしは初めて亨に電話をしてみた。夜の仕事がないのか、すぐにつながる。

「もしもし？」

『会社の金使い込んでもうた、二百万用意してくれへん？』

「振り込め詐欺《さぎ》はかけたほうがするんだよ」

飛ぶの見てたよ、と言うと「琵琶湖めっちゃつめたかった」と返ってきた。

『まじで一瞬のために彦根来たんか？　しょうもなかったやろ』

「ううん、楽しかったよ。気持ちよかった……胸がすくってこういうことかなって思った」

『ほお』

「わたしも何か、ぱーっと空飛ぶようなことしてみたいな」

『来年出たらええやん』

「そんな大掛かりじゃなくていい……そうだ、ＵＳＪがいい」

　夕方、リビングでテレビを見ている時に流れたＣＭを思い出す。最後の「ワォ」が耳によみがえると急激に行きたくなった。琵琶湖遠足のテンションをまだ引きずっているのかもしれない。

「給湯器のギャラ、やっぱり欲しい。ＵＳＪに行きたい。弓彦くんも一緒に」

『三人で？』

「うん」

『何で？』

「え、だって、楽しくない？」

『イメージないな』

　気乗りしないふうで、お断りされるのかと思ったら、意外にもすんなり「平日やったらええで」とＯＫしてくれた。

「うん、有休取る」

　そこからどんなやり取りを経たのか想像もできないけれど、亨は弓彦くんにも了解を取りつけ、八月の最終週の水曜日に行けることになった。考えてみたら有休を取得するのは初めてだった。カレンダーの赤と青の日にきっちり休めるのでわざわざ取ろうと思ったこともなく、浅田さんに教えてもらって申請書を出す時には不正を働くような気持ちになった。そしてずるだと思えばいっそう楽しみになる。

　平日とはいえ夏休みだからまともに並んでも人気アトラクションは厳しい、という千冬ちゃんのアドバイスを踏まえ、入場券と「エクスプレス・パス」がセットになったチケットをネットで調べたら一万円近くして驚いた。

　わたしが前に行ったのは五年くらい前、当時つき合っていた人と一緒だった。朝イチで海遊館《かいゆうかん》を訪れ、天保山《てんぽうざん》マーケットプレースをぶらぶらして高速船でＵＳＪに渡り、夕方四時からの「トワイライト・パス」でアトラクションを回る、というハードスケジュールだったので正直あまり記憶にない。疲労は足腰の次に脳にくるらしく、全然口が回らなくなって困った。お金も全部出してもらったし、やさしい人だったけれど、体力が違いすぎて自然消滅みたいに終わってしまった。わたしに合わせると向こうは不完全燃焼だし、向こうに合わせるとわたしはただただ消耗するのみで、相性が悪すぎた。

　ＵＳＪ行きの当日、朝から茶の間で亨にメイクをしてもらった。

「どうせ汗ですぐ落ちるし、急に水かけられたりするらしいから日焼けさえ防げればいいよ」

「下地できっちり作り込んで、仕上げにキープ用のスプレーしたらええねん」

　わたしが未だにマスターできないノーズシャドウやハイライトも、慣れた手つきでさっさっと入れながら「化粧は印象派やで」と何度も繰り返した。

「鏡に寄りすぎてやるから失敗すんねん。大事なんはあるかなきかのかすかな陰影よ。やや離れて見た時に一枚の顔面として完成されとるかどうかや」

「はい」

目を閉じて神妙に拝聴するわたしの顔面に、メイク崩れ防止のミストがまんべんなく噴《ふん》霧《む》される。手のひらで仰いで乾かしていると郁子さんが起きてきた。

「おはようございます」

「おはよう。何してんの、メイク講座？」

「これからＵＳＪに行くのでその身支度《みじたく》です」

「ＵＳＪ？　ふたりで？」

「弓彦くんと三人です」

「うわー意味わからん、あんたら何なん。どういう関係？」

郁子さんは呆れ、亨は「別に」と答えた。

「何ちゅうこともなく、ただのひとりとひとりとひとりですわ」

「それがわからんいうねん」と言い残して郁子さんが台所へ行くと、わたしは「ふたりとひとりじゃない？」と尋ねた。

「弓彦くんとはコンビなんだから」

「相方は他人の始まり」

涼しい顔で質問を受け流し、煙草を吸い始める。

「メイクしないの？」

「何でやねん」

「夏子と一緒に遊んでみたかった」

あほ、という言葉とともに煙を吐き出す。

「昼の日向《ひなた》に晒《さら》すようなもんちゃうで」

「晒し者にしたいわけじゃないよ」

「それでもや。化けの皮が剝がれる」

限られた人が見る舞台の、スポットライトの中だけで息をする女の子でいさせたいんだ、と思った。だから琵琶湖でもノーメイクだった。みんなが夏子を夏子として受け止めてくれない場所では「そこそこ上手な女装」でしかなくて、笑ったり、悪く言う人に会うかもしれない。亨が夏子を大切にするのは弓彦くんのためかもしれない。弓彦くんの気持ちを知っていて、黙って尊重している。そんな気がした。相方のデリケートさを気遣っているのか、それともコントの演技にプラスだと割り切っているのかはわからないけれど。

「やっぱり、ふたりとひとりでいいと思う」

わたしは言った。亨は答えない。

木津川から汐見橋、汐見橋から歩いて桜川《さくらがわ》、桜川から西九条で乗り換えてユニバーサルシティ、距離の割に忙《せわ》しなく乗り換えてファミレスも回転寿司《ずし》もアメリカンダイナーも一緒くたのストリートを過ぎ、テレビでおなじみの、回る地球儀の前に差し掛かると亨が笑い出した。

「見てみ、待ってはるわ」

写真を撮りまくる観光客の群れからはぐれたように仏頂面で立っている弓彦くんの姿がなぜかツボに入ったらしい。

「あかん、もうおもろい、待ち合わせやん」

「待ち合わせだよ」

謎にウケている亨に気づくと、弓彦くんはますますぶすっとした顔になった。

「こいつ何笑てんねん」

「さあ」

黙れや、と亨のふくらはぎを軽く蹴《け》ると、弓彦くんはわたしに茶封筒を差し出す。

「なに？」

「なに、ちゃうわ。チケット代」

「わたしが誘ったんだからいいよ」

「いいわけあるかい」

亨からはもらっていないのでどうしようと迷ったけれど、亨が知らん顔をしているので受け取った。

「弓彦くんはＵＳＪ初めて？」

「一昨年ロケで来た。ハロウィンのゾンビにびびり散らかすだけの仕事」

「それはそれで大変そうだね」

千冬ちゃんが言っていたとおり、パーク内はどこもかしこも人でいっぱいだった。しかもいろんなキャラクターの帽子や服を身につけているせいで実態以上に視界が混雑している。派手なアトラクションは百二十分待ちや百八十分待ちの表示が当たり前みたいに出ていたけれど、お金で時間を買ったわたしたちは無敵——とはいえ、「エクスプレス・パス」には乗れるものと時間の指定があり、何でもかんでもふらりと立ち寄って行列をスルーできるわけじゃない。アトラクションからアトラクションへ歩くだけでも時間がかかったりするので、わたしたちはせかせかと「ハリー・ポッター」や「ザ・フライング・ダイナソー」をこなしていった。「空を飛ぶ」という目的は果たせたものの、当然ながらがっちりと安全装置に固定され、求めていた爽快《そうかい》感とはちょっと違う。それでも、汗だくになりながら亨と弓彦くんと、この非現実的な空間にいるのが楽しかった。くらくらするのは暑さのせいかアトラクションに軽く酔ったせいか、それとも自分が浮かれているだけなのかもしれない。高速道路や対岸の大きな倉庫といった現実がちょいちょい目に入るのもいやじゃなかった。この「隙がある」感じが大阪だと思った。どう頑張っても生活感から逃れられない街。亨はどうして大阪に来たんだろう。

「あの、『安全ピン』さんですよね」

そんなふうに話しかけられたのがお昼までに二回、「女連れとるで」とひやかされたのが一回、ちらちらと見られた回数は数えていない。劇場やその周辺では珍しくないけれど、ＵＳＪでもちゃんと見つかっているのに感心した。写真やサインを頼まれると「ごめんな」と穏《おだ》やかに断っていた。

「すごいね、有名人だね」

「逆や逆」

亨は鼻で笑った。

「ほんまのスターやったら、おいそれと声かけられへんもんや」

「大阪の人って、あんまり気にしなくない？」

「お、東京もんが大阪批判しとる」

北海道の人はどうなんだろう、と思ったけれど口には出さず、入道雲をバックに安治川《あじがわ》をまたぐ天保山大橋を指差した。

「昔、絵に描いた橋ってあんな感じ？」

「もう忘れた」

遅いお昼ごはんを食べに入ったレストランで、弓彦くんがスマホを取り出し、「あ、動画上がってる」とつぶやいた。先輩のＹｏｕＴｕｂｅチャンネルが更新されたという。

「どんなん？」

「心霊スポット行ったらガチのん映ったらしい」

「意味わからん」

ハイボールのグラスをからから鳴らして亨が言った。

「意味はわかるやろ」

「出る場所で何か起きるんは当たり前やろ、怖なかった時だけ教えてくれ」

「そんなん誰が見んねん」

　ビールを片手に弓彦くんが反論する。ふたりとも食べるものは頼んでいない。ただめしの機会に食べられるだけ食べる、という生活を長年続けた結果、自腹では胃が反応しなくなったらしい。わたしはごく正常にお腹が空いたのでローストチキンのセットを食べていた。

「予定調和や」

「アホ、ほんなら釣りロケ行ったらボウズのＶだけ流すんか。おもんないわ」

「魚はどうにもならんけど霊はある程度コントロールできるやろ」

「魚も餌《えさ》でコントロールしとるわ」

「あのひろーい海でよ、船の周り泳いでへんかったらしまいやろ。心霊スポットなんか常駐してはるわけやん」

「そんなんわかるかい」

「何でやねん、Ｗｉ－Ｆｉスポットで電波来てへんかったら詐欺やろがい」

「全然ちゃう話してるやん」

　お互いに目を合わせず、スマホをいじったりメニューを眺めたりしながらの淡々としたやりとりだった。ここからネタが生まれたりもするんだろうなと思い、口を挟まず静かにしていた。隣のテーブルに向かい合って座るカップルの間には丸ごと揚げた玉ねぎがあり、蓮《はす》の花みたいに開いたそれが予想より大きすぎたのか、明らかに消化試合の気だるい空気を漂わせながらすこしずつむしっては口に運んでいる。この光景も含めて夏の思い出だとまぶたに焼きつけた。

　その後も時間割に従ってアトラクションを回り、ショーを眺め、家と会社へのお土産を買い、わたしはＵＳＪを満喫した。折りたたみの日傘はトートバッグにしまったままで、頭のてっぺんから紫外線にあぶられても平気だった。巨大な、架空の街並み。空から降ってくる悲鳴混じりの歓声。ここは大掛かりな舞台で、全員が演者で、楽しむことは仕事だと思った。足が疲れても、どこまでも歩ける気がした。

　大きなラグーン沿いを歩いている時、「おーい」と声をかけられた。ファンの人かと思ったら先輩の芸人で、今はロケの合間の休憩中らしかった。亨たちと話したそうにしていたのでわたしはそっと離れ、ぼんやりとラグーン越しにホグワーツ城を眺めた。気を遣ってくれたのか、十分ほどでふたりが戻ってくる。

「アトラクション、あとひとつだよ。『ジョーズ』か『ハリウッド・ドリーム・ザ・ライド』」

「どっちゃでもええ」

　亨が答え、弓彦くんも頷いたのでわたしの独断で「ハリウッド・ドリーム・ザ・ライド」にした。ハリウッドにジェットコースターがあるのか知らないけれど、長蛇の列を横目に、専用の入り口からすいすい進んでいくだけで気持ちがいい。階段を上がり、カコカコと音を立てながら戻ってきたコースターに乗り込む。座席ごとにＢＧＭを選ぶ仕組みがよくわからずそのままにしていると、再びカコカコと出発し、ドリカムのメロディが流れ出す。大阪に住む彼氏と遠距離恋愛する女の子の歌。トンネル状の骨組みに覆《おお》われた上りのレールをゆっくり進むにつれ、身体がだんだん後ろに倒れる。頂上で空に近づき、パークを見下ろす。昼間、むくむくと幅を利かせていた雲が空気を抜かれてぺしゃんこになったように夕暮れの低いところに広がっていた。燃えるような夕焼けではなく、オレンジとうすむらさきを淡く伸ばした儚いグラデーションで一日が終わろうとしている。いつの間にか日が短くなった。観覧車の中心にたどり着いたような、束の間の空白。落ちるかも、安全バーが外れて放り出されるかも、といちばん思うのはこの瞬間。傘を広げて飛び出す亭の幻を、脳内で見た。

　身体が一気に前傾し、急降下の風圧を顔と髪に食らう。重力と轟音《ごうおん》。レールの軌道のままかき混ぜられる視界を、ホテルやラグーンや対岸の天保山に建つ観覧車がめまぐるしくよぎった。セサミストリートのカラフルな乗り物がネオンをまとって上下している。下界は光の海だった。夢みたいな景色だと思った。この乗り物もライトアップされ、見上げる人たちからは流れ星のように映っているだろう。目に映るすべてが美しく発光し、二十九歳のわたしは、世界がそのようにできていないのをもう知っているから胸が締めつけられて痛んだ。子どもの頃、夕暮れのテーマパークは寂しかった。楽しい時間が終わってしまう、もう帰らなければならない、次にいつ連れてきてもらえるかわからない。イルミネーションはお見送りのサイン。どんなにぎやかなパレードで演出されても寂しさは拭えなかった。

大人になった今は、魔法が解けることではなく、魔法そのものがいとおしく寂しい。

座席の左右に備えつけられているスピーカーから、「近そうでまだ遠い大阪」と聞こえていた。

パークを出て、最初に待ち合わせた地球儀の前に戻ってくると、亨がいきなり「寄り道してく」と立ち止まる。

「あっそ」弓彦くんはさっさと駅に向かい、わたしも戸惑いながらそのまま歩いた。一度だけ振り返ると、地球儀をぐるりと囲む「UNIVERSAL」の装飾が亨の背後で煌々《こうこう》と回転していた。

「寄り道って？」

駅へと流れていく人波の一部になって進みながら尋ねると弓彦くんは「さあ」と首を傾げた。

「別に何もないと思うで。丸一日他人と一緒におって疲れてんやろ。あいつそういうとこあるからな。ひとりになってスイッチ切りたいねん」

「じゃあ、気軽に誘ったりして悪いことしちゃった」

「親人質に取って連れてきたわけちゃうんやろ、いややったら断るわ」

「弓彦くんとふたりだけなら大丈夫だったよね」

「ふたりでＵＳＪなんか行くかい」

ユニバーサルシティ駅の白い屋根が近づいてくる。きっと帆船のイメージ、でも裏側の骨組みは大きな傘に見えた。

「……さっき、先輩とどんな話してたの？」

説教、と短く返ってくる。

「賞レースの予選始まってんのに遊んでる場合かって」

また罪悪感が芽《め》生《ば》えたのを見透かしたように「いつ会っても大概その駄目出しやから」と弓彦くんは続けた。

「売れて歯ぁ白くなるにつれて小言が増えた」

ちょっと笑いそうになったけれど、弓彦くんがまったくの真顔だったので頬を引き締める。

「お前らからは熱を感じへん、コントも漫才もどっちつかずで中途半端にすんな、もっとがむしゃらにやらんと後輩にどんどん追い抜かれんぞ……」

話していて腹が立ってきたのか、自動改札機のセンサーにＩＣＯＣＡを叩きつけるようにべちんと置いた。

「余計なお世話やっちゅうねん」

「やる気がないわけじゃないよね？」

何でそんなふうに怒られなきゃいけないんだろう、とわたしもむかっとした。でもとんとんと階段を下りる弓彦くんの頭はどこか不安定にかくかく揺れる。

「わからん」

「どうして？」

「いっつも仕事のことばっかり考えてる。何見てもネタにならんかなって頭ん中でこねくり回して、俺もあいつも、寝ても覚めてもお笑いしかない。けど、賞レースで上目指せって言われたらわからへん」

ホームのラインの内側にきっちりと並ぶと、初めてわたしを振り返った。

「金欲しいとか女抱きたいとか有名になりたいとか、全然ない。賞レースの結果引っ提げて東京出たいとも思わへん。絶叫マシーン乗ってコラボフード食うてテレビ出るより舞台で漫才やっとるほうが万倍楽しい」

「だからって、勝てなくていいなんて思わないでしょう？」

出るからにはガチ、と亨が言っていたのだから。

「そんなん当たり前や。でも何が何でももってってっぺん目指してバチバチする空気がどうしても合わへん。それ言うたら向上心ないとかみんなしんどくても頑張ってるとか説教されんのもうっとい。人とおんなじにできへん、したくない人間が寄り集まってるはずやのに、でっかい看板に群がって、熱いとかガチやとか勝手に盛り上がられて、知らんとこでストーリーつくられて、気持ち悪ないんか。なーんもせんと他人の人生に乗っかって夢とか悔しさとか喜びとかの上澄み味わいたいだけのやつらのオカズにされんの、いやになれへんのか」

恐竜のイラストがでかでかと描かれた、派手なラッピング電車がホームに入ってくる。

「でも、目に見える結果もなしに続けてもええんかなって、誰でもない誰かの顔色窺ってまう自分が悔しい」

「うん」

「俺はただの芸人でおりたいねん。それがこんなに難しいって知らんかった」

「うん」

何でもなく生きていくのが難しい。成長、目標、何かきらきらしたものをまとっていないと「怠《なま》け」「甘え」の烙印《らくいん》を押される。上昇し続けられない人間は地べたを這いずるしかないという極端な二択の中で「女性が輝く」とか「夢を追うのに年齢は関係ない」とかいうキャッチフレーズを聞くたび、わたしの頭にはいつも民家のクリスマスイルミネーションが浮かんだ。窓辺に電飾を吊るし、「Merry X’mas」と外に向けて掲げる。それって誰のため？

気持ちはわかるよ、なんて言えば「お前にわかるか」と怒られそうで黙っていた。怒られるのがいやなんじゃない、わかった気になってる痛いやつ、と弓彦くんに思われるのがいやだった。

安治川口の次の西九条でわたしは降りた。弓彦くんは降りなかった。つり革につかまった弓彦くんがゆっくり遠ざかり、次の駅へと運ばれていくのをホームから見送った。

第4章

美しい雨

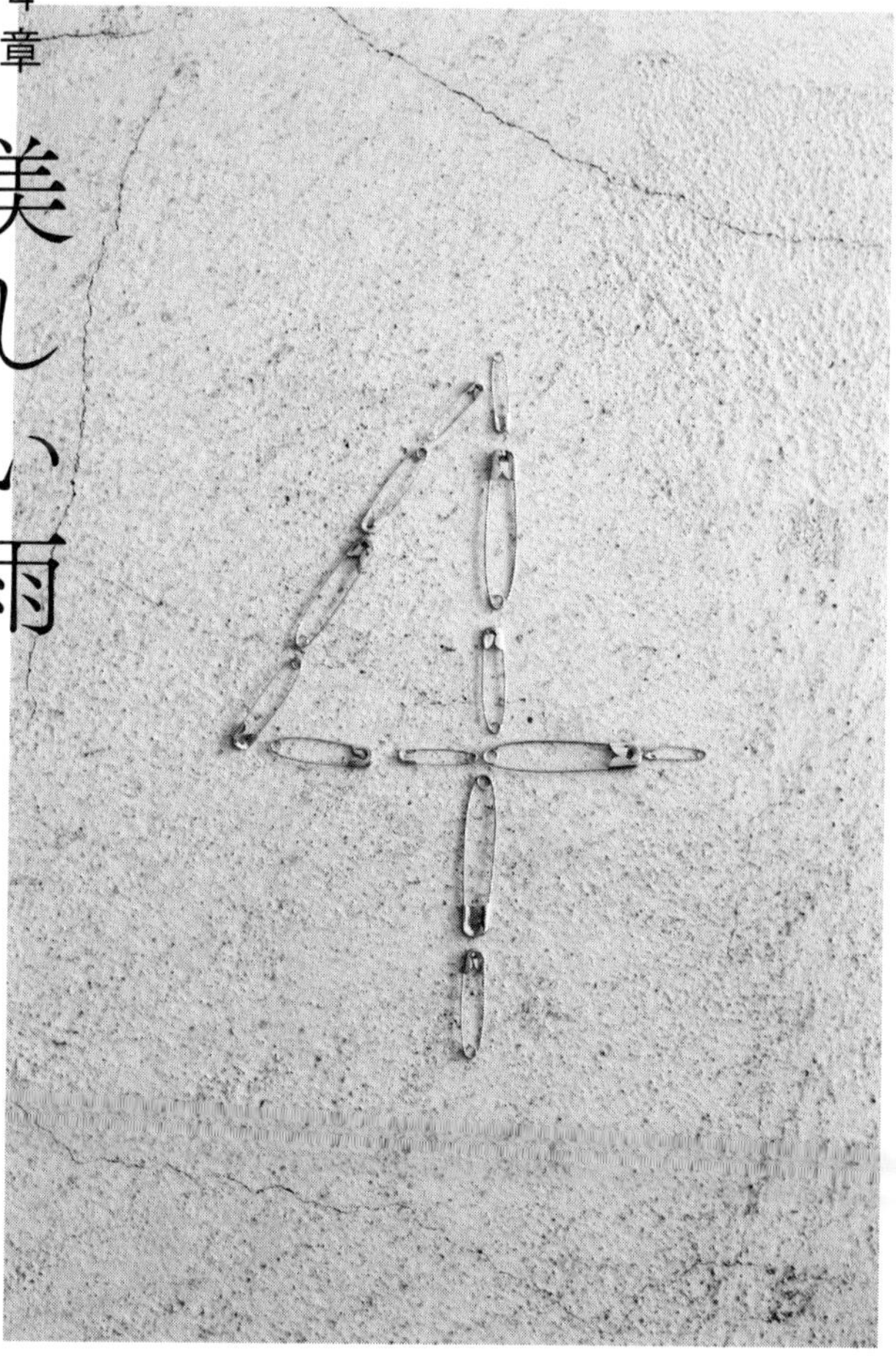

雨ちゃんへ

久しぶりです、お元気ですか？　こないだ、雨ちゃんが送ってくれたはがきを読み返していたら懐かしくなったので、手紙を書くことにしました。

あっちゅう間に九月やな、みんな元気にしてる？　薄情なやつばっかりで、ＬＩＮＥもよこしよらんけど、まあ元気なんやろな。僕は元気です。杜氏《とうじ》のおっちゃんらに勉強さしてもらうために四時起きすんのも、だいぶ慣れました。芸人やめてのこのこ実家に戻る自分が何て言われるんやろって最初は怖かったけど、別に無風でした。みんながやさしいんじゃなくて、そんなことはどうでもええからです。どうでもええから手ぇ動かせ働け、そんだけの話です。芸人としての僕なんか、イジるほどの興味も持たれてへん。気楽でちょっと悔しいです。「どうでもええ人」になりたくなくていろいろやってきたけど、まあ結局こんな感じで、そんなんは不幸でも挫折《ざせつ》でもなくて。こじらせた自意識なんか鹿《しか》も食ってくれへん。

　最近はオトンが古い一レフをくれたのでカメラにハマっています。同封した写真は僕が撮りました。平城京《へいじょうきょう》跡に、ツバメの大群が帰ってくるところです。夕方になると、葦《よし》のだだっ広い平原に帰ってくるのを「ツバメのねぐら入り」と言います。多い時は五、六万羽《わ》らしいです。バッタやったら災害やな。秋までここにいて、オーストラリアまで渡ったりするみたい。清少納言《せいしょうなごん》は、カラスがねぐらに帰ってくんがエモいって書いたけど、奈良時代が続いとったらツバメやったんかもしらんね。教養が出てしまいました。
台風が近づいてるみたいですね、家飛ばされないように気をつけて。

宇佐美太一郎より

ネバーくんからの手紙は宛名部分がにじんで読めなくなっていた。まさに台風が接近中で雨が降っていたせいで、よく無事に届いてくれたと思う。手紙と一緒に入っていた写真は、橙《だいだい》とピンクが不吉なほど鮮やかな夕方の空に、無数のつばめの影がノイズのように散っていた。つばめの巣作りや子育てをニュースで見るのが五月頃、その後を考えたこともなかったけれど、つばめたちの鳥生《とりせい》も当たり前に続いている。芸人をやめたネバーくんがこうして暮らしているように、三十歳になったわたしが来年も（たぶん）生きているように。人間が見ていてもいなくても、時がくれば遠くへ行く。

きょうは台風のために地下鉄以外のほとんどの路線が夕方五時以降は計画運休で、わたしと千冬ちゃんも三時で上がらせてもらった。浅田さんは淀屋橋に住んでいて歩いて帰れるからという理由で残った。たったの三時間早く帰れるだけですごく得した気分で、何して遊ぼうとわくわくして家に着くと誰もいない。冷蔵庫のホワイトボードによると亨は東京の劇場で出番があり、マコちゃんはライブの打ち合わせで相方さんのところに行き、郁子さんは実家に秋冬の服を取りに帰っているらしかった。せっかくの金曜日なのに、ひょっとしたら今夜はわたしひとりかもしれない。がっかりしたけれど、気兼ねなく長風呂《ながぶろ》に浸《つ》かり、残りもののみそ汁（具なし）を温めると卵とはるさめを入れて食べた。

　茶の間でテレビを見ている最中も、家じゅうの窓ガラスや雨戸がかたかた揺れ、風で雨粒がばらばらっと叩きつけられる音が聞こえてきた。テレビ画面の片隅にもずっと台風情報が表示され、マンションで感じるのとは比べものにならない嵐《あらし》の臨場感に思わず膝を抱えて小さくなる。「家飛ばされないように」って、どう気をつけたらいいんだろう。

　テレビの音量を上げ、三角座りのまま落ち着きなく前後に揺れていると、キンコン、と玄関のチャイムが鳴った。この家のチャイムはそっけないボタンを押すだけの簡素なタイプで、もちろんモニターはついていない。音も角が取れていない尖った響きなのでいつもびくっとしてしまう。わたしはそろりと立ち上がり、玄関先に向かった。すりガラス戸の向こうは暗くてわからない。こんな日に宅配便の人なら申し訳ない、と思いながら扉越しに「どちらさまですか」と尋ねると、雨風にかき消されてしまいそうな高く細い女の人の声が聞こえた。

「矢沢亭はそちらにおりますでしょうか」

　まず考えたのは、ファンが家まで来てしまった、ということだった。しかもこんな悪天候をものともしないガチ勢かもしれない。でも、そんな子が仕事の予定を把握してないなんてことがある？

「あいにく仕事で出かけておりまして、帰りはあす以降になりますが、どういったご用件でしょうか」

警戒心のあまり、却って受付嬢モードの丁寧な物腰になる。

「家族の者です」

女の人からは思いもよらない言葉が返ってきた。

「至急の用件がありまして、電話番号を知らないのでお伺いしました」

迷ったけれど、本当に亨の家族なら台風の中追い返すわけにいかない。わたしは「少々お待ちください」と言っていったん茶の間に引き返し、緊急通報用にスマホを持ってからおそるおそる玄関の鍵を外し、引き戸をそうっと開いた。

雨音と風のうなりが耳に、その人の姿が目に飛び込んできた。全身びしょ濡れで、ぼろぼろにふやけた紙袋とトートバッグを片手で胸に抱え、もう片方の手には逆さまに裏返った傘を持っていた。ひどい有様だけど、額に張りついた黒い髪の間から覗く目には風体に似つかわしくない強い光が宿っている。太陽ではなく月の、熱のない光。思わず息を呑《の》むと、その人は「ごめんなさい」と恥ずかしそうに両肩を縮めた。

「こんな格好で……タクシーを降りてから道に迷ってしまって」

「いえ、どうぞお入りください」

わたしは慌てて脱衣所からバスタオルを取ってくると、紙袋を抱えたままの彼女に差し出した。

「どうぞ」

「すみません……あ、これ、よろしければ」

袋の中身は「白い恋人」だった。濃紺の包装紙までじっとり湿っている。

「ありがとうございます」

入ってもらったものの、どうしたらいいんだろう。とりあえずお菓子を台所に置き、キッチンペーパーをロールごと持って玄関に戻った。

「これ、よかったら靴の中に」

声をかけた時、彼女は上がりかまちにバスタオルを敷いて座り、ストッキングを脱いでいるところだった。背を丸めた拍子に丈の短いカーディガンの下から黒いワンピースのウエストが覗く。

「あっ」

わたしはとっさに声を上げてしまった。

「えっ？」

ぱっと振り返った彼女と目が合う。

「あ、何でもないです、安全ピンが見えて、つい……」

サイズが合っていないのか、腰の布地はちいさな安全ピンで留められていた。

「あ、やだ、恥ずかしい」

彼女は慌ててカーディガンの裾を直すと手で押さえ「通販で買った服なので」と言った。

「ちゃんと試着しなきゃって思うんですけど、近所にお店もなくて、つい。着られさえすれば、返品するのも面倒だし」

わかります、とわたしは頷く。

「ちょっとギャンブル気分っていうか、それでぴったりだったら『やった！』って思いますよね」

「そうなんです」

若干空気がほぐれ、わたしは自称亭の家族だという女の人をようやく落ち着いて眺めることができた。肩までの細かく波打つ黒髪、身長はわたしと同じくらい、体重は……たぶん五キロくらい軽そう。服のウエストが余るのも納得の細さだった。年上に見えるけれど、何歳と言われても違和感はない。二十歳でも六十歳でもそれなりに通用しそう、弓彦くんとはまた違う年齢不詳な佇まいだった。雨でだいぶ身体が冷えてしまったのか、化粧っ気のない唇は青ざめている。

「お風呂使われますか？　お湯は抜いちゃったんですけど、シャワーだけでも」

「いいんですか？　ご親切にありがとうございます」

「あ、でも着替えが……わたしの部屋着でもよかったら」

「いえ」

濡れてくろぐろと光る髪が、ふるりと揺れる。

「亨くんの借りますから。部屋、二階ですか？」

と言うなり、返事を待たず裸足《はだし》でぺたぺたと階段を上がっていった。そして廊下を挟んでふたつずつ向かい合った部屋を眺め、階段下から棒立ちで見上げるわたしに「向かって右奥かな？」と尋ねた。

「あ、はい、そうです」

「よかった」

　にこっと笑った途端、愛嬌《あいきょう》と華やぎが彼女の顔をぱっと輝かせた。花と花火を混ぜたような笑顔だった。ためらいなく亨の部屋に入っていく。自己申告のほかには何の証拠も、身分証明書すら見せてもらっていないというのに、わたしは傍観していた。あの安全ピンひとつで納得させられてしまった。亨は、あの後ろ姿を見たことがある。

　彼女が亨の服を持って一階に下りてくると、風呂場に案内した。

「タオル、そこの棚にありますから、新しいの使ってください。服は、乾燥機がないのでお風呂場の突っ張り棒に干していただいたら」

「はい」

　亨に電話をかけてみたけれど出なかった。きっと今頃は劇場出番の真っ最中だから仕方ない。わたしはぐずぐずに水を吸ったパンプスに勝手にキッチンペーパーを詰め、台所でお湯を沸かし、特に誰のものでもないマグカップでティーバッグの緑茶を淹れた。冷蔵庫には卵、牛乳、ビール、なめたけ、トマト。お茶請《ちゃう》けになりそうなものといえばさっきもらった「白い恋人」だけど、勝手に開けられない。せめてネバーくんがいてくれたら、おいしいコーヒーを淹れてくれるのに。

　二十分ほどして、濡れ髪をタオルでまとめた彼女が茶の間に現れる。ぶかぶかのTシャツと短パンから白くて細い手足が伸び、そのTシャツには見覚えがあった。春の城ホールで亨が着ていた、ツアーグッズ。どうしてですか、と訊きたかった。どうしてそれを着てるんですか？　敢《あ》えてのチョイスですか？　それとも引き出しのいちばん上にあったから？　きょうのラッキーカラーが黒だっただけ？　わたしの質問はどれでもなかった。

「さっき、どうしてどの部屋かわかったんですか？」

　勘、とてもシンプルに返ってきた。ほかにないでしょ、と言いたげにあっけらかんとした口調で。ちゃぶ台を挟んで向かい合うと、彼女は「申し遅れました」と深々頭を下げる。

「矢沢葉月《はづき》と申します」

「柳生美雨です」

「美しい雨？」

　亨と同じことを訊くのは、家族だから？

「はい」

「美雨さん、素敵なお名前ですね」

　外では美しくない勢いの雨が降り続き、雨樋がごぼごぼ水を吐き出す音がした。柱や天井がぴしぴし鳴ると、葉月さんは室内を見渡して「ラップ音がすごい」とつぶやく。

「え？」

「あ、ごめんなさい、家鳴《やな》りのこと、ついラップ音って言っちゃうだけ。怖がらせるつもりはないの」

「古い家なので、鳴りがちですね」

　本物もいますよ、と言ったらどうなるんだろう。葉月さんはタクシーを降りてから迷ったと言っていた。ひょっとしたらぐるぐるさんに拒《こば》まれたのかもしれない。それでも結局ここに辿り着いたということは、許されたのか、葉月さんの気持ちのほうが強かったのか。

　美雨さんは、と葉月さんが切り出す。ガラスでできた雨粒みたいな澄んだ声で名前を呼ばれると、なぜか背すじがぶるっとした。

「ここであの子と同棲《どうせい》してるの？」

「いえ、ただのルームシェアです。きょうはたまたま留守にしてるだけで、あとふたりいます」

「にぎやかなのね」

「はい」

「美雨さんはおいくつ？」

「二十九です」

「どんなお仕事されてるの？」

割とデリケートな個人情報をストレートに訊かれ、不快になったわけではないけれど戸惑った。弓彦くんなら間違いなく「何でそんなん言わなあかんねん」と反発している。葉月さんはすぐに微妙な空気を察知したのか「ごめんなさい」と軽く手を合わせる。

「田舎者《いなかもの》だから、つい何でもずけずけ訊いちゃうの。失礼しました」

「いえ……企業の受付です」

「すごい」

葉月さんの声が歌うような調子を帯びる。

「受付嬢ってこと？　そんなお仕事してる人に初めて会った、かっこいい」

「いえ、全然」

「制服を着て、専用のカードを首からぶら下げてピッて扉を開けたりしてるの？」

「はい、まあ、それは建物がそういうシステムになっているので」

「いいなあ、わたしもやってみたい」

どうやら本気で言っているらしく、面食らった。ただの期限つき契約社員なのに。制服だってアイボリーにサーモンピンクのでかいチェック柄でださいことこの上ない。でも葉月さんは芸能人にでも遭遇したようなテンションで、わたしは話題を変えるため「葉月さんのお年も伺っていいですか？」と尋ねる。

「わたし？　四十二」

お茶をひと口飲んで「おいしい」と笑う。

「やっぱり、受付のお仕事でお茶の淹れ方なんかも習うの？」

ティーバッグなんですとは言いにくく、「一応は」と控えめに答えた。マグカップで両手を温める葉月さんはとても幼く見える。大人と子どもと動物が同居しているような人だと思った。お互いすっぴんにゆるい部屋着という、女子会の終盤みたいに無防備な状態にもかかわらずさっき会ったばかりということも含めてちぐはぐでおかしな晩だった。変ななりゆき、亨と初めて会った時もそう思ったっけ。

「葉月さんは、矢沢さんのお姉さんってことですか？」

「ううん」

　マグカップを置いて、髪に巻いたタオルを取るとまだしっとりした頭を軽く打ち振って葉月さんは答えた。

「母です」

　今、四十二って言わなかったっけ。四十二引く三十は十二。いくら何でも若すぎる。

「と言っても継母《ままはは》だけど、遠縁だから一応血のつながりはあるの。まあ、関係的には姉弟に近いのかもしれない」

「そうなんですか」

　複雑そうな家庭事情に、表情を変えないよう心がけて相槌を打つ。どういうおうちで、葉月さんがどうして急にやって来たのか依然謎だけれど、わたしは自覚しつつあった。この人を見ていると、胸がざわざわする。月面にいるようなすこし頼りない歩き方、しゅるりと猫が隙間に収まる時みたいにしなやかな座り方、髪を拭く動作、マグカップの持ち方。何もかも、亨が板の上で変身する夏子の雰囲気や仕草そのものだった。何より、あの安全ピン。夏子にそっくり——違う、夏子が、この人にそっくりなんだ。亨はずっと、葉月さんをなぞって演技をしていた。目を逸らしたいような離したくないような、この落ち着かなさはいったい何だろう。わたしは正座をした足の指をもぞもぞ動かし、葉月さんに目敏く気づかれてしまった。

「あっ、足、崩してね、ってお邪魔してる人間の言うことじゃないけど」

「あ、大丈夫です、はい」

よく知らない人とふたりきりで緊張する、一方でわたしの好きな、見知った夏子が重なって親密な感情も湧いた。自分の中の矛盾をうまく整えることができない。葉月さんはつけっぱなしのテレビを見て「これ、こっちでもやってるのね」とつぶやいた。

「きょう、北海道から来られたんですか？」

「ええ。あの子から何か聞いてる？」

「いえ、北海道は人から小耳に挟んだというか」

むしろこの人こそ、現在の亨についてどの程度知っているんだろうと考えていると、葉月さんのほうからタイミングよく「あの子は今、お笑い芸人をやってるのよね」と振ってくれた。

「はい」

「でも、こういうのには全然出られないんでしょう？」

指差したのはタレントもアスリートもごちゃ混ぜで戦う形式のクイズ番組だった。葉月さんもちょっと前のわたしと同じで、芸人の「出世」は全国ネットの、ゴールデンタイムのテレビに露出することだと思っている。そんなに簡単じゃない、と思ったけれど、素人があれこれ説くのもおこがましく「テレビにはたまに出てます」と伝えるに留めた。

「大抵、深夜のローカル番組ですけど」

「そう」

じきに葉月さんは、ゆらゆらと船を漕ぎ始めた。

「大丈夫ですか？」

「ごめんなさい、ちょっと疲れたみたいで……電車が止まってて、タクシー乗り場が長蛇の列で。人口密度もすごいし」

外はひどい降りだし、服が乾くまでにはまだまだかかるし、このまま泊まってもらうしかないだろうとは思っていた。「もうお休みになりますか？」と訊けば、葉月さんは無防備にこくっと頷いた。

「おやすみなさい、またあした」

とろりと眠たそうな瞳がタピオカみたいに潤《うる》んでいた。葉月さんが亨の部屋に引っ込んでしまうと、わたしはまたひとりになり、ほっとしたようなもの寂しいような気持ちだった。あの人はわたしを妙に複雑な心境にさせる。ずるずると金曜ロードショーまで見終わるとテレビを消して寝ることにした。このままではテレビの前で夜明かししてしまいそう。洗面所で歯を磨くついでに風呂場をそっと覗いてみると、葉月さんの服が下着まで残らず突っ張り棒に干してある。初対面の、ノーパンノーブラの女の人と一夜を過ごす経験は最初で最後だと思う。換気用のサーキュレーターを洗濯物に向け、タイマーで稼働させておいた。洗面台の隅っこには小指の半分くらいの安全ピンが鈍く光っている。

　ふとんに入ってすぐ、スマホが鳴った。弓彦くんからだった。

「もしもし」

『あいつに何か用事か』

「え？」

『着歴あったから訊いといて言うて爆睡しよってん、信じられへん』

　電話越しにも弓彦くんのフレッシュな怒りが伝わってきて、わたしは嬉しかった。突然知らない世界からやってきた女の人との時間が、自分だけの時間にかちっと切り替わった感じがした。

「今、どこ？」

『海老名《えびな》のサービスエリアの自販機前』

「あ、夜行バスなんだね」

『あした大阪で出番あるから』

　最後に夜行バスに乗ったのはいつだったっけ。就活で東京に行った時かもしれない。確か化粧品メーカーで、三次面接くらいまで進むと、次は東京本社での選考となります、とメールがきた。熱烈にそこに入りたかったわけじゃなく、なぜか落とされなかったので行ってみるか、くらいのテンションだった。リクルートスーツが入ったキャリーケースを転がして阪急三番街の長距離バス乗り場から出発し、三列シートで着圧ソックスを穿いて寝た。

深夜、草津《くさつ》かどこかのパーキングエリアでトイレに立って車内に戻ろうとした時、同じようなバスがずらりと駐車場に並ぶ光景に、なぜか恐怖を感じた。違うバスに乗ってしまったらもうおしまい、取り返しがつかない。もちろん、ぐずぐずして取り残されても駄目。わたしひとりを悠長に待ってはくれない。そっくりなバスがこんなにたくさんある中から「わたしが乗るべきバス」をちゃんと見つけなきゃいけない、だってみんな決められた座席に座ってるんだから。全身が着圧ソックスで締め上げられているように息苦しくなった。もちろん時間までに正しいバスに戻り、無事東京まで辿り着けた。でもあの、真夜中のだだっ広いパーキングエリアに整列する大型バスの寒々しい光景を思い出すと未だにひやりとする。

「お客さんが来てるの」

わたしは言った。

「北海道から、お母さんが」

『あいつの?』

「うん」

『昔、オカン死んだって聞いたことあんぞ』

「継母って言ってた」

『何の用事？』

「詳しく聞いてないけど、至急の用件だって。電話番号を教えるにも、一応許可を取らないといけないと思って」

『あした言うとくわ』

「うん」

『あと、台風やろ。気ぃつけえよ』

「家が飛ばされないように？」

『つけようがないやろ。言うて損したわ』

「心配してくれてありがとう」

『その心配もうキャンセルしたから返せ』

たぶん、自分で思うより心細かった。弓彦くんのぶっきらぼうな声にほっとした。

葉月さんが夏子のモデルだと思う、と話そうかどうか迷っている間に電話を切られてしまった。

翌朝は台風に洗い流された怖いくらいの快晴だった。窓枠に切り取られた青空は手を伸ばすと指先が染まりそうに深く透き通り、わたしは思わず目を閉じた。桜もだけど、すごくきれいなものは長いこと見ていられない。さっと顔を洗ってから亭の部屋に向かい、引き戸を軽くノックして「おはようございます」と声をかけてみた。返事はない。

「葉月さん」

ボリュームを上げ、扉に耳をくっつけても部屋の中はしいんとしていた。嵐とともに去っていったのかも、というありえない想像が頭の片隅を掠《かす》める。メリー・ポピンズみたいに傘を広げ、風に乗って――そんなわけがない。だってあの人の傘は壊れてしまっていた。

「葉月さん、入ります。おはようございます」

そっと戸を開けると、葉月さんは当たり前にそこにいた。まだ押し入れで熟睡していたわけでもなく、たたみの上で、音楽を聴いていた。耳から伸びた白いイヤホンのコードは手のひらにあるｉＰｏｄシャッフルとつながっている。カーテンの隙間から射《さ》す朝陽《あさひ》の中で葉月さんは片膝を立て、顎を載せ、目を閉じて聴き入っているようだった。背中を丸めた全身の輪郭が逆光でにじむようなオフホワイトにぼやけ、ぴんぴんとところどころ跳ねた髪の毛は蜘蛛《くも》の糸みたいに透明に光っていた。午前八時過ぎなのに、午後の気だるい空気と錯覚しそうになるのは、葉月さんがまとう独特の雰囲気のせいかもしれない。急勾《きゅうこう》配《ばい》に尖った細い膝の山にどうしてか目が吸い寄せられた。髪はぼさぼさだし、顔だって特別に目鼻立ちが整っているわけじゃないのに、存在感のある人だと思う。亨が夏子に込め、表現したかったのはこの空気？

曲が変わるタイミングだったのか、葉月さんがふとこっちを見てわたしに気づき、慌ててイヤホンを引っこ抜いた。途端、シャカシャカとデジタルに分解されたメロディが漏れてくる。

「ごめんなさい、全然気づかなかった」

「いえ、こちらこそ」

葉月さんは停止ボタンを押し、手の中のシャッフルを見下ろして「懐かしい」とつぶやいた。

「こんなとこにあった」

「え？」

「これ、わたしの。失《な》くしたと思ってたけど、あの子が持ち出してたのね」

百パーセント確かな言い分じゃない。亨が同じものを買い、たまたま好みがかぶった曲をダウンロードしていた可能性もある。でもわたしは、葉月さんの言葉を疑う余地がない気がした。これは亨が、葉月さんの記憶と一緒に故郷から持ってきたもの。だから亨は、春の城ホールで口ずさんだ歌の名前を知らなかった。

「ゆうべ、誰かと電話してた？」

「あ、はい、ごめんなさい、うるさかったですか？」

「ううん、目が覚めたら、夢だったっけ？　ってあやふやになったから訊いてみただけ」

「矢沢さんの相方の人とちょっと話したんですけど、葉月さんが来てること、伝えてくれるって言ってました」

相方、と葉月さんは初めて習う単語みたいに復唱して、くすっと笑った。

「『相方』って、プロのお笑いの人みたい。こっちにいる時はお笑いなんて全然興味なさそうだったのに」

プロですよ、と言おうとして、プロって何だっけ、とわたし自身わからなくなってしまった。養成所を出て、事務所に所属して活動し、ちゃんとギャラをもらっている。でも芸一本での収入は心許ない、となると、葉月さんの中ではプロじゃないのかもしれない。わたしだって、六年も働いてお給料をもらってきたのに、自分がプロの受付嬢だとは思えなかった。

買い置きの歯ブラシと試供品のスキンケア類を提供し、朝ごはん代わりにストックのスープはるさめから好きな味を選んでもらった。安いインスタントなのに、葉月さんは「わあ、いっぱいある」と目を輝かせて吟味し、ワンタン入りの中華風味をおいしいおいしいと食べてくれた。

「近所にファミレスとかあったらよかったんですけど、この辺、あんまりお店がなくて」

「そうなんだ……あ、まだ湿ってる」

自分の服に着替えた葉月さんが「大阪って都会だから」と言う。

「どこに行ってもすみずみまで何でもあって、人がたくさんいるのかと思ってた」

「そんなの、テレビに映るようなごく一部ですよ」

「そういえば、美雨さんは大阪弁じゃないのね」

「高校生までは東京にいたので」

「じゃあ、都会から都会だ」

「東京もいろいろですから」

　わたしが生まれ育ったのは二十三区内ではあったけれど、タワマンともスクランブル交差点とも映えスポットとも無縁の、どちらかといえばのどかな地域だった。でも葉月さんは「都会は都会よ」と譲らない。

「田舎には、ものだけじゃなくて概念もないから」

「概念？」

　そう、とほほ笑んだが、それ以上は教えてくれなかった。

「でも美雨さんが標準語でよかった。わたし、大阪に来るの初めてで、大阪弁って怖いなって思った。早口だし、声が大きくて、みんな怒ってるみたい。歩いてるだけでびくびくしちゃう」

　自分が引っ越してきた時はどうだったっけ？　大小のカルチャーギャップに戸惑いはあったものの、怖いとは感じなかった気がする。

「そうですか？」

「うん、語尾が怖いの。『やんか』とか『やんけ』とか、問い詰めるようなのが……そうだ、美雨さん、きょうはお仕事？」

「休みです」

「よかったら、一緒にあの子のステージ、見に行ってくれない？」

「えっ」

「今朝起きてから、ちょっと携帯で調べてみたの。なんばにある劇場に出てるみたい。美雨さんは行ったことある？」

「はい」

「じゃあ連れて行ってほしいな。道がわからなくて不安だし、チケットはわたしが買うから」

　あまり気が進まなかった。お笑いのことなんか何も知らない人に見てほしくない、と心の狭い考えが浮かぶ。でも自分だってそうだったし、何も知らない人であろうと笑わせるのがお笑いだというのもわかっているし、葉月さんがひとりで「安全ピン」の舞台を見るのも何だかいやだった。

　結論、仕方がない。「わたしが買います」と申し出た。

「会員登録してるからすぐ注文できます」

「そうなの？　ありがとう」

　夕方六時からのライブのチケットをスマホで購入し、「千八百円です」と言うと、葉月さんはトートバッグからがま口の財布を取り出してきっちり払ってくれた。黒いレースのぽってりしたデザインや真鍮《しんちゅう》の口金がレトロで、葉月さんによく似合っている。

「かわいいですね」

「子どもみたいでしょ？　美雨さんみたいに大人っぽいのがほしいなって思う時もあるんだけど、ずっと使ってるから、これが安心するの」

　わたしの長財布は、成人祝いに両親から買ってもらったヴィトン。大学の友達が「ヴィトンはセールで値崩れすることもないし、丁寧に使ってたら絶対売れるから」と熱心にお勧めしてくれたから。

　――箱とかリボンとかショッパーも取っとかなあかんで。買取価格変わってくるからな。

　実際、西梅田の大きなヴィトンのすぐ近所にはブランド品の買取ショップがあり、何かあったらお世話になるかもしれないと思ったけれど、幸いそこまで困窮することもなく、この財布とはもうすぐ十年のおつき合いになる。わたしが「若い女」でなくなっていくのをいちばん近くで見守ってくれていたのはこのヴィトンかもしれない。ちょっと革がくたびれてきたもののまだまだしっかりしていて、高い品には高いだけの理由があると実感した。

「ライブは夕方からですけど、それまでどうします？」

「あ、じゃあいったんホテルに戻ります。タクシーが拾えそうな通り、どこでしょう」

　葉月さんは配車アプリを使ったことがないという。地元はエリア外なのかもしれない。

「じゃあわたしがスマホで呼びますよ。ホテルはどこですか？」

「リッツ・カールトンっていうところ」

　いきなり高級ホテルの名前が出てきてびっくりした。

「梅田のですよね？」

「よくわからないけど、空港バスの乗り場にいちばん近かったから」

　がま口なのにリッツ・カールトン、木のうろでうさぎと眠っていそうなのにリッツ・カールトン、ますます葉月さんという人が謎めいて見える。でもわたしはこのちぐはぐさを決して嫌いじゃなかった。ホテルのロビーに三時、と待ち合わせを決め、連絡先を交換して葉月さんをタクシーに乗せると茶の間に寝転がって天井を見上げる。亨に「今夜のライブ、お母さんと見に行きます」と仰向けのままＬＩＮＥを送り、既読がつかないかなとぼんやり見守っていると、来週のシフトについて千冬ちゃんからＬＩＮＥがきた。むしょうに誰かとしゃべりたい気分だったので返信とともに「今電話しても大丈夫？」と送ったらすぐに着信があった。

『おはようございまーす、きのう台風すごかったですね、どないしはったんですか？』

「うん、さっきまでふしぎなお客さんが来てて」

　葉月さんの件をかいつまんで話すと、まず「不用心ですよ」と叱られた。

『ほんまに矢沢さんのお母さんかどうかもわからへんかったんでしょ？　いくら女の人やからって』

「うん、でもずぶ濡れで、雨も風も強い時間帯だったし、金目のものがなさそうな家にわざわざ押し入ってこないだろうと思って」

『なりすましやったらどないするんですか』

「ご家族なのは間違いないの」

　あの安全ピンと、夏子そのものの振る舞いでわたしは確信していた。

『雨ちゃん先輩がそこまで言うんならいいですけど。わたしとしては恋愛面が気になりますね』

「恋愛？」

『シャッフル盗んで未だに持ってるって、どう見ても惚れてるじゃないですか』

「でも、継母だよ、お父さんの奥さんだよ」

　当たり前のことを言ってるな、と自分で思った。

『年の差十歳ちょっとでしょ、お父さんにとっては若い嫁、息子にとっては年上のお姉さん……やば、昼ドラや』

　わたしが黙っていると、千冬ちゃんが「大丈夫ですか？」とおそるおそる訊いてきた。

『雨ちゃん先輩、ひょっとしてショック受けてたりします？』

「うーん……何だろう、この、えもいわれぬ、そう、まさにえもいわれぬ心境」

『エモい割れる？』

「あ、何でもない、気にしないで」

亨は葉月さんを好きだった。もちろんその可能性を考えなかったわけはなく、千冬ちゃんに断言されて、やっぱりそう思うよね、と却ってすっきりした。北海道から大阪に出てきたのも、葉月さんとお父さんの結婚がショックだったのかもしれない。夏子という名前で葉月さんをトレースし続けているのは、忘れられないから、あるいは忘れたくないから。わたしが惹かれたのは、弓彦くんが恋をしたのは、夏子じゃなくて葉月さん（の一部）？　うまく処理できずにもつれているのはたぶんそのあたりのもやもやした感情だった。

電話を切って、庭や家の周りの落ち葉を掃除したり、洗濯機を回したりしている間に亨の既読はついていたけれど、特に返信はなかった。わたしは身支度をして足を踏み入れたことさえないリッツ・カールトンに向かう。そういえば、財布を買ったヴィトンのすぐ近くだった。エントランスにはシルクハットをかぶった手品師みたいな格好の男の人がふたり立っていて、両サイドからにこやかに扉を開けてくれた。レセプションには座るだけで料金が発生しそうな立派な椅子があり怖くて近寄れず、巨人が活《い》けたのかなと思うほど大きなフラワーアレンジメントの前に突っ立っていた。

三時をすこし過ぎて現れた葉月さんはラグジュアリーが充満する空気の中でけろっとしているくせに、わたしを見て「わあ、美人」と無邪気に言い放ったので口をふさぎたくなった。

「一緒に歩くの、気が引けちゃう」

気が引けるのはそこじゃないです、と思いながらわたしは「行きましょう」とさりげなく葉月さんを急《せ》かした。地下に降りて、四《よ》つ橋《ばし》線の西梅田からなんばに向かう。

「美雨さん、お化粧もじょうず。ちゃんとしたお仕事されてるから？」

特別ちゃんとした仕事ではないし、メイクは亨にいろいろ教えてもらったおかげなのに、葉月さんはきらきらした目でわたしを見る。インスタでしか見かけないような、隙のない、都会のハイセンスＯＬだと誤解されたら困るので「安い化粧品ばっかりですよ」と強調した。

「百均やドラッグストアにもいいのがありますし、ＹｏｕＴｕｂｅのメイク動画を参考にしたり……」

「そういうことじゃないの」

車両の出入り口近くで銀色のバーを握り、葉月さんはしみじみとかぶりを振った。

「こんなふうにね、たくさんの人がいる街で、たくさんの人とすれ違いながら生きて磨かれないと身につかない雰囲気ってあるから。同じものを買って、同じものを見ても一朝一夕にまねできないの」

そう言われてしまえば葉月さんの地元を知らないわたしに反論の材料はない。四つ橋線は御堂筋線に比べると乗降客がすくないけれど、なんばで降りて改札から地下街に入ると、千日前《せんにちまえ》線や近鉄《きんてつ》の乗客も合流して一気に飽和《ほうわ》状態になる。

「すごい」

葉月さんが怯えたようにつぶやき、わたしのカーディガンの肘をつまんだ。人によってはあざといと思われそうな仕草でも、この人がすると、はぐれまいと必死な子どもそのもので、いじらしいというか、かわいそうになってしまう——それもあざとさのうち？　スーパーでお母さんを見失った時、学校で忘れものをした時、友達があいさつを返してくれなかった時。何でもないことがこの世の終わりみたいに恐ろしかったり悲しかったりした、昔の気持ちを思い出す。こんな気持ちをまだ覚えてたんだと、花火の煙を吸ったようにつんと泣きたくなる感じ。

　ふたりともお昼を食べていなかったので、髙島屋のレストランフロアにある「鼎泰《ディンタイ》豊《フォン》」に行った。葉月さんはジャスミン茶が無料なことに驚き、小籠包《ショウロンポウ》の食べ方を解説した紙を熱心に読んでいた。蒸籠《せいろ》に入って運ばれてきた小籠包に酢じょうゆのたれをつけ、針生姜《はりしょうが》と一緒にれんげでいただく。向かい合って「あふ」とか言いながら必死に口の中の熱気を逃しているのが間抜けで笑ってしまうと、葉月さんも同じことを思ったのか「何だかおかしいね」と口元を手で押さえる。そして意外にも台湾ビールを頼み、手酌《てじゃく》でくいくい飲んでいた。

「美雨さん、結婚はしないの？」

　白い頬にうっすらとアルコールの紅を昇らせながら、やや甘ったるい滑舌《かつぜつ》で葉月さんが問う。

「一生しないかどうかはわからないですけど、今はその気がないです」

えび入りの麺を慎重にすすってわたしは答えた。

「そう」

細い手で細い顎を支え頬づえをつく葉月さんの視線は、隣のテーブルの家族連れに向けられていた。

「そういうのって、ありなんだね」

「そういうの、とは？」

「概念」

きのうと同じ言葉を口にする。

「独身で働く女っていう概念。結婚するかしないか女が決めていいっていう概念。そういうの、わたしが住む土地にはそもそもなかったの」

小瓶のビールはあっという間に空になった。葉月さんはお店の人を呼び止め「もう一本」とオーダーする。

「今時そんなこと言われるわけないって思う？」

「いえ」

大阪でだってあるんですよ、わたしだって言われてますよ、と思う。

「高校を出て、地元の水産加工会社に勤めて、二十一の時、上司だった人と結婚したのね。相手を好きかどうかとか、あんまり考えなくて、周りも親も『いい人だ』って勧めてきたから。地元で、親の目が届くところに根ざして暮らすのがいちばんの親孝行みたいな空気はそんなに嫌いじゃなかった。死ぬまでこんな感じなんだろうなって漠然と思ってた」

　二本目のビールはわたしが注いだ。日本のビールみたいにもこもこ泡が立たないのでやりやすい。

「結婚してすぐ、婦人科系の病気になって妊娠できなくなったの、そうしたらあっさり離婚された」

　葉月さんは飲んでは話し、話しては飲み、した。飲みたくて話しているのか、話したくて飲んでいるのか。

「子どもも産めないバツイチの出戻りに再婚の見込みはないし、病気をしてからすごく疲れやすくなって、長時間働くのも難しくなったのね。かと言って実家でぬくぬくしていられるほど裕福でもなかった。そんな時、亨くんの父親――わたしはずっとお兄ちゃんって呼んでたけど――が声をかけてくれたの。お姉さんが亡くなって、男ふたりだと家のことがなかなか行き届かないから通いで家政婦をしてくれないかって。それで、料理とか掃除洗濯をしてお金をもらって……お小遣いに毛が生えた程度だけど、すごくありがたかった。初めてのお給料で買ったのがｉＰｏｄシャッフル、自分の家にはパソコンがなかったから、ダウンロードもさせてもらったっけ」

　そこから、亨のお父さんと再婚するに至った経緯を語るのかと思ったら「あっという間だったな」とあっさり締めくくられた。

「台湾のビール、初めて飲んだ。薄味で飲みやすいのね」

唐突な終わりに軽く困惑するわたしに「ごめんね」とほほ笑みかける。

「急にこんな話して。自分のこと話せる人、地元には誰もいなかったから」

「一度も出て行こうと思わなかったんですか？」

「一回だけある」と葉月さんは答えた。

「車を走らせてフェリー乗り場まで行ってみたの。……その時は下見っていうか、やろうと思えばいつでもできるんだっていうのを自分自身に教えてあげたかった。フェリーターミナルから大きな船を見た時はテンション上がっちゃった。すごい、これで遠くに行けるんだ！　ってわくわくした。今、着の身着のままで乗ってもいいと思って、実際チケット売り場まで近づいたのね」

　そしたら、と葉月さんは苦笑してバッグの中からがま口を取り出した。

「これ見て我に返っちゃったの」

「お金が足りなかったってことですか？」

「逆。これは、お兄ちゃんからもらった財布。食料品とか必要なものはこれで買いなさいって、いつも三万円入れてくれてた。毎日中を覗いて、足りなかったら補充して常に三万。何に遣ったか訊かれることも、レシートをチェックされることもなくて、最初はいいのかなってどきどきしてたけど、すぐに慣れて、スーパーでいちいち値札を見なくなった。特売のシールなんかどうでもよくて、お肉も魚も好きなものを買って余ると家に持って帰ったりもしてた」

「お金持ちだったんですね」

つい馬鹿みたいな感想を漏らしてしまう。

「うん。昔、おうちが炭鉱でだいぶ儲けたみたい。お兄ちゃんは普通にガソリンスタンドで働いてたけど、物欲がなくて、かといってけちでもなくて、お金はあって当たり前だから無頓着《むとんちゃく》って感じ。このがま口はわたしにとって打出《うちで》の小槌《こづち》みたいなもので、それが普通じゃないって感覚さえいつの間にか消え失せてた。だから、チケット売り場で、この切符を買ったら買ったぶんだけお金が減ってもう勝手に戻ることはないんだって考えた時、怖くなったの。そんなので生きていけるわけがないって目が覚めた」

三万円、という「リアルな大金」が何だか悲しかった。でも「お兄ちゃん」について話す口調は穏やかで、やさしいおとぎ話を聞いているようでもあった。わたしはがま口でごちそうしてもらった。


ライブまでにはまだ時間があったので、道頓堀界隈《かいわい》を歩き、ひっかけ橋あたりの「ザ・大阪」な街並みをひやかした。ぎっしりと人を乗せたオープンエアの黄色い観光船が、ネオンの溶け出す川面《かわも》をゆっくりとかき混ぜて進む。ドン・キホーテの壁面にそびえる縦長の観覧車も黄色。大阪には赤とか黄とか黒とか、そういう強い色が似合う。葉月さんはグリコの看板を見て「テレビのまんま！」と喜び、金龍《きんりゅう》ラーメンから漂うとんこつスープの香りに「テレビじゃわからないね」と喜んだ。

「ネオンのショールームみたい、電気代どのくらいかかるんだろう」

　ぐるりと三百六十度見渡し、華奢な身体は今にもくるくる踊り出しそうだった。かと思えば観光客の集団に呑まれかけ、修学旅行生とぶつかって「ごめんなさい」と慌てて頭を下げ、リードを引っ張りすぎてつんのめった犬みたいにわたしのところへ戻ってくる。危なっかしさと臆病さが愛嬌で中和されてくすっと笑えてしまう感じ、葉月さんの一挙手一投足が夏子で、夏子と一緒に遊んでいるみたいでどきどきした。ここまで、魂の一部をコピーしたようにそっくりに演じられる亭は、どれだけ長く、真剣に葉月さんを見ていたんだろう。亭もこんなふうに葉月さんと大阪の街を歩きたかった？　案内したかった？　わたしは亭を出し抜いた気がして心苦しくなる。

　それから、葉月さんを劇場に案内した。亭がホームグラウンドにしている若手用のハコじゃなくて、そのほぼ真向かい、ばりばり一軍の人気芸人ばかりが出る、「聖地」なんて呼ばれているところ。駆け出しの芸人や着ぐるみが声を張り上げて呼び込みをし、それに反応する通行人がいて、入口からすでに非日常の空気でごった返していた。

「わあ、すごい。歌舞伎《かぶき》とかやるところじゃないの？」

　葉月さんはその大きさに目を瞠《みは》り、エントランスの頭上にいくつも掲げられた芸人の看板を端から読み上げていった。縦長の細い札に、有名どころの名前が金色で書かれている。いつかはこの看板を張るのが多くの芸人の夢らしい。

「半分くらいはわかる。え、この人たち、ここで見られるの？」

「そうですよ」

「すごい、テレビに出てるのに」

このランクになると、むしろ劇場ありきで合間にテレビの仕事もしているという比重の人も多いけれど、葉月さんにはぴんとこないらしかった。わたしも、大阪に来ていなかったら、亨に出会っていなかったら、そんな認識だったと思う。

「亨くん、ここにいる？」

「いえ、すぐ近くの違う劇場です」

「近所にふたつも劇場があるの？」

「ほら、そこです」

後ろを指差すと葉月さんは振り返り、大きな看板や立ち並ぶ幟《のぼり》に気づいて「コンビニだったら戦争ね」と笑った。

「お客さんは両方にちゃんと入るのかな」

「満席の時もあれば、がらがらの時もあると思います」

そんな話をしていると、目の前のドンキから郁子さんが出てきた。

「あっ、雨ちゃん、台風大丈夫やった？」

「はい、何とか」

「よかったー。これから劇場行くん？　安ピン出るもんな」

「はい」

後ろにいる葉月さんに「ルームシェアしてる人です」と説明すると、郁子さんが「お友達？」と尋ねた。言っていいのかな。わたしのためらいをよそに、葉月さんは案外はきはき「矢沢亨の母です」と名乗った。

「あ、そうなんですか？　初めまして、いつもお世話になってますー」

若すぎる、と思ったに違いないけれど、郁子さんは深く突っ込まず「ほな、後で楽屋行かはったら？」と提案した。

「せっかくやし」

「えっ、いいんですか？」

「うだつの上がらんおっさんらが溜まってるだけですけどね」

「行ってみたいです」

「ほな雨ちゃん、終わったらロビーおってくれる？」

「あ、はい」

どうしよう、約束してしまった。早まったかも。でも葉月さんは亨に会いにここまで来たのだから、遅かれ早かれではある。差し当たってのわたしの懸念は、きょうの舞台で「安全ピン」が何をするつもりなのかということだった。漫才だったらいいけれど、コント、しかも夏子のネタだったら葉月さんは一体どんな顔をするのか。

亨からも弓彦くんからも、連絡はきていない。劇場の中央やや後方の座席に並んで座ると、葉月さんは「すごくきれいなところ」ときょろきょろしていた。

「もっと、小屋って感じの劇場かと思ってた」
「そういうところもありますよ」

その日のわたしは、お笑いを楽しむどころじゃなかった。舞台上でかわされるやり取りはかちかちになった心の表面をつるつる撫でていくだけで内側に届いてこない。合間に葉月さんの反応を窺うと、声を上げて笑いはしないものの、まあまあ楽しそうだった。

四番目に「安全ピン」の出順が来て、明転した瞬間に大きく息をついた。コント、だけど夏子じゃない。Tシャツにジーンズの、私服と変わらない格好のふたりが向かい合ってパイプ椅子に座っていた。電車の中という設定らしく、がたんごとんという効果音が流れる。しばらく経って亨が何の前触れもなくふっと笑うと、弓彦くんはびくっと身じろぎ、同時に心の声が響く。

――うわ、こいつ、俺が今アルフィーのファンクラブの更新迷ってるんわかってて笑てんちゃうん……。ひょっとしてエスパーか？

亨がこくりと頷く――ように見せかけて首が凝っているだけの動作をする。弓彦くんは最初の数秒しか見ずに目を逸らしたので誤解したまま、亨のあらゆる仕草を深読みし、早とちりを繰り返して、亨が電車を降りる頃には地球を宇宙人の侵略から救った感動（の妄想）でいっぱいになり、万能感が行き過ぎてヤンキーに喧嘩を売りボコボコにされるというオチだった。弓彦くんが狂気すれすれのコミカルな動きで一定量の笑いを取っていたけれど、亨がひと言も発しないコントは初めて見た。わたしの率直な感想としては、物足りなかった。

全部の演目とエンディングのトークが終わるとロビーで郁子さんと落ち合い、「STAFF　ONLY」の扉の先に連れて行ってもらった。

「雨ちゃんも楽屋初めてやったっけ？」

「はい」

「大楽屋やからようさんおるし、ごちゃごちゃしてるけど気にせんとってな」

大勢いるほうがむしろ気楽でありがたかった。生まれて初めて入った楽屋は壁に何枚も鏡が掛けられ、長いカウンターや、会議室にあるような机や、ソファのスペースもあり、きょうの出番を終えた人たちが思い思いの場所でしゃべったりスマホをいじったり動画を撮影したりしていた。大きなソファの端っこで肘掛けに抱きつくように沈む亨の姿もその一部で、こんな時じゃなかったら楽しく観察したと思う。

「矢沢、お疲れ。お母さん来てはるよ」

郁子さんの声に亨は顔を上げ、見えない糸で引かれたようにまっすぐ葉月さんを捉《とら》えた。

「亨くん、久しぶり」

表情は変わらなかった。でも見開いた目が弾けそうに張り詰め、亨が過去と現在を猛スピードで行き来し、あふれそうになるものを全身で押し留めて顔にも声にも出さないよう必死でこらえている、その緊張が伝わってきた。生身の彼女が現れたことで、ふさいでいた栓が抜けてしまわないように。でもそんな亨と裏腹に、葉月さんはのんびりした口調で言った。

「あのね、お父さん、死んだの。もうお葬式も終わりました」

そして、トートバッグからＡ４サイズの封筒を取り出し、亨の脚の上にそっと置いた。

「相続放棄に関する書類が一式入ってるから、必要事項を記入して判子をお願いね。あとは何もしなくていい」

すらすらと淀みない言葉。これを伝えにきた、という葉月さんの強い意志が伝わってくる。半径一メートル以内にいた人間が「んっ？」という感じで一瞬動きを止め、もっと遠くにいた弓彦くんも眉をひそめるのが見えた。

「郵送してくれてもいいし、来週いっぱいはこっちにいるつもりだから。連絡先は美雨さんに訊いてね」

あのー、と郁子さんが口を挟む。

「差し出がましいこと言いますけど、それ、今ここでせなあかん話でした？」

「ええ」

郁子さんは明らかに怒っていたけれど、葉月さんは動じなかった。

「じゃあね、亨くん」

完全に地蔵になってしまった亨にそう告げると、ぺこっと一礼して楽屋を出て行った。

残るべきか、追うべきか。悩んだ結果、わたしは後者を選んだ。劇場を出ると、葉月さんは迷いなく来た道と反対方向に進んでいたのでこれで正しかったんだと思う。ずんずんと、知った街みたいに歩く背中でカーディガンがひらめき、安全ピンの細い針が光る。

「葉月さん」

声をかけると髪の毛がぶんっとしなる勢いで振り返り、かすかに落胆の色を浮かべたように見えた。誰だったらいいのにと思ったの？

「もう帰りますか？　タクシー拾うんなら、駅前まで戻りましょう」

「え？　ああ、やだ、道を間違えたのね」

「至急の用件って、さっきの書類のことだったんですか？」

「そう」

葉月さんはすっきりした表情だった。

「あと一週間もある。どうやって過ごそうかな？　美雨さん、おすすめのところはある？」

わたしは、彼女の気持ちが知りたかった。どうして他人がいるところで、敢えて亨が傷つくようなやり方を選んだのか。やや世間知らずで掴みどころのない人だとは思うけれど、あんな攻撃的な再会に至った理由はちゃんとある……と信じたいだけなのかもしれない。じゃないと、葉月さんだけを映したまま凍《こお》りついた亨の瞳が解凍できなくなる。

郁子さんみたいにずばっと切り込むことはできず、「どうして亡くなったんですか？」と回りくどい質問をした。

「脳梗塞《のうこうそく》。おととしに一度倒れてね、麻痺《まひ》が残って働けなくなって、リハビリしながらどうにか家で暮らしてたんだけど、二度目の発作はあっという間だった」

　葉月さんの夫、亨のお父さんをもちろん知らない。でも、喧騒が月まで届きそうな雑踏の中でわたしは立ち止まり「お悔《く》やみ申し上げます」と腰を折った。葉月さんは静かに「ありがとう」と言った。

「倒れて知ったんだけど、あの人、保険に入ってなかったの。若い頃、あれこれ勧められるままに入ったらしいけど、あ、カモにされてるなって気づいて、全部解約したんだって。ばかだよねえ」

「気持ちはわかります」

「そう、若くて健康な時は、自分が大きな病気やけがをする可能性を想像できない。ずっとこのままの心と身体で、ただ年齢だけがプラスされていくような甘い考えを捨てられない。そんなわけないって、何かにつまずいてようやく思い知るのよ。でも、昼間話したとおり、お金はあるから平気、あの人もわたしもそう思ってた」

　ひょっとして、すっからかんだったとか、逆に借金をしていたとか？　悪い想像を働かせたけれど、そうじゃなかった。

「亡くなって、お葬式を出した後、弁護士さんに頼んで家の預貯金とか取りまとめて税金の計算をしてもらったら、手元に残る遺産は四千万くらい。わたし、よんせんまんかあ、って声に出しちゃった。何だ大金じゃないかって思う？　確かに自分で働いても稼げるお金じゃないけど、たとえば札幌で新築のマンションを買ったらもうおしまい。四十過ぎの無職の女の、これからの人生に十分だとは思えなかった。しかも、亨くんと分けたら二千万。十八でさっさと家を飛び出して、一度年賀状をよこしただけのあの子と半分こなんておかしいって思ったの」

初めて、葉月さんから怒りを感じた。怯んでしまうほど強く鮮やかに。この人は確かに亨に怒っていて、それを叩きつけるためにやって来た。でも、本当にお金の問題だけ？　わたしは「心配しなくても大丈夫だと思います」としか言えなかった。

「お金を欲しがって争うような人ではないので」

「そうね」

南海通《なんかいどおり》のアーケードを抜けると、空が広くなる。ここは地上の色と光が濃すぎて星をかき消してしまうから、月以外の夜空はただののっぺりした浅い闇でしかない。赤信号で立ち止まり、葉月さんに尋ねた。

「旦那《だんな》さんってどんな人だったんですか？」

「やさしい人」

男の人を評価する際、重要なのに情報として「薄い」と見なされる返答だった。

「あんまり他人に興味はなかったかな。お金絡みでいろいろあったせいか人づき合いも苦手だったけど、血縁には面倒見がよかった。わたしのことは、かわいそうだから助けてあげようくらいの気持ちだったと思う。あっという間に三十になって、もういよいよタイムリミット。嫁《とつ》ぐあてなんか、年寄りだらけの家で介護の人手としてもらわれるくらいしかない。だから、捨て猫に情をかけた以上、最後まで責任持つって感じの結婚」

「崖っぷちだったんですね」

　わたしは言った。

「崖っぷちから助けてくれた人なんですね」

「そう。向こうにとっては、崖っぷちでこれ見よがしにぶら下がってるから手を差し伸べるしかなかったっていうのが本音かも」

　どうして、初対面のわたしにここまでオープンなのか、わかった気がした。「あなただってそうしたでしょう」と葉月さんは思っている。都会で暮らしていなくて、仕事にありつけなくて、健康じゃなかったら。三十という数字の、女だけに課された厳しさを味わっている最中だと見透かしているのかもしれない。葉月さんは亨のお父さんに引っ張り上げられ、かろうじて落下を免《まぬが》れた。そして今、別の崖が迫ろうとしているから、彼女は彼女のパラシュートを確保しなくちゃいけない。

　髙島屋の前のタクシー乗り場で葉月さんと別れ、南海の乗り場に向かう。ホームで電車を待っていると、郁子さんからＬＩＮＥが入った。

『ややこしいオカンやったん？　楽屋呼ばへんほうがよかった？』

『家庭の事情はわたしにもよくわからないです。郁子さん置いて出ちゃってすみません。あの後大丈夫でした？』

漠然とした質問を投げ返すと、すぐに『それより弓彦がガチギレしとったな』というフキダシが現れた。

『直前でネタ変更したい言うて揉めとったらしくて』

『よくあることじゃないんですか？』

『漫才はともかく、コントは小道具とか衣装とか、準備がいろいろあるからね。そんで、弓彦的には腑抜《ふぬ》けた出来やったみたいで、板の上にプライベート持ち込むな！　って今にもどつきそうやったな』

持ち込むどころか、夏子は亨のプライベートそのものだと知ったら、弓彦くんは何て言うんだろう。


夜中に夢を見た。見た、といっても具体的な内容は覚えていない。とにかく苦しかった。肺の中に直接セメントを流し込まれたようにどろどろした感情で息ができなくなるほどで、目覚めたら汗びっしょりだった。水分を求めて下に降りると、真っ暗な茶の間に人の脚が見えて一瞬ぎょっとしたけれど、亨がうつ伏せに伸びているだけだった。いつ帰ってきたんだろう。お酒を飲んできたのかもしれない。小声で「お水いる？」と訊いてみると黙って首を横に振った。案外しっかりと起きている。台所でごくごく水を飲み、茶の間の電気をつけると亨はかすかに身じろいだ。

「葉月さん連れてきたの、怒ってる？」

首を横に振る。

「あんなこと言うつもりだって知らなくて」

縦に振る。

「葉月さん、きのう泊まっていったんだよ」

縦。

「ツアーT着てた、初めて会った時の。覚えてる？」

縦。

「葉月さんに会えて嬉しかった？」

無反応。

「あんなこと言われて悲しかった？」

無。

「夏子のモデルは葉月さん？」

無。

「もう寝ちゃった？」

縦。

「嘘つき」

腹立たしい。わたしは亨の背中を軽く踏むと、自分の部屋に戻って十円玉とボールペンを持ってきた。白い紙が見当たらなかったので、台所にストックしてある紙袋を手でちぎる。ちゃぶ台の上で紙切れに五十音と鳥居のマーク、「はい」「いいえ」を書いて鳥居のところに十円玉を置く。正式な作法があるのかどうか、子ども時代に見聞きした情報を手繰《たぐ》って人差し指を乗せ、唱えた。

「ぐるぐるさん、ぐるぐるさん、鳥居のところにおいでください」

背後で平べったくなっている亨に構わず続ける。

「ぐるぐるさん、夏子のモデルは葉月さんでしょうか、お答えください」

おい、と発したのはもちろんぐるぐるさんじゃなかった。

「誰に何を訊いとんねん」

わたしは無視して「お答えください」と繰り返す。

「答えへんて」

「質問を変えます。あのｉＰｏｄシャッフルは、葉月さんのものですか」

「せやから何やねんその設問は」

「葉月さんのものですか」

亨がゆっくり身体を起こすのがわかった。目以外のセンサーが、肉体という温かなかたまりの動きを感じ取っている。それはわたしに近づき、背後を覆う。腕が伸びてきて十円玉の上で指と指が重なった。ずず、とわたしの指ごと十円玉が「はい」のほうに動いた。髪と耳に細い息がかかる。体温がかぶさる背中で亨の心音を感じたいと思ったけれど、自分の鼓動《こどう》が邪魔でうまくいかなかった。

「あの歌も、それで知りましたか」

「はい」の上を一周する。

「漫才の出囃子も、コントで使う曲も、シャッフルから取りましたか」

二周目。

「葉月さんは『リードボー』ですか」

十円玉は、ためらった。でも観念したように三周目の円を描いた。数ヵ月前、ラジオで話したことをちゃんと覚えているようだった。恋愛感情は、リードボー。いつか消える牛の胸腺。

「今でも消えていませんか」

わたしはじっと見つめる。十円玉の、酸化した緑色の錆《さび》を。亨の手の甲に浮かぶ青緑の血管を。初めて会った夜、キズパワーパッドを貼ってくれた指先を。

「はい」と「いいえ」の間をぐるぐる回る、それが答えだった。答えになっていない。

「ずるくない？」

わたしは抗議した。

「ずるいよ。わたしがこんなに悔しいのに」

「何が」

「あなたと出会ったことも、『安全ピン』のネタや夏子を好きになったことも、たぶんあなたが大阪で芸人をやってることまで、わたしにとって特別なものが全部あの人につながってるのが。自分が葉月さんの手のひらの上ではしゃいでただけみたい」

もちろん葉月さんは知る由もないし、わたしのことなんてどうでもいいに決まっている。あの人はあの人で、必死に生きているだけ。頭ではわかっていても、やり場のない悔しさがぐるぐる回り、凝り固まる。

「崖っぷちで傘を取り上げられた気分」

「何やそれ」

「わからなくていい。葉月さんなんか、ホワイティうめだのいちばんわかりにくいスロープのところで置き去りにしてやる」

「鬼やな」

でも、実際彼女に会えばそんな仕打ちはできない。あの指を振り払い、撒くことなんて考えられない。亨が思いきれないのも無理はなかった。

階段から足音が聞こえた。軽くそろりとした軋《きし》み、これはマコちゃんじゃなく郁子さん。ぎし、ぎし、と一階まで降りてくると、トイレに行きかけて、明かりが気になったのか茶の間に近づいてくる。そして、二人羽織りコックリさん状態のわたしたちを見ると気だるそうに髪をかき上げ目を眇《すが》めた。

「お前らどんなバックハグしとんねん」

低い声で言い放ち、「はぁ、変なやつばっかし」とぼやきながら去っていった。トイレのドアを閉める音が聞こえると同時に亨が「おもろ」とつぶやく。同感だった。

やがて郁子さんが部屋に戻り、再び一階が静まり返ってから「郁子さんはおもしろい」とわたしは頷く。

「……でもきょうの『安全ピン』はおもしろくなかった」

「えろうすんまへん」

「すんまへんちゃうわ」

その悪態は、びっくりするほどするりと口から出た。亨も驚いたのか重なった指にぐっと力がこもり、爪の周りが白くなる。

「ママハハが何やねん、リードボーが何やねん、そんくらいのことでしょうもない舞台すんな。賞レースで勝ててへんのに、普段の舞台で必死にならへんでどないすんの。『安全ピン』は弓彦くんのものでもあんねんで。笑いに変えて救いたかったんは自分自身とちゃうの。そのために芸人やってんとちゃうの。せやのに逃げて、しゃべりもせんコントでお茶濁して満足か、しょうもな」

十年余りヒアリングに徹してきた大阪弁が、なぜかすらすら飛び出した。イントネーシヨンといいテンポといい、我ながら完璧だった。きょうのコントが「安全ピン」にとっての傑作なら、その時のすべてを絞り出したものなら、黙っていようが客席のウケがどうだろうが、葉月さんがどう思おうが構わない。でもそうじゃないのを、葉月さんは知らないけどわたしは知っている。もっとおもしろいでしょう、もっと熱のある、「安全ピン」の世界を見せないでどうするの。

「ええ加減にせえよ、アホ」

最後のひと言で亨は撃たれたようにわたしの肩に顔を伏せた。

「相方とおんなしようなこと言うやん」

「そうなん？　知らんけど」

額が押しつけられて痛い。内緒話みたいに笑うから肩が熱くてくすぐったい。亨の手は十円玉から離れ、「はい」と「いいえ」の間に硬貨は取り残された。

　ごめん、と亨が言った。


　興奮したせいでもう寝つけないだろうと思ったのに、布団に潜《もぐ》るとたちまち眠くなった。なのにまた悪夢を見た。怒り、悔しさ、妬み、憎しみ、負の感情を悲しみで伸ばしてぐらぐら煮詰めた結果どうやっても濾《こ》せなくなり、ふぐが自分の毒に当たるみたいな間抜けさで濃すぎる情念に中毒して、わたしは、わたしは——。

「雨ちゃん」

　声がする。これは、これが、わたしの名前。

「雨ちゃん、大丈夫？」

　身体という容《い》れものから抜け出ていた自分の中身が落っこちて嵌まり直したような衝撃で目が覚めた。はあはあ荒い呼吸と、心臓の音がうるさい。右手でパジャマの胸のあたりをぎゅっと握りしめていた。ぐるぐるさんだ、と思った。男か女か、享年何歳か、何があったのか知らないけれど、激しい感情のもつれに絡まり、ほどけないまま死んでしまった。死ぬしかなかった。ここに留まっているのはそういう魂なんだ。わたしはふらつきながら立ち上がり、引き戸を開ける。マコちゃんが心配そうな顔で立っていた。

「何や、えらいうなされてるような声聞こえてきたから」

「うん、何か……」

わたしは胸の真ん中を忙しなくさすりながら、たった今の体験をどう伝えればわかってもらえるのか必死に考える。

「胸のあたりが黒く濁った感じでどろどろして苦しい」

「えっ」

マコちゃんは一瞬で表情を引き締め、数秒黙ったあと、おずおずと自分の坊主《ぼうず》頭を指差した。

「どうぞ」

おそるおそる触れてみる。ぞり、とごく短い毛並みが手に沿って動く。気持ちいい。ほっとする。このでこぼこ丸いフォルムといい、何て癒されるんだろう。わたしは遠慮を捨て、両手でマコちゃんの頭をぞりぞり撫でくり回した。粗《あら》めの苔玉《こけだま》みたいな感触に集中しているうちに、すこしずつ落ち着いてくるのがわかる。

「ありがとう、デトックスされた」

「せやろ」

さすが、二十人もの女の子をとりこにしているだけのことはある。悩んだり疲れたりした時にマコちゃんの頭を撫でてひと時安らぎ、お礼に二千円あげるというのはとても良心的なシステムなのかもしれない。風格さえ漂わせながら頷くマコちゃんの頭を名残惜《なごりお》しく撫で、わたしは「ぐるぐるさんに入り込まれそうになった」と訴えた。

「死ぬ前の感情だったと思う。誰かを恨んでて、自暴自棄で、すごく重苦しくてつらかった」

「何で急に雨ちゃんにちょっかいかけたんやろ」

「寝る前、黒い気持ちになったから取り憑《つ》かれたのかも。それか、コックリさんしたのが気に障《さわ》ったか」

「うーん……」

マコちゃんが考え込むと、一休さんがとんちを練っているように見える。ぽくぽくぽく、と木魚の効果音があったらぴったりなのに。

「ぼくは、ぐるぐるさんがそんな悪いものやとは思われへんねん。好き嫌いは激しいけど、ガチの悪霊みたいなムーブはせえへん」

「でも」

「伝えたかったんちゃうかな。黒い気持ちなんか抱えとってもええことないで、それを育ててもうたらこんな苦しみを味わうねんで、って警告してくれたような気がする」

ふだん自己主張をしないマコちゃんが諭すように言うので、そうかも、と素直に思えた。そっちの解釈のほうがいい。マコちゃんはやさしい。多くを詮索せず、ツッコミだけ入れてそっとしておいてくれる郁子さんもやさしい。

「マコちゃん、ありがとう。ＩＣカードチャージする？」

「ええよ。雨ちゃんは友達やから、いつでも丸刈りおごるで」

丸刈りをおごってもらったのは初めてだった。大人になって友達ができるのは嬉しい。

「マコちゃんも郁子さんも、どうして芸人じゃないわたしを仲間に入れてくれたの？」

　マコちゃんは「むしろ芸人ちゃうから、かな」と小首を傾げた。

「ぼくら、かたぎの人らの感覚がないから、雨ちゃんが毎日決まった時間にちゃんとした格好で働きに出てんの見るだけで新鮮やし、ちいさい発見があって勉強になんねん。芸人オンリーは気楽で楽しいけどどうしてもぴりっとなることもあるから、そういう時も雨ちゃんがおってくれると中和される」

「自分じゃ全然わかんないけど」

「でもそうやねん。亨ちゃんは見る目あるなあって思うよ。亨ちゃんてすぐにやにやしてごまかすけど、ほんまはめっちゃ内気やんか。あんな人が自分から声かけて家に呼んだ時点でもう決まってたような気もしてんねん」

　あの春の晩、わたしが亨の歌に気づかなかったら？　あの歌を知らなかったら？　そんな「もしも」に意味はないと知っている。わたしは出会って、決めて、今ここにいる。それがすべてだった。

九月に入ってから、千冬ちゃんはお弁当を作ってくるようになった。節約と料理の練習を兼ねて、らしい。

「来月、向こうのご両親に会いに行くんです」

「え、もう？　早いね」

井浦さんは案外やり手なのかもしれない。

「まあ、先送りする理由もないんで」

着々と結婚に向けて進む千冬ちゃんを見ていると嬉しさ半分寂しさ半分だった。わたしはいつもどおり、給湯室でお湯を注いだスープはるさめを規定より多めの五分ふやかして割り箸で入念にかき混ぜ、食べようとしたら急に胸がつっかえる感じがした。どうしてだろう、はるさめの匂いがものすごく鼻につく。

手で口元を押さえて固まっていると千冬ちゃんが「まさか」と声をひそめた。

「雨ちゃん先輩まじで？　まじで？　いつの間に？」

「あ、ごめん、それは絶対ない」

「何や、ベタなドラマみたいなこと言うてもうた」

「でも、ドラマでこんなシーン実際見たことなくない？」

「そんなことより、体調悪いんですか？」

「ううん、お腹は空いているけど、なぜか受けつけなくて」

「飽きたんちゃいます？」

千冬ちゃんはあっさり言った。

「えっ」

「だって毎日のように食べてるでしょ、いくら味変えても飽きますよそれは」

「え、どうしよう、困る」

「ほかにいくらでも食べるものあるじゃないですか」

「そうなんだけど、一生これを食べてたらいいっていう謎の安心感があったから」

「あー、わかるかも。わたしも服とかコスメで思いますよ。永遠のお気に入りやなって信じてたショップの服がいつの間にか似合わへんようになったり」

「そうだね、ファンデもある時から急にノリが悪くなって、劣化したのかなって思ったら、肌質が変わっただけとか」

「自分ではどうしようもないんですよね」

時間は絶えず一定方向に流れ続ける。その中で立ち止まり、訪れるものをただ待っているような錯覚につい陥《おちい》ってしまうけれど、自分の座標も確かに動いていることをふとした拍子に自覚し、驚いたり焦ったりする。ネバーくんの手紙にあったつばめたちも、ひょっとしたらある日突然「あれ？」と気づくのかもしれない。葦の寝ぐらが、なぜか今までみたいに居心地よくない。ここじゃない気がする、と。時の流れのしずくが額にぽつっと落ちたような目覚めを「本能」と呼ぶのかもしれない。

　千冬ちゃんとごはんを交換してもらった。手作りのお弁当はおいしかった。千冬ちゃんはかきたまのスープはるさめをちゅるっとすすり「来年のうちに結婚するかもです」と言った。

「おめでとう」

「で、社宅に住んで、古いし狭いんですけど、五年は我慢して、戸建てを買います」

「うん」

「遊びにきてくださいね」

「もちろん」

「そのタイミングで子どもも考えてるんで、産まれても遊びにきてくださいね」

「千冬ちゃんの迷惑にならない時にお邪魔するね」

「いいんです、がんがんきてください。むしろいるのが当たり前で親戚《しんせき》と誤解するほど子どもに刷り込みますから」

「それはいくら何でも井浦さんに迷惑だよ」

　千冬ちゃんは「井浦くんにも宣言してます」と譲らない。

「家には和室を一間作ります。客間兼雨ちゃん先輩の部屋です。雨ちゃん先輩がおばあちゃんになって、もし住むところに困ったらうちに下宿してください。その頃には、芸人ハウスもさすがに土に還《かえ》ってるでしょ」

　夢のあるジョークかと思ったけれど、千冬ちゃんの口調は至って真剣だった。

「ありえへんって思います？　でもわたしは全然ありです。先のことはわかりませんけど、まじなんで、雨ちゃん先輩もまじで覚えとってください」

「ありがとう」

わたしは心から言った。実現可能性とは関係なく、心底嬉しかった。大人になって友達ができること、たまたま同じ会社で知り合った子とあてのない約束をすること、そこにはかたちになる安全や安心は何もない。でも、セーフティネットってこういうものだと思った。社会保障とか福祉とか、お金ありきで回っていく仕組みだけが人を支えるんじゃない。か細い蜘蛛《くも》の糸だって、編めば網《あみ》になる。崖の底から這《は》い上がるためじゃなく、笑って落ちていくために。

「もちろん、わたしが雨ちゃん先輩に泣きついてるかもしれませんけど」

「うん、その時は一緒に泣こうね」

そして泣くのに飽きたら、劇場でおもしろいものを見て笑おうね。

仕事が終わり、更衣室でスマホをチェックすると弓彦くんからＬＩＮＥが入っていた。

『ちょっと話あんねんけど』

ひょっとして、葉月さんの件でわたしにも怒っているのかもしれない。週末深夜のコックリさん以降、亨の顔を見ていなかった。手持ちのスタンプの中から敢えていちばんハイテンションな絵柄《えがら》の「ＯＫ」で返信すると弓彦くんのマンションの住所だけがそっけなくよこされた。最寄《もよ》りはなんばから千日前線でひと駅の桜川、地下鉄の階段を上がると近くにスーパーがあったのでサンドイッチやおにぎりを買い込む。弓彦くんもルームシェアをしているらしいから、誰かは食べてくれるはず。

玄関に雑多な靴が並んでいるところはうちと同じ、でもほかは全然違う、まだ新しそうな２ＬＤＫだった。リビングには大きな壁掛けテレビとどっしりしたソファがある。

「きれいな部屋だね、片づいてるし。何人で住んでるの？」

「三人。ひとりはここで寝とる」

弓彦くんはソファの座面を軽く叩いた。

「きょうは誰もおらへんから」

「うん」

「いや変な意味とちゃうくて」

「わかってるよ。何か食べる？」

スーパーの袋を差し出すと、軽く物色してオールドファッションのドーナツを取った。

わたしは稲荷《いなり》ずしを選び、並んで黙って食べた。

「ごちそうさまでした」

食べている間は話を切り出さないところも、きちんとお礼を言うところも、弓彦くんらしい律儀《りちぎ》さだった。半袖のＴシャツの上に羽織った長袖のパーカーの紐はやっぱり左側だけぶらんと長く、わたしは、この人がこの人であることが嬉しいと思った。

「――で、あのおばはんのことやけど」

「おばはんなんて言わないほうがいいよ。この間は葉月さんがくるからネタ変えたの？」

「そう。おとといの朝、バスが大阪着いてから、オカン来てるらしいぞって教えたらその時点でちょっと心ここにあらずみたいな感じにはなっとってん。大丈夫かなこいつって思っとったら、急に『ネタ変えたい』とか言いよって」

　きっと、わたしがＬＩＮＥを送ったタイミング。

「漫才は袖で変えられても対応できるけど、俺、コントの時はがっつり役に入りたいから当日に言われれんのほんまいややねん。劇場のスタッフさんにも迷惑かけるし、そもそも、あのネタ自体、あいつが喉いわした時緊急避難的に作ったやつで、ふたりともそない気に入っとるわけちゃう。で、いざ本番ってなったら案《あん》の定《じょう》身ぃ入ってないしやな。ネタ中にどついたろか思ったんは久しぶりや」

　客席にいたわたしの目には、亨がそんなあからさまな手抜きをしていたように見えなかった。いつもみたいに乗れてないな、という何となくの違和感が、同じ板の上で呼吸する弓彦くんにとっては耐え難《がた》いズレだったらしい。

「楽屋で詰めても黙るし、もうええわってほっといたら、あの――オカンが入ってきて、何やどろっどろした話始めよったやろ」

「うん」

「自分、知っとったんか」

「ううん、わたしもびっくりした」

「継母やろ、そんで、あいつんちどんな金持ちか知らんけど、わたしに全部ちょうだい、てえげつない話やな」

「でも、お父さんが倒れてからずっと面倒見てたみたいだよ」

「ずっとって、どんくらい」

「おととしって言ってた」

「何や、せいぜい二年か。大したことないやんけ」

「そんなの、弓彦くんが言うことじゃない」

わたしはつい反論した。弓彦くんがむっと唇を真一文字にする。

「二日だって大変に決まってる。逆に、二十年なら主張しても許されるの？　そんな日割りのお給料みたいに外野が査定すること自体どうかと思う」

「何やねんお前、どっちの味方や」

「『安全ピン』だよ、決まってるよ」

迷わず言い返す。当たり前のことを訊かないでほしい。クッションひとつぶん空けて座るわたしたちの姿が、滑《なめ》らかに黒いテレビの液晶に映っている。

「ほなら」

「でも、葉月さんはわたしだって思う」

「は？」

「わたしがあの人の人生を歩んでたって全然おかしくないって思うから、どうしても全否定できない。わたしが葉月さんに対していやだなって感じるところは、自分にもあるところなの」

「いや、意味わからん。金欲しいいうことか？」

「男の人にはわかんない」

「その言い方は卑怯《ひきょう》やろ」

今度は弓彦くんが言い返した。

「男とか女とかで線引かれてもうたらもうこっちは入っていかれへんやろ、話にならん」

「だってそうなんだもん」

わたしは中間地点にあるクッションを引ったくって膝に載せ、拳でぼふぼふ叩いた。

「葉月さんといると、全然おもしろくない意地悪なツッコミがいっぱい浮かんでくる。誰かが、みんなが言いそうなこと。どうして田舎から出なかったの？　勉強して努力しなかったの？　いろんな制度や支援はちゃんと調べたの？　今はネットに何でも載ってるよ？　男にしがみついて楽することしか考えてないんでしょ？　病気なんて、無職なんて、甘えてる、すぐ人に頼ろうとするな、何も考えずに生きてるからそんなことになる……ほら、おもしろくないよね、やだよね、なのに、ただ生きてるだけで聞きたくもない言葉が流れ込んできて、うっかりそれが正しいと思っちゃいそうなのが、飲み込めないものに呑まれそうになるのが、怖いの」

弓彦くんは、言葉の中身より、わたしが大声でまくし立てているという状況に呆気《あっけ》に取られているように見えた。それでも構わず続ける。

「パーカーの紐が片っぽどうしても長くなっちゃう人は、弓彦くんが思うよりたくさんいるんだよ。紐が抜けた人も切れた人も、服の中に潜って取れなくなった人も。だからちゃんと見て。そんな雑な目線で人を切り捨てないで」

あなたたちは、人間の、どうしようもない哀《かな》しさや愚かさを笑いに変えてきたんだから。そういう「安全ピン」を、わたしは好きになったんだから。

クッションを叩きすぎたせいか、立て続けにくしゃみが出た。涙も出る。弓彦くんはAVボードの上からティッシュを箱ごと取って差し出してくれた。

「ありがとう」

「いや」

ばつが悪そうに腕組みすると背もたれに身体を預け、鼻先を天井に向けて目を閉じ、ちいさな声で「わかった」と言った。

「言うてくれてありがとう。肝《きも》に銘じる」

わたしの要領を得ない主張がちゃんと通じたのが嬉しかった。亨に対してもだけど、自分がこんなに真剣にものを言えるなんて知らなかった。新鮮な血が指先まで巡って、今ならいろんなことができそう。舞台でお客さんの手応《てごた》えを感じ、袖に戻ってきた時はこんな気分なのかもしれない。

熱く静かな余韻に浸っていると、弓彦くんが目を開けてわたしに向き直る。

「それはそうと、あのオカン、誰かに似てへん？」

「誰かって？」

「いや……気のせいかもしれへんけど……」

口ごもる弓彦くんに、わたしは感動してしまった。

「すごいね。あんな短い時間で気づくなんて、麻薬探知犬みたい」

「どういうたとえやねん」

「葉月さんと夏子が似てるって思った？」

「顔も髪型もちゃうけど、雰囲気とか、ちょっとした動作とか……」

ああこの人は本気で夏子が好きなんだな、と葉月さんの存在で思い知るのは複雑な気持ちだった。弓彦くん本人はもっと複雑かと思ったけれど「あれかあ」とどこか腑に落ちたような表情をしていた。

「ショックじゃない？」

「あんだけリアルやねんから元ネタは当然おるやろ。コントの芝居って自分が実際に見たイタいやつとかデフォルメして役作るんは普通やし、身近であればあるほど想像しやすい。あいつがイチから創り上げとったほうが引くな」

「よかった」

「何が」

「弓彦くんが落ち込んだり、夏子に幻滅したりしてなくて」

「幻滅も何も、はなから幻やからな」

冷静な答えが返ってくる。

「幻やから夢を見放題で、その俺の勝手な夢を壊さんように、あいつは十年もコント作り続けてくれてん」

「……ありがとう」

「何でやねん」

「言いたかったから」

どちらに、というわけでなく、互いが互いの誠意を黙って汲み取りコンビを続けてきた事実に、十年という長さに、感謝せずにいられなかった。世界は、言葉にしなさい、かたちにしなさい、正しい理解と共感を得なさい、という圧であふれ返っているというのに。

「何回言うたかわからへんけど、変なやつやな」

弓彦くんがせいせいした顔で笑う。

インターホンが鳴った。ほぼノーガードの我が家と違ってオートロックとモニターがあるので、弓彦くんが立ち上がって通話ボタンを押し「何の用や」と無愛想に訊く。そのひと言で誰が来たのかわかった。

『週刊文春です』

「ふざけんな」

弓彦くんは即座に通話を切った。

「上がってもらって話したほうがいいんじゃない？」

「つい切ってもうた」

モニター前で待機していると再びインターホンが鳴り、名刺サイズの画面に解像度の低い亨が映し出された。わたしは勝手に通話ボタンを押し、問いかける。

「ファイト一発」

『リポビタンD』

「よし、どうぞ」

解錠ボタンを押すと、弓彦くんが「何がどうぞやねん」とツッコんだ。

「つい」

「そんな『つい』があるかい」

と言いながらも玄関に移動し、亨の足音が近づいてくると細く扉を開けて「上がれ」と促《うなが》した。亨はわたしがいることを最初から知っていたように「よう」と片手を上げる。わたしも「よう」と返した。

とはいえ邪魔にならないよう帰ったほうがいいのかな、とソファに座らず立っていると、亨はわたしがいた位置にぼすっと腰を下ろし、しんみりした口調で「ごめんやで、弓はん」と切り出した。弓彦くんは手を伸ばしてその後ろ頭を軽く叩く。

「誰が弓はんや、そんなん言うたことないやろ、きっしょいな」

「話し合お」

薄っぺらいエコバッグからネタ帳を取り出し、クッションの上に置いた。

「ネタ作りたいんか？」

「うん、でもその前に、俺の話してええ？」

「三文字までやったら聞いたるわ、おもしろ三文字な」

「す、あ、ま」

「はいおもんない」

「俺のリードボーは、こないだ楽屋に来た人やってんな」

いきなり核心を抉《えぐ》り出した。人の古傷は怖い。耳をふさぎたくなったけれど、ぐっと拳を握る。

「三文字言うたやろ、ちゅうか相方の恋バナなんか親の夫婦生活より聞きたないねんけど」

「オカンになる前は『親戚の姉ちゃん』やってんけど、いっつもどこ見てんのかわからへんようなとこ、笑ってんのか泣いてんのかわからへんようなとこが」

「全然嚙み合ってへんし」

わたしはそっとふたりに背を向け、家の廊下でそうしていたように、ソファの後ろ側にぺたんと座り込んだ。存在を消し、邪魔にならないように耳を澄ませる。

「ある日、オトンと結婚するとか言われて、それまでほんまに、何ちゅうの、男と女の感じを匂わせたこともなかったから、衝撃やってん。俺も十八やったからさ、思い詰めてもうて、血迷って『一緒に遠いとこ行こう』って言うてもた」

「ド黒歴史やな」

「ほんまやで」

「返事は？」

「真顔で『行ってどうなるの？』って」

　ごめんねと謝るでもなく、何を言うのと聞き流すでもなく、質問で打ち返すのが葉月さんらしい。

「そんな、先の見通し立てて言うてへんやん。とにかくここことちゃうとこに行きさえすれば、みたいなん、大人の女に通用するわけないわな。頭真っ白やのうて、真っ赤っかよ。自分だけで盛り上がって、うわあ恥ずかしい、って。そんで結局、ひとりで逃げた。恥ずかしすぎて合わす顔がのうなった。地元のバイト辞めて小樽《おたる》からフェリー乗って舞鶴《まいづる》、舞鶴からバスで神戸《こうべ》、そっから電車で大阪。まる一日以上かかったな」

「大阪に知り合いとかおったんか？」

「全然。漠然と逃亡犯とかが潜伏するイメージあって。そういう事件あったやろ」

「怒られんで」

「とりあえず、テレビで見たことあるとこ、ってなんばうろついとったら、劇場の前で呼び込みしとった栄作にいさんが声かけてくれてん」

「『小石《こいし》ゼブラ』の？　あの人最近見かけへんな」

「五月に心斎橋で会うて五千円もらった」

「それ、たぶん親が危篤《きとく》になった時にタクシー乗る用の金やろ」

「お笑いなんか興味なかったけど、大阪弁でガーしゃべられてよう断らんでチケット買わされて、生まれて初めて舞台いうもんを見た。終わって外に出たらにいさんがまだおって、『どやった？』って訊くから『僕でもできますか』って訊いた。にいさん、秒で『誰でもできる』言うた」

　わたしが千冬ちゃんと歩いたミナミ、葉月さんと歩いたミナミ。夜の闇にとろけるようなネオンの海の中を、十八歳の亨もさまよっていた。わたしは、この世のどんな神さまより栄作にいさんをありがたく感じた。もしもまたどこかで会えたら、きっと本気で拝んでしまうと思う。チケットのノルマを抱えて、ちょろそうな少年に目をつけただけかもしれない。でも、雑踏の中で出会うまでは知らない者同士だったのに、にいさんは亨に新しい道を示してくれた。人間の運命はこんなちょっとしたことでいいほうにも悪いほうにも転がっていく。その不確かさを、わたしは希望と呼びたかった。

「適当やな」

「そこで無理って言われたら諦めとったやろな。にいさんの部屋に転がり込んで、一年バイトして養成所の金貯めた。芸人になって何しよう？　って考えた時、頭に浮かんだんが、姉ちゃんみたいな女になって芝居するネタ」

「その発想がきしょいわ、何でやねん」

「気持ちわかるかな、て思って。プロファイリング的な」

「わかったんか？」

「どやろ。わかってもうたら、もうやらんですむかもしれんけど。そっちのほうがええ？」

はらはらした。弓彦くんが、そのほうがいいと言ったらどうしよう。俺も忘れるからもう封印しろと言ったらどうしよう。

でも、弓彦くんはやっぱり弓彦くんだった。

「ふざけんな」

「何が」

「お前に決定権あるみたいな言い方すな。俺が、もう飽きたしいらん、言うまでやれ。お前のリードボーなんかどうでもええ。俺が最初に見つけたんや。ブッサイクで姿勢の悪い、安全ピンつけた夏子を」

「せやけど年食って小汚くなったら女装もきついで」

「それでもええ。パクリでも、中身は小汚いおっさんでもええから、夏子を成仏させんとってくれ」

夏子の元になったのは葉月さん、夏子を生み出したのは亨、でも夏子を今の夏子にしたのは弓彦くんだった。幻の夏子を見つめる眼差しで彼女はどんどんかわいくなり、完成されていったんだと思う。亨から葉月さん、弓彦くんから夏子、片想《かたおも》いの再生産は不毛《ふもう》かもしれない、倒錯《とうさく》しているのかもしれない。でも、それがどうした、と言ってほしい。解決もゴールも求めないでいて。

「狂気やな」

「お前もな」

わたしはソファの背に背をつけ、じっと会話を聞いていた。ふたりとも穏やかなやさしい声だった。弓彦くんは亨の恋を救い、亨は弓彦くんの恋を守る。互いに決して報《むく》われることはないのに、それはとても幸せな選択に思えた。

打ち明け話からネタの打ち合わせに移ると、ほっとしたせいか急激な眠気がきた。こっそりあくびをしたつもりだったのに、弓彦くんがソファの上から顔を覗かせ「俺の部屋で寝とけ」と言った。

「玄関入って右側」

「ありがとう」

お言葉に甘えて化粧も落とさず弓彦くんのベッドに横たわる。たちまち眠りに落ち、何十分後か何時間後かわからないけれど、亨の声で起こされた。

「美雨」

「……なに？」

茶封筒を手にした亨が、なぜか途方に暮れたような顔をしている。

「これ、どないしたらええと思う？」

木曜日は浅田さんとふたりで遅番のシフトになっている。終業間際、来客の予定はもうなく、ぱらぱらと退社し始める人たちに「お疲れさまでした」を繰り返していると、浅田さんが話しかけてきた。

「この間の会長の件だけど、総務の課長にしゃべってごめんなさい」

「え、どうして謝るんですか」

「柳生さんの気持ちも聞かず勝手にやってしまったから。あんな反撃をするからにはよっぽど追い詰められてたんかと思って……」

「そこまで深い意味があったわけじゃないんですけど、心配してくださってありがとうございます。わたしのほうこそ、ちゃんとお礼言っとくべきでした」

あれ以来、会長はわたしを見ても何も言わなくなった。無事にやばい女認定してくれたのかもしれない。

「課長から謎の詫《わ》び菓子ももらいましたし」

「ああ、あの人は……」

鉄壁の微笑がちょっと皮肉っぽくゆがみ、悪女みたいでさまになっていた。

「そういう的外れな気遣いで職場を円滑に回してるって勘違いしてはるから。理不尽に怒ったあと缶コーヒー机に置く、みたいな。小銭で機嫌取る前にまずまともなコミュニケーションを心がけろっていうだけの話やのにねえ」

浅田さんがこういうきついことをはっきり言うのは珍しく、わたしはちょっと嬉しかった。

「いいお菓子でした。そのまま友達に横流ししちゃったんでお裾《すそ》分《わ》けもせずすみません。よかったら今度お茶でもしませんか」

「お茶？」

「あ、もちろん無理にとは」

浅田さんがぴくっと反応したので、調子に乗りすぎたのかと慌ててつけ足したら「違うの」と言う。

「そうやなくて、急ですけど、きょうでもいい？」

「はい」

「わたしが行きたいお店でもいい？」

「もちろん」

なぜそんなにお茶を熱望するのかわからなかったけれど、無事に終業時刻を迎えたのでわたしは手早く着替えて浅田さんと一緒に会社を出た。「一刻も早く」というオーラを浅田さんから感じたのでリップも塗り直していない。御堂筋線で梅田まで出ると、せかせか歩く浅田さんの後ろについて茶《ちゃ》屋《や》町《まち》に辿り着いた。

「行きたいお店って、ここですか？」

「そう……びっくりしてます？」

「はい」

入り口に立っている等身大のイラスト看板に目を奪われながらわたしは頷いた。派手な髪色と髪型で、王子さまみたいな服装の男の子たち。

浅田さんが受付でスマホを見せると、店員さんが「入場特典です」と言って薄い袋を手渡してくれた。女性客でいっぱいの店内にはわたしの知らない歌が流れ、壁面にはさっきの男の子たちのアニメが投影され、女の子たちはあらゆる方向にスマホを向けて撮影に勤《いそ》しんでいた。

「コラボカフェっていうところですよね。アニメとか漫画の……」

「ええ、これはソシャゲやけど」

浅田さんは恥ずかしそうに頷く。彼女の口から「ソシャゲ」というジャンクな単語が出たことに静かな衝撃を受けた。

「ごめんなさいね、興味ない人を無理に連れてきて」

「いえ、サンリオピューロランドみたいで楽しいです」

「友達とふたりで予約してたんやけど、急に熱出してもうて。入場特典はひとりにつき一枚やから、どうしても欲しかったんです」

「あ、これですか？」

さっきもらった袋を差し出すと、浅田さんは小判でも授かったように両手で恭しく受け取った。

「いただいてもいいの？」

「もちろんです」

中身が何かも知らないので、銀色のパッケージの封を切るのを興味深く眺めていると、カードのようなものが出てきた。浅田さんが「ああ……」と漏らして額に手のひらを当てる。

「どうしたんですか？」

「シークレット……」

「えっ？」

「ポストカードの、シークレットの絵柄が出ました。やっと会えた……ありがとう、柳生さんのおかげです」

「お役に立てたんならよかったです」

「きょうはわたしがお支払いしますので」

「え、駄目ですよ、そんなの」

「いいの、その代わりメニューもこっちで選んでいい？」

品ごとに違うおまけがつくので、狙っているものがいくつかあるらしい。

「はい、お任せします」

「こういうところのフードは高いから申し訳ないしね」

確かに、メニューに書かれた料金は普通のカフェの二割増しくらいだった。

「テーマパークのごはんと一緒ですよね。世界観に対する税金みたいな」

「そう、そうなの」

浅田さんは会社で見たことがないような手放しの笑顔だった。

「昔からこういうのがお好きなんですか？」

「ええ、年季の入ったオタクです。実は、同人誌のイベントで知り合った友達と三人で暮らしてるの」

「楽しそう」

「まあ、しょうもない喧嘩《けんか》もあるけど、三人っていうのがバランスいいんでしょうね。グッズやＤＶＤをそこらへんに置いておけるし」

「もう長いんですか？」

「四半世紀以上」

「すごい」

「誰かが結婚することになったらどないしよ、って真剣に話し合った時期もありましたけど、幸か不幸か全員ご縁のないまま年を取って、身体の不調とか親の衰えとか、若い頃より不安材料は増えたけど、精神的には今がいちばん楽かもしれへん」

浅田さんの前にカレーライスが、わたしの前にはオムライスが運ばれてきた。キャラクターに関するモチーフの型抜き野菜があしらわれていてとてもかわいい。浅田さんが写真撮影に熱中している間、邪魔にならないよう手を引っ込めて見ていた。

「ごめんね、お待たせしました」

「あ、はい、いただきます」

量もかわいらしいものだったけれど、さらにプリンアラモードとパッションフルーツソーダが待機しているので気を抜けない。浅田さんは、紙のランチョンマットやコースターを大事そうにかばんにしまっていく。

「わたし、会社でいろいろ言われてるでしょう。図太いとか居座り受付婆とか」

「……言う人がいるのは知ってます」

「でも、そんなん全然平気、傷ついてへんのよ。働いてお給料もらわなほかのふたりに迷惑かけるし、こうして好きなものに囲まれることもできへん。わたしは、わたしを救ってくれるものを守れたらほかはどうでもいい。男に寄ってこられる年齢の時は、現実見ろとかやいやい言われた。何言うとんねんって思ってた。現実を見てるからこそ、非現実を愛してんのに。『現実逃避すんな』って、逃がしてくれへんくせに。わたしにとってこれは、現実と向き合うために必要な武器」

鮮やかに盛りつけられたコラボフードの味は、普通のファミレスと変わらない。でも浅田さんはきっとがっかりしていないし、このささやかな夢の世界の値打ちは損なわれない。それが現実を生きるということ。魔法はかけられるんじゃなくて自分でかかるもの。

浅田さんはかっこいいです、とわたしは言った。

「いただいた折り鶴、部屋に飾ってます」

「うそ、ありがとう」

いつも受付で見る笑顔になってから、軽く居住まいを正す。

「きょうお誘いしたのはね、ちょっと話もあって。柳生さん、来年の春で契約切れるでしょう？」

「はい」

「余計なお世話やったらごめんなさい、でも、もし次に働くとこが決まってなくて、まだ猶予が必要なら、わたしが口添えしましょうか」

こんなところで聞くには現実的すぎる話だった。甘い声のユニゾンが響き渡る中、世界観に水を差して申し訳なく思う。

「もちろんそんな大層な力はないけど、一年延ばしてもらうとかなら。柳生さんは勤務態度も真面目やし」

「ありがとうございます」

わたしは丁寧に頭を下げた。

「そんなふうに言ってもらえて、本当に嬉しいです。でも、大丈夫です。次のことは何も決まってませんけど、大丈夫じゃなくても大丈夫です」

親が聞いたら間違いなく頭を抱える能天気な言い分に、浅田さんは頷いてくれた。今流れている歌が好きです、と言うと、ＣＤをもらえることになった。同じＣＤを何枚も持っているらしい。

アニメイトに寄って帰るという浅田さんと、茶屋町で解散した。たくさん食べたので腹ごなしに御堂筋を歩く。ずどんと太い大阪の大動脈。いちょう並木はまだ色づいていない。信号が、遠くからドミノのように次々変わり、車の列はお行儀よく従う。まっすぐ整備されたきれいな通り。疲れたらひゅっと階段を降りれば、地下鉄に乗れる。誰もが、いつまでも、こんなふうにスムーズに歩いて行けたらいいのだけれど。

あしたは「安全ピン」の出番がある。


六日ぶりに会う葉月さんは、大阪にちょっと慣れたように見えた。

「どこかに行かれてたんですか？」

「京都、奈良、神戸、あと、白浜《しらはま》でパンダも見た」

「関西フルコースですね」

「京都は大阪より人が多くてびっくりしちゃった。奈良は鹿が怖かったし、神戸は坂がきつくて、でもどこも楽しかった」

先週と同じリッツ・カールトンで待ち合わせてなんばに向かう。「もう一度、劇場に行きませんか」というわたしのＬＩＮＥに、葉月さんは「喜んで」と返してくれたけれど、本音かどうか怪しい。ひょっとしたら本当の気持ちなんて彼女自身にもわからないのかもしれない。吐き出す場や尊重してくれる相手がいないと、自分の頭で何かを考えても無駄だとやめてしまう。かけらも悪気がない人たちの助言や忠告に従うのはとても楽だとわたしは知っている。でも葉月さんはお人形みたいなか弱さと同時に強烈な自我を覗かせる人で、その得体の知れなさに亨は惚れ込んでしまったんじゃないかと思う。

「どこへ行った時だったかな、電車の中吊《なかづ》りで『工場夜景見学クルーズ』っていうのを見かけたの」

葉月さんが言う。

「堺《さかい》とか尼崎《あまがさき》かもしれないですね」

「地元にも工場地帯があって似たようなことをやってたけど、何がそんなにいいんだろう」

「夜景ってきれいだからじゃないですか？」

「せっかく海があるのに、工場なんか邪魔。同じ海なら南の、透き通ったビーチがいいな。行ったことはないけど」

一瞬遠い目をしてから、急にぱっと戻ってきて「ああ、でも」とつぶやいた。

「あの子が工場の絵を描いて、大きな賞をもらったことがあった。あの絵は好き。どこにしまったっけ」

正直、先週より遥《はる》かにそわそわしていて葉月さんの話はほとんど頭に入ってこなかった。わたしが客席でじたばたしたってどうにもならないと言い聞かせても、血管に怪しい薬品を注入されたみたいに血は速く流れ、心臓が激しい膨張と収縮を繰り返す。みんな、こんな爆弾を抱えて舞台に立っているの？　目の前のお客さんを笑わせたい、ただそれだけの動機で？　だとしたら、どんなかたちでもいいから全員の勇気が報われてほしい。わたしはここからいなくなったネバーくんを思った。狭くて広いステージ。繰り返される暗転と明転。その度変わる世界。ボケる、ツッコむ。怒鳴《どな》る、笑う、泣く、転がる。前の出番の人たちがウケてもスベっても手に汗を握った。

「安全ピン」の出番がくる。わたしは、自分の鼓動をかき消したくて全力で拍手した。

亨――夏子は、舞台に背を向けていた。両手を動かし、洗い物をしている。水音と、食器がかちゃかちゃ触れる音、そして夏子の鼻歌が聞こえる。初めて会った時に声なく口ずさんでいた、あの歌。近くにはダイニングテーブルがあり、学生服を着た弓彦くんが椅子に座ってスマホをいじっている。

――夏子さんさあ。

弓彦くんはスマホに目を落としたまままさりげなく声をかけた。内心ではとても緊張し、思いきって話しかけたのがわかる。弓彦くんは言葉にできない「空気」を伝えるのがとてもうまい。

――なーにー？

夏子は手を止めず、のんきに応じる。

――父さんと再婚するって、ほんと？

――ええ。

――何で？

――何でって、お父さんはとてもいい人よ。

――嘘だ。

弓彦くんがテーブルを叩く。

――父さんなんか、うだつが上がらないし、足は臭いし、髪は薄いし、オンラインサロンを五つ掛け持ちしてて、フィフィがツイッターに書いてることを自分の意見みたいに吹《ふい》聴《ちょう》して、自分で編集したカセットテープのラベルに「俺ＭＹ ＢＥＳＴ」って書いてるんだよ！

――maxellの九十分テープでしょ。

――知ってたんだ……。

――ル・クプルの「ひだまりの詩《うた》」が二回入ってるのも知ってる。

――大好きかよ……。

――そんなことはどうでもいいの。弓彦くんはまだ十八歳だからわからないのね。

――バカにすんなよ！

弓彦くんが勢いよく立ち上がり、椅子が倒れる。夏子がじっとしているぶん、意識して激しく動いているようだった。

――十八歳は、結婚だってできるんだ。

――何言ってるの。

――僕は真剣だよ、ねえ、夏子さん、一緒にこの街を出よう。

――ええ?

――船に乗って知らない土地へ行こう、こんな何にもないところはもううんざりだ。このままイオンモールに生殺与奪《せいさつよだつ》の権を握られて生きていくなんてまっぴらだよ!

――……ねえ、本当に本気で言ってるの?

水の音が止まる。

――当たり前だよ。

――そう……。

夏子は突然右手を鋭く払う。お皿が床に叩きつけられて弓彦くんの足元で割れた。

――うわっ!

効果音じゃなく、本当に割っていた。沈黙の後だったので客席からちいさな悲鳴が上がり、わたしもびくっと竦《すく》んでしまった。葉月さんの反応を見る余裕はなかった。

――な、夏子さん?

弓彦くんのうろたえた声にゆっくりと振り返り、初めて客席と向かい合う。何事もなかったようにやわらかくほほ笑む彼女は、超然として美しかった。よかった、最高のコンディションだ。これ、これ、と嬉しくなる。胸の中で張り詰めていた糸がたわみ、弾む。飛んでけ、わたしの心臓。

夏子が弓彦くんの前にしゃがみ込み、割れた破片を拾い上げてすぐに「いたっ」と指を引っ込めた。弓彦くんも慌てて膝をつく。

――大丈夫？

――血が出ちゃった。

――ああ、駄目だよ、僕が片づけるから……。

――くわえて。

――えっ？

人差し指を突き出され、弓彦くんが固まる。

――指を、食《は》んで。

――食む……。

――そう、食むの。

夏子の挙動はいちいち次に何をするかわからないあやうさを漂わせていて、これで笑えるのがふしぎだった。客の空気を常に感じ取りながら、ふたりにしかできない呼吸でコントを成立させている。

弓彦くんがおずおずと夏子の指を含む。

――血の味、する？

――はい……。

約束ね、と夏子は甘くささやいた。おとぎ話で子どもをかどわかす魔女はきっとこんな声を出す。

——一生浮気しないでね。

——しないに決まってるじゃないか。

——スマホはロック厳禁、ＧＰＳのアプリを入れていつでも居場所がわかるようにしてね。

——するする。

——ＳＮＳは一切禁止、ＬＩＮＥも削除して、異性の声を聞いていいのは時報だけ。

——時報聞くことなんかある？

——風俗やキャバクラはもちろん、女の子のいるお店は立ち入り禁止ね。外食コンビニ美容室病院、全部ＮＧ。

——寺か相撲《すもう》部屋しか行くところがないよ。

——同窓会に行こうものなら首と名のつく部位を全て砕《くだ》くね。

——それは砕くところじゃなく、あっためるところだよ。

——ＩＣチップを身体に埋めて。二の腕に「夏子命」って刺青《いれずみ》して、常に袖なしのＧジャンを着て見えるようにして。額には「犬」って焼印して。

——もう浮気関係ないよ！　ひどいよ夏子さん、そんなに僕が信用できないの？

弓彦くんが食ってかかると、夏子はその顎を片手でぐいっと摑む。

——当たり前だろうが。

——えっ……。

——三十になろうって女が、十八の童貞の言うこと真に受けて幸せになれるはずないでしょ？　いい？　あんたのやってることはただのロマンス詐欺なの。犯罪なの。どうせ都会に出たら若い女に目移りするくせに。年下の男がのぼせ上がって見せてくる未来予想図ほど残酷なものはないんだよ。ブレーキランプ五回点滅で「ワ・カ・レ・ヨ・ウ」のサインなんだよ。

弓彦くんの頬に指を食い込ませながらすごむと、急にぱっと手を離して「さあ」と元気よく立ち上がる。

——さっそく、ＩＣチップ埋めちゃおっか？

——ひっ……。

へたり込んだままの弓彦くんがものすごい勢いで後ずさり、袖に消えていく。夏子は「あーあ」とつぶやき、また流しに向かった。

——ただいまー。

知らない男の人の声が流れる。

——おかえりなさい。ごはんすぐあっためるね。

——あれ、弓彦は？

——キズパワーパッド買いに出かけてる。

——ふうん。

——……あ、雨が降ってきた。

しとしと降る雨音と重なる、弓彦くんのナレーション。

――こうして僕は、故郷を後にしたのです。


拍手が鳴って暗転すると、葉月さんが素早く席を立つ。トイレじゃない気がして後を追うと、予想どおり劇場の外に出て行くところだった。

「まだ途中ですよ」

「見るものは見たし、もういいでしょう？」

足を止めようとしない葉月さんの声は淡々としていて、怒ったのかも、と心配になった。それならそれで仕方ないけど、ふたりが真面目に作ったことだけはわかってほしい。気を揉んでいると、葉月さんは道の真ん中で立ち止まり、ギャルに舌打ちされても気にも留めず、ぺたんこのお腹を曲げて笑い出した。

「わたしって、あんな感じ？」

「……じゃないと思いますけど、雰囲気とかはそっくりです」

「大阪まで出て、変なことしてるのね。でも立派な仕事に就いて出世してても複雑な気持ちだろうし、ちょうどいいのかも。うん、ひとりで遠くに行って、変なことして楽しくやってるのを直《じか》に確かめられてよかった」

人を笑わせるのも立派な仕事だと思う、でも亨たちは立派だなんてみじんも思われたくない、むしろ逆なのを知っている。

「最後の雨は、美雨さんのことね」

「え？」

思いもよらない指摘に戸惑った。確かに雨があってもなくても成立するコントで、雨音のしっとりとした雰囲気が欲しかったのかな、としか感じなかった。亨の演出の意図はわからないし、訊いてもたぶん教えてくれない。

「……どうでしょう」

「きっとそうよ。終わりと始まりの雨」

髙島屋の前まで戻ってくると、わたしは葉月さんに茶封筒を差し出した。

「これ、預かってきました」

「ありがとう」

「どうして嘘をついたんですか？」

「ん？」

葉月さんが目と唇を細い三日月にして笑うと、たちまち技巧に長けた「大人の女」に見えてくる。本当にふしぎな人。

「相続放棄の書類と、遺産分割協議書、両方入ってましたよね」

弓彦くんの家で亨は初めてちゃんと中身を確認し、驚いていた。

「どうしてですか？」

「自分じゃ決められなかったから、どっちでもいいか、と思って」

亨がどちらに記入捺印《なついん》したのか、わたしは見ていない。でも知っている。

「なら、わざわざあんなこと言わなくたって」

「すこしは傷つけばいいって思ったの」

葉月さんは平然と言った。

「家を訪ねた時、美雨さんが出てきて、本当言うとすこしだけショックだったのね。ああ、やっぱり年の近い女の子と仲よく暮らしてるんじゃない、って。置いていったものは全部なかったことにしてるんだと思うと憎たらしくなった」

「余裕でこじらせてましたよ」

「みたいね」

小鳥のため息みたいに儚い思い出し笑いをこぼし、すっと頭を下げた。

「じゃあ、わたしはこれで。美雨さん、お世話になりました」

そこからなかなか頭を上げようとせず、どうしたのかと思えば俯いたまま小刻みに肩をふるわせていた。まさか、泣いてる？

「葉月さん？」

「ごめんなさい」

ぱっと顔を上げると、頬がすこし紅潮している。

「笑っちゃって。この前の美雨さんみたいにきれいなお辞儀がしたかったのに、全然できなかったから」

「そんなことないですよ」

「ううん。見とれるほどきれいだった。縁もゆかりもない都会の真ん中であんなふうにお悔やみをいただいて、嬉しかったの。忘れないわ」

　葉月さんが地下鉄に続く階段を降りて行こうとするので「タクシーに乗らないんですか」と呼び止めた。

「いいの、大丈夫。ひとりで電車に乗って帰れる」

　もう、この人と会うことはないんだろうなと思うとむしょうに寂しくなった。夏子を通じて見ていたせいか、実際過ごした時間より濃い名残惜しさが込み上げてくる。そして、葉月さんも寂しがってくれたらいいのに、と思った。わたしも、彼女にうっすら恋をしたのかもしれない。

「今さらですけど、おすすめのところ訊いてくれましたよね」

　わたしは言った。

「ええ」

「ＵＳＪがいいです。『ハリウッド・ドリーム・ザ・ライド』っていうジェットコースターに、夜になりかけの夕暮れ時に乗ってください。それが大阪でいちばん美しい景色です。透き通ったビーチじゃないけど海も見えます」

「ジェットコースターって、ひとりで乗ってもいいの？」

「もちろんです」

　一緒に行きましょうなんて軽々しく言ってはいけないと思った。葉月さんは、秘密の呪《じゅ》文《もん》を教わったような顔で「そう」とつぶやく。

「そうなんだ。いいこと聞いた、ありがと」

ワンピースの裾をひらひらさせて駆け出す葉月さんの背中に安全ピンがきらめく。亨と弓彦くんが見つけた光。奇跡だ、と思う。本人たち以外にはとてもしょうもない奇跡。葉月さんが一度も振り返らず、リズミカルに階段を降りて目の前からいなくなると、やり遂げた気もして、失った気もして、身体がすかすか軽い。

回れ右をすると、信号の向こう、南海通の入り口に亨と弓彦くんが並んで立っていた。亨はにやにやと、弓彦くんは仏頂面で。百年ぶりに会えたような懐かしさでわたしは大きく手を振った。

＊　＊　＊

大阪駅の桜橋口に大きな花束《はなたば》を抱えて立っていると、西梅田の劇場からやってきた弓彦くんが開口一番文句を言った。

「おい何やそれ、めっちゃ目立つやんけ」

「会社でもらったの」

亨はくんくん鼻を近づけ「西宮北口《にしのみやきたぐち》みたいな匂いするわ」と相変わらずいい加減なことを言う。

「これ、食べれるんだよ」

「まじでか」

「うん、ほら」

スイートピーの花びらをむしって亨の口に入れると、たちまち「まず」と舌を出した。

「嘘でした」

「自分、最近無意味な嘘つくようになってきたな」

お前に似てきたんやろ、と弓彦くんがため息をつく。

「それよりいったん家帰ってその花置いてこいや」

「いい、面倒だからこのまま行く」

有休消化して辞めたのでまだ三月の半ば、冬物のコートの前を開けてちょうどいいくらいの気温だった。環状線に乗ると、窓の外ではオレンジの夕焼けと青い夕闇《ゆうやみ》がカクテルみたいにくっきりと層を作っている。桜はまだ咲かない。わたしはこれから晴れて無職の身で、「一度実家に戻ったら」という両親の意見は適当に流している。郁子さんは客層がぎりぎり合法なスナックを紹介してあげると言い、ネバーくんは通いで実家の手伝いをしてくれと言い、どちらもおもしろそうだし、全然違うことを始めるのも自由だった。月に三万円稼げば、とりあえずあの家には住んでいられる。

新今宮《しんいまみや》のあたりを通ると、「保証人不要・敷金礼金ゼロ」と大きな垂れ幕が下がったマンションが見える。亨が「やさしさ感じるなあ」とつぶやいた。

「そう？」

「生きててええよって言われてる気するやん。年取ったらあのへんで店やろか」

「何の？」

「キャベツばっかりのしゃばしゃばのお好み焼き。頼んだで、看板娘」

「わかった、練習しとく。弓彦くんは小麦粉だけのどろどろのたこ焼きね」

「ひとり何もしてへんやつがおるな」

天王寺《てんのうじ》で降り、あべのハルカスの展望台に登った。退職記念に行ってみたい、とわたしがリクエストした。

「ここの窓拭く仕事って、一年かけて上から下までやり終わって、年明けたらまた上から始めるらしいで」

亨が言う。

「ほんと？」

「知らん、誰かから聞いた」

十六階でエレベーターを乗り換え、景色が見えない縦のトンネル内を六十階まで一気に上昇していく。あっという間に到達した回廊式の展望室は、外の景色を見やすいようにという配慮なのか、薄暗かった。弓彦くんはまだ花束が恥ずかしいらしく、さっさと離れてしまう。

地上三百メートルから日没を見守るショータイムはすでに終わり、地上の明かりが息をし始める時間帯だった。海と山に囲まれた大阪平野。マンションのかたち、街並みのかたち、道路のかたち。車のテールランプの赤い密度で渋滞の度合いまでわかる。遠く近く、ちらちらとまたたき、明滅するさまざまな光は、わたしにわからない信号を一斉に発しているようだった。このすべてが人の手によるものだと思うと、すごい。天保山の観覧車も大きな太陽の模様にライトアップされている。あしたの天気は「晴れ」らしい。大きな花みたい、と思い、亨を待ちながら見上げた噴水の照明を思い出した。

「もうすぐ一年経つね」

「おう」

「そういえば、聞きそびれてたね。何でわたしに声をかけてくれたんだっけ？」

亨は下界の光に答えを探すようにじっと見つめる。瞳の球面に映る街の灯。初めて会った時も、そんな顔でステージを見上げていたような気がする。細かいことは覚えていないけれど、歌声がきれいだった、あなたの横顔がきれいだった、桜がきれいだった、雨がきれいだった。あんな美しい夜にわたしの運命が転がっていった。そのことを、忘れないでいるからね。

「見つけてくれたんはお嬢はんやん」

亭が言う。

「あれ、誰かに見つかった感じすんぞ、って振り返ったらおってんもん。養成所のネタ見せであいつに見つかった時とおんなじ感じやったから、絶対、おもろいことが起きるって思った。そんで試しに口パクで『ふんすい』言うたらほんまにおるやん、ほらやっぱり、って嬉しかった」

「嬉しかったの？」

「当たり前やん」

「わたしより？」

「知らんがな」

「弓彦くんに見つけてもらった時より？」

「そら相方よ」

さらりとした答えが、嬉しかった。

「わたしって、牛で言うとどこ？」

「牛乳」

肉でも骨でも内臓でもなく。

「それってどう解釈したらいいの」

「そんなもん自分次第やんけ」

「悪い気はしないけど」

わたしは西側の窓に張りつき、花束越しに外を眺める。天王寺公園、通天閣、そのさらに向こう。早くも一周したらしい弓彦くんが近づいてくる。

「まだおんの？　もうええやろ」

「まだだよ。全然入場料の元取ってない」

「何やけちくさいな」

「だって無職だし……ねえ、うち、あのへんじゃない？」

大体の方角を指差すと、弓彦くんは「暗いな」と言った。

「何もあれへん」

「あるよ」

わたしが暮らす家、大切な人たち、窓辺の鶴と、いつの間にか壁に貼られていたコンビナートの絵。弓彦くんの自転車に飛び乗ってここを見上げていたいつかのわたしが、今も地上にいるような気がする。

わたしたちは落っこちていく。三百メートルなんか目じゃない高さから。それぞれの傘を広げて落っこちながら誰かと手をつないだり離したりする。裏返った傘、破れた傘、骨だけの傘、いろんな色の、大きさの。きっと天から見ると、遠ざかる花火のよう。笑っていてやる、と挑むような気持ちで思う。笑いながら、何でもなく、ただ生きていてやる。張り巡らされた光の網に引っかかれず、暗がりに吸い込まれても平気。あなたたちのことを思ったらいつでも笑える。

「ねえ、それってすごくない？」

唐突に口に出すと、亨は「すごいすごい」と言い、弓彦くんは「何がやねん」と呆れた。透過性能の高いガラスに表情ははっきりと映らないけれど、わたしたち三人の、ひとかたまりになった影絵が大阪の街をうっすらと覆っている。

一穂ミチ（いちほ・みち）

2007年『雪よ林檎の香のごとく』でデビュー。

劇場版アニメ化もされ話題の『イエスかノーか半分か』など著作多数。

『スモールワールズ』（講談社）が、第165回直木賞候補、第12回山田風太郎賞候補となり注目を集める。同作収録の短編「ピクニック」は第74回日本推理作家協会賞短編部門候補となる。

＊本書は書き下ろしです。
＊この物語はフィクションです。登場する人物、団体、場所は、実在するいかなる個人、団体、場所とも一切関係ありません。

パラソルでパラシュート

2021年11月24日　第1刷発行

著者　一穂《いちほ》ミチ
発行者　鈴木章一
発行所　株式会社講談社
東京都文京区音羽2-12-21
郵便番号　112-8001
電話　出版　03-5395-3506
販売　03-5395-5817
業務　03-5395-3615

本文データ制作　講談社デジタル製作
印刷所　豊国印刷株式会社
製本所　株式会社国宝社

KODANSHA

定価はカバーに表示してあります。

ISBN978-4-06-526074-6
N.D.C. 913　335p　20cm